Lukas Rietzschel

Raumfahrer

Mutter, Vater. Für Jan waren sie Raumfahrer. Schwebten in einer Zwischenwelt, ihrem Ausgangspunkt entrissen. Während sie schwebten, hatte sich die Welt schon ein Dutzend Mal weitergedreht. Sie sahen dabei zu, streckten die Hände aus. Versuchten, vor- oder zurückzukommen. Hoch, runter. Aber wo sie sich befanden, gab es keine dieser Richtungen im Raum. Und Jan stand auf der Erde und richtete sein Fernglas auf sie.

»Lukas Rietzschel stellt die bisherigen Klischees auf den Kopf, dass man meinen könnte, die deutsche Geschichte sei bisher noch gar nicht geschrieben worden.« *Torsten Unger, MDR*

»Dieser Roman über die Lausitz verzahnt Nachwende- und Nachkriegszeit. Formstark.« *Marc Reichwein, Welt am Sonntag*

»Lukas Rietzschel gilt nicht nur als wichtige Stimme einer ganz jungen Generation von Schriftstellerinnen und Schriftstellern, sondern auch als Experte für Ostdeutschland.« *Matthias Schürmann, Deutschlandradio Kultur*

Lukas Rietzschel, geboren 1994 in Räckelwitz, Ostsachsen, lebt in Görlitz. Sein Debütroman ›Mit der Faust in die Welt schlagen‹ erschien 2018 und war ein Bestseller, der gegenwärtig verfilmt wird. Der Roman war für den aspekte-Literaturpreis nominiert und erhielt den Gellert-Preis. 2022 wurde Lukas Rietzschel mit dem Sächsischen Literaturpreis ausgezeichnet.

Lukas Rietzschel

RAUMFAHRER

Roman

dtv

Das Zitat auf S. 9 stammt aus ›Im Krebsgang‹
von Günter Grass (© Steidl Verlag, Göttingen 2002;
© Günter und Ute Grass Stiftung).

MIX
Papier aus verantwortungsvollen Quellen
FSC® C019821

2. Auflage 2025
2022 dtv Verlagsgesellschaft mbH & Co. KG, München

Tumblingerstraße 21, 80337 München
produktsicherheit@dtv.de
Umschlaggestaltung: zero-media.net
Umschlagmotiv: Lukas Rietzschel: »Man hört, dass die meisten
ehemaligen Bewohner jene Stelle wiederfinden würden,
an der zuvor ihr Hauseingang war«, 2020
Satz: Uhl + Massopust, Aalen
Druck und Bindung: Druckerei C.H.Beck, Nördlingen
Printed in Germany · ISBN 978-3-423-14850-4

Dieser Roman ist ein Werk der Fiktion. Die vorliegende Geschichte mit ihren Figuren, ihren Handlungsorten, Zeitabläufen und ihrem Ausgang ist frei erdacht. Das betrifft insbesondere die Dialoge zwischen den Figuren, wie sie sich zueinander verhalten, was sie voneinander denken und was sie fühlen. Um es noch deutlicher zu machen: Was die Brüder Günter und Georg Kern im Roman sagen, entspringt meiner Fantasie ebenso wie die Briefe, die Günter an Georg im Laufe der hier erzählten Geschichte versendet. Sofern der Roman aufgreift oder auch nur tangiert, was es in der Realität gibt oder gab, muss es sich dabei um einen Zufall handeln.

L. R.

Aber noch weiß ich nicht, ob, wie gelernt, erst das eine, dann das andere Leben und danach dieser oder jener Lebenslauf abgespult werden soll oder ob ich der Zeit eher schrägläufig in die Quere kommen muss, etwa nach Art der Krebse, die den Rückwärtsgang seitlich ausscherend vortäuschen, doch ziemlich schnell vorankommen.

Günter Grass, Im Krebsgang

I

Das war eine Nacht, in der wieder nichts passieren würde. Auf der Straße war kein Auto zu hören. Die Wohnblöcke dunkel. Hin und wieder der Wind, der das Schilf bewegte, das um den kleinen Teich beim Eingang des Krankenhauses gepflanzt worden war. Die Fische darin waren an Sauerstoffmangel gestorben. Keine zwei Wochen war das her. Teure Zierkarpfen, die eines Tages an der Wasseroberfläche trieben. Ein Kind, das schrie und wie festgewachsen auf die Fische zeigte, bis der Hausmeister kam. Und gegenüber in den Wohnblöcken öffneten sich die Fenster und waren Gesichter hinter den Scheiben zu sehen. Auch im Krankenhaus gingen die Patienten, die es noch konnten, ans Fenster und staunten. Dass es sowas noch gab: ein Kind!

Jan streckte seine Füße aus und kniff die Augen zusammen. Wenn er sich anstrengte, konnte er am Nachthimmel einzelne Wolken erkennen. Immer dort, wo sich dunkle Flächen über die blassen Sterne schoben. Es war kalt unter diesem Himmel.

»Heute hat mir der Alte ein Foto gezeigt«, sagte er.

Karolina neben ihm. Ihr rechter Oberschenkel berührte seinen linken. »Was für ein Foto?«, fragte sie.

»Er hat es mir sofort wieder aus der Hand gerissen. Er hat gesagt, ich soll zu ihm nach Hause kommen, wenn ich es nochmal sehen will.«

Sie lachte. »Na dann zieh dir doch was Nettes an und nimm ne Flasche Wein mit.«

Jan lächelte und warf seine Zigarette in Richtung des Aschenbechers. Auch Karolina warf ihre daneben. Kreisrund lagen Stummel auf dem Asphalt verteilt. Noch im Sitzen streckte Karolina ihren Arm in die Luft, eine angedeutete Winkbewegung mit der Hand, links, rechts, und die Schiebetür zur Notfallambulanz öffnete sich. Sie hatte das perfektioniert. Zu wissen, ab welcher Höhe und Winkgeschwindigkeit der Bewegungsmelder reagierte.

Jan drehte sich noch einmal um. Blick über die Auffahrt und über den Parkplatz, wo sonst die Autos von Personal und Patienten standen.

Es hatte eine Zeit gegeben, da schien es in die DNA der Tiere eingeschrieben, dass sie hier jederzeit ein Krankenwagen oder der Suzuki der Nachtschwester zu Brei fahren konnte. Die Tiere wussten das, gaben es an ihre Kinder und Kindeskinder weiter und machten einen Bogen um die Rampe der Notfallambulanz und um das Krankenhaus im Allgemeinen. Neuerdings hatte Jan jedoch den Eindruck, dass selbst im Wald, auf den Feldern und Wiesen die Nachricht verbreitet wurde, dass das Krankenhaus schließen würde und im Gebäude kaum noch Menschen anzutreffen wären. Durch jedes Fenster, jede Tür, jede Ritze, jeden Spalt drängte seither die Natur. Zuletzt waren alle möglichen Tiere durch die Schiebetüren ins Gebäude gelangt. Marder, vor allem um diese Uhrzeit. Wildschweine, Rehe sowieso.

Karolina schaltete den Bewegungsmelder aus. Damit war zumindest die Schiebetür zur Rampe verschlossen. Über ihren Pieper wurde sie informiert, wenn der Rettungsdienst kam. Dann würde sie aufstehen und die Tür wieder öffnen. Das Abrollen ihrer Crocs auf dem Linoleumboden. Flüchtige Blicke in die Behandlungsräume und den Warteraum. Dann drehte sie sich nach Jan um. »Pause?«, fragte sie und konnte es nicht sagen, ohne dabei ein Lachen zu unterdrücken.

Im Gegensatz zu ihm hatte Karolina ein eigenes Zimmer für die Nacht. Mit Einzelbett und eigener Nasszelle. Als Ärztin stand ihr das zu. Den Bettbezug hatte sie von zu Hause mitgebracht, irgendein Aldi- oder Tchiboangebot, in verschiedenen Schriftarten stand »Vintage« auf dem Stoff, außerdem waren Uhren darauf abgebildet, allesamt mit römischem Ziffernblatt, die Uhrzeit dreiviertel sieben. Karolina legte ihre Socken auf das Buch, das sie gerade las, und den Pieper darauf. Hose und Poloshirt daneben. Jan lehnte an der Wand und sah ihr dabei zu. Er hatte die Jalousie noch ein wenig heruntergelassen, dann prüfte er, ob die Tür verschlossen war. Der Wecker gestellt.

Karolina konnte einschlafen, noch während er seine Schuhe von den Füßen streifte. Die Decke bis zum Kinn gezogen, der ganze Körper wie eingewickelt. Er legte sich neben sie und schloss die Augen. Das Brummen der Geräte nebenan, über ihnen, unter ihnen. Der Kühlschrank im sogenannten Schwesternzimmer, der Getränkeautomat im Warteraum. Nur hier, neben ihr, die Augen geschlossen, waren sogar die Neonröhren im Gang zu hören und der Wind zwischen den Lamellen der Jalousie. Eine Nacht, in der wieder nichts passieren würde. Keine Notfälle, keine Patienten. Oft, wenn Jan am nächsten Tag erwachte, hatte Karolina ihn in die Decke gehüllt, wie er es von Mutter kannte. So viele Jahre war das her. So viele gespielte Polarexpeditionen. Die Bettdecke unter den Körper gestopft, damit nichts seine Haut berühren konnte. Kein Schnee, kein Frost. Wie in einem Schlafsack hatte er auf seinem Bett gelegen. Der Wecker klingelte. Karolina stand neben ihm, die erste Tasse Kaffee schon in der Hand. Die Schicht war vorbei.

II

Zwei Mal die Woche wartete der Alte im Foyer. Er musste um die Sechzig sein und war längst nicht so alt und gebrechlich, wie es sein Spitzname, den er unter den Angestellten des Krankenhauses hatte, vermuten ließ. Das Personal rief sich den Namen zu, wie Kinder auf der Straße, die auf keinen Fall »Vati« oder »Vater« sagen wollten: »Ich darf nicht länger draußen bleiben. Mein Alter will, dass ich nach Hause komme.«

Wie ein riesiges Uhrwerk lag die Drehtür im Rücken des Alten. Der blaue Teppich war verblasst und durch all die Schuhsohlen ergraut. Zwei Linien waren in die Fasern gedrückt, parallel verlaufend, eine Loipe, vom Eingang bis hierher. Er hatte seine Hände in den Schoß gelegt. Das Hemd wie immer zu weit und nicht in die Hose gesteckt. So wartete er. Eigentlich kannte der Alte den Weg, er konnte den Fahrstuhl nutzen, die Türen automatisch öffnen lassen. Er brauchte Jan also gar nicht. Brauchte niemanden. Er war ja auch alleine hergekommen.

Jan beobachtete ihn. Durch die Glaseinsätze der Stationstüren. Blick ins Foyer, in den Eingangsbereich. Drehtür, Empfangstresen, Durchgang zur Cafeteria. Wie der Alte Peggy am Empfang und auch Karolina grüßte, als sie an ihm vorbeilief. Die Hoffnung auf ein persönliches Gespräch, der Wunsch, erkannt zu werden wie sonst nur Stammgäste in Hotels oder Gaststätten. Vielleicht hoffte er, dass ein anderer Patient das sah und sich darüber beeindruckt zeigte. Der da kennt die Ärztin, Donnerwetter! Das muss ja ein wichtiger Mensch sein!

Jan öffnete die Tür und ging auf den Alten zu. Der sah ihn schon von Weitem kommen: »Es geht wieder los«, sagte er und lächelte Jan an. Die Fahrt im Fahrstuhl, eine Station. Jans »Wir sind da!«, als er den Alten in die Umkleide schob.

Der Alte betrachtete sich im Spiegel neben der Garderobe, während Jan ihm das Hemd aufknöpfte. Das eingenähte Etikett »knitterfrei«. Einzelne weiße Brusthaare, die durch das Unterhemd drückten. Der kleine Kreis gespannten, glatten Stoffes, unter dem sein Bauchnabel war.

»Mögen Sie Ihren Beruf?«, fragte er.

»Schlecht ist er nicht«, sagte Jan, faltete das Hemd mit den abgewetzten Flicken an den Ellbogen zusammen und legte es in das Regal zu den Schuhen.

Jan schob ihn von der Umkleide in den Behandlungsraum und dort vor das Fenster. Die Jalousie war zur Hälfte heruntergelassen.

»Herr Kretschmer kommt gleich«, sagte er.

»Immer mit der Ruhe.« Auch so ein Satz von Stammgästen.

Jan klopfte an die Tür des Aufenthaltsraums. Klopfte noch einmal, bis er ein Rascheln hörte: »Was gibt's?«

»Herr Kern ist da.«

»Komme.«

Das Wasser im Aquagymnastikbecken war abgelassen, jetzt lagerten dort die schlaffen Hüllen der Gymnastikbälle. Dutzende Gummimulden über die hellblauen Fliesen verteilt. Vertrocknete Yucca-Palmen in jeder Ecke des Raumes. Dazwischen die Silhouette eines Delfins, lang wie die Wand, an die sie gemalt worden war. Noch vor allen anderen Stationen des Krankenhauses war das Untergeschoss, in dem sich die Physiotherapie befand, in eine Art Sparmodus versetzt worden. Kretsches Reich.

Aus dem Holzregal, wo die Klamotten des Alten lagen, strömte der Duft von Axe Alaska. Die Tür zwischen Umkleide und Behandlungsraum war einen Spalt breit offengeblieben, Jan lehnte sich an den Türrahmen, rührte sich nicht, versuchte sogar, seinen Atem zu beruhigen, um nicht aufzufallen.

Kretsche hatte einen Stuhl neben den Rollstuhl des Alten gestellt. Dort stützte er sich mit einem Bein ab, der Arm vom Alten auf seinem Oberschenkel abgelegt, und bewegte den Kopf, den er in beiden Händen hielt, hin und her. Nur ein leises Knacken war zu hören. Die Sonne auf den grauen Socken. Das Linoleum unter dem Rollstuhl ausgeblichen. Der Alte ließ seine Arme kreisen und breitete sie aus wie Schwingen. Kretsche umfasste sie und zog daran. Drückte. Gerade so stark, dass der Rollstuhl nicht zur Seite kippte.

Kein Wort zwischen den beiden. Kein nervöses Wettergespräch, wie Jan es so oft gehört hatte. Alle Bewegungen wie einstudiert.

Der Alte wechselte seine Haltung, saß aufrecht, gerader Rücken, und dann wie zusammengesunken, jede Spannung verloren. Kretsche hinter ihm, umklammerte die Brust und hob ihn an. Der Alte stützte sich auf den Armlehnen ab, hielt die Position, hielt sich und sein ganzes Gewicht, eine ungeheure Kraft musste das sein. Seine Arme, die zu zittern begannen, bevor er sich stöhnend wieder fallen ließ. Dann drückte Kretsche seine Daumen in die Oberarme des Alten, in die Schultern und in den Nacken wie in ein rohes Stück Fleisch. Jan konnte die roten Punkte sehen, die übrigblieben, kurz, und sich selbst aufzusaugen schienen, bis sie wieder verschwunden waren. Irgendwann klopfte Kretsche dem Alten auf die Schulter. Gut gekämpft, so wirkte das. Kretsche nahm die Keile mit, die er unter die Räder des Rollstuhls gesteckt hatte. Ein Griff, eine fließende Bewegung vom Boden nach oben und in die Hosentasche.

Jan wich zurück. Er stützte seinen Arm in die Hüfte und ließ das wieder sein, verschränkte seine Arme und lockerte sie wieder. Kretsche blieb stehen, als er den Raum betrat und Jan so stehen sah, die Klinke noch in der Hand. Die weißen Tennissocken in den Kunstlederschlappen.

»Fertig«, sagte er.

Jan nickte, er wartete noch. Der Alte blickte unverändert in Richtung Fenster und auf die Jalousie, als spielte sich das Leben in dem dünnen Streifen Licht zwischen den Aluminiumlamellen ab. Das Fenster war bodentief, aber alles, was er sehen konnte, war der zugewucherte Lichtschacht. Hin und wieder verirrten sich Frösche dorthin und hüpften gegen die Scheibe.

Es war noch gar nicht so lange her, vor der letzten oder vorletzten Behandlung, da hatte der Alte ihn gefragt, ob Jan mit seinem Vater noch in dem Haus beim Dänischen Bettenlager wohnen würde. Jan hatte »Ja«, gesagt, nach kurzem Zögern. Mehr wie eine Frage als eine Aussage betont. Und gehofft, dass noch etwas folgen würde. Eine anschließende Frage oder dass sich der Alte darüber lustig machen würde, wie so manch anderer. Aber es kam nichts. Nicht in diesem Moment und nicht seither.

Jan räusperte sich, wie er es immer tat in den Krankenhausgängen. Er pfiff auch hin und wieder oder schnipste mit den Fingern. Er wollte sich ja ankündigen, zumindest akustisch, und niemanden erschrecken, wenn er um eine Ecke bog oder ein Wartezimmer betrat. Der Alte bewegte sich nicht, als Jan auf ihn zuging, drehte auch den Kopf nicht nach ihm. Zwei Mal die Woche sahen sie sich, wie lange schon, konnte Jan gar nicht sagen. Sie redeten nicht viel, wenn überhaupt, über das Wetter oder die Schließung des Krankenhauses. So still und stumm aber kannte Jan den Alten nicht.

»Herr Kretschmer hat mir gesagt, dass er heute sehr zufrieden mit Ihnen war.«

Der Alte schmunzelte.

»Möchten Sie noch eine Weile hierbleiben, oder darf ich Sie nach oben begleiten?« Es war wichtig, vom Begleiten zu sprechen und nicht vom Hinbringen oder Wegbringen.

»Dieser Ausblick macht mich fertig«, sagte der Alte. »Ich will nach Hause.«

Jan zog ihm die Schuhe an und legte das Hemd erstmal nur über die Schultern des Alten. So hatten sie es abgemacht. Der Schweiß, die Anstrengung. Duschen wollte der Alte nicht, nur ein bisschen akklimatisieren. Oben, im Foyer dann, bevor er durch den Ausgang neben der Drehtür verschwand, sollte Jan ihm das Hemd wieder anziehen und zuknöpfen. Und auch das, obwohl der Alte es noch selbst konnte. Wie er sich auf den Armlehnen abstützte und sein Gewicht halten konnte. Das Zittern der Muskeln, die sich dadurch erst zeigten, an den Unter- und Oberarmen, Brust und Schultern. Leberflecke dick wie vollgesogene Zecken.

Jan wollte den Alten gerade aus der Umkleide begleiten, da hielt der ein Passbild hoch und vor Jans Gesicht. Das Portemonnaie noch offen, aus dem er es gezogen hatte.

»Sie kennen den Mann, oder?«

Jan streckte seine Hand danach aus. Die Lachfalten, die dunklen Haare, die Augenbrauen wie mit dem Filzstift gemalt. Da zog der Alte das Bild weg.

»Nicht anfassen!«

»Aber ich habe es ja kaum sehen können.«

Der Alte hielt ihm das Passbild noch einmal hin.

»Und?«

»Tut mir leid, ich kann darauf niemanden erkennen.«

Der Alte wendete den Rollstuhl und sah Jan ins Gesicht. Er schien etwas sagen zu wollen, spitzte seine Lippen. Atmete hörbar aus. Vielleicht gehörte er zu der Sorte Mensch, die Lügen sofort erkannte.

»Kommen Sie mich mal besuchen«, sagte er. Es klang netter, als Jan erwartet hatte. »Zu Hause zeige ich es Ihnen in Ruhe.« Dann gab er ihm einen gelben Klebezettel mit der Adresse darauf. *Lessingplatz 7. Bei Kern klingeln.* Fussel und Haare auf dem Leimstrich. Der Alte drehte sich erneut, Gesicht jetzt zur Tür. Jan wollte noch hinterherlaufen. Den Zettel in der Hand. Ein einziger Schritt. Da rief ihm der Alte zu: »Danke, ich finde selber nach draußen!«

III

Als die Wohnung von Mutter geräumt wurde, war er nicht dabei gewesen. Im Internet kursierten immer mal wieder Bilder solcher Wohnungsauflösungen. Mitunter stand ein separater Glascontainer für all die Bierflaschen bereit, die entsorgt werden mussten. Oder die Männer vom Räumdienst gingen nach der Schicht mit dem Geld, das sie für die gefundenen Pfandflaschen erhalten hatten, noch essen. So schlimm war es bei Mutter, glaubte er, nicht gewesen. Trotzdem wollte er nicht dabei sein.

Wann immer Jan sie besuchte, versuchte er, sie für einen Spaziergang zu begeistern. Oder er lud sie ins Café beim Klosterplatz ein.

»Das brauchst du doch nicht, wirklich nicht.«

»Mutti, ist doch gut. Ich verdiene mein eigenes Geld.«

»Aber das musst du nicht.« Sie wiederholte es immer wieder. Jan wusste, dass ihr das peinlich war. Von ihm eingeladen zu werden, am Café gesehen zu werden, dort gar zu sitzen. Das einzige Café in der Stadt. Die Schule gleich daneben. Der Briefmarkenautomat an der leerstehenden Post. So viele Leute, die hier umherliefen.

»Und wenn ich uns nur was zum Mitnehmen hole?«

»Okay.«

»Kaffee?«

»Ja, gerne.«

Mutter wartete abseits an dem Brunnen, ein schulterhoher Granitpfeiler, der im Zuge der Innenstadtsanierung aufgestellt worden war. Aus der Spitze plätscherte das Wasser wie aus einem abgedrehten Gartenschlauch. Mutter hielt ihre Finger in die kleinen Rinnsale und ließ das Wasser über ihre Handfläche fließen. Dann presste sie ihre Hände, rechts, links, abwechselnd auf ihren Nacken. Alles mit dem Rücken zum Café, zum Außenbereich, zum Straßeneisverkauf.

Nachdem Jan den Kaffee besorgt hatte, lief er zunächst an ihr vorbei. So, dass sie es sehen konnte. Pfiff sogar. Im Augenwinkel beobachtete er, ob Mutter ihm folgte. Sie ging hinter ihm, hielt Abstand, und nach einer Kurve, in der er auf sie wartete und wo niemand sie sehen konnte, gab er ihr den Pappbecher.

»Mit Sahne und Zucker, richtig?«

»Na klar!«

Sie trank so schnell, als wäre es eine Erfrischung. Jan durfte sie währenddessen nichts fragen, durfte nichts sagen, so hatten sie es einmal abgemacht. So einen Kaffee, sagte sie, müsse man ganz und gar genießen. Das sei man allein schon den Leuten schuldig, die diese riesigen Kaffeeautomaten warteten. Ob er sich vorstellen könne, was das für eine Arbeit sei? Und die Schläuche für den Milchschaum reinigen? Eben! Für zu Hause kaufte sie nur Instant-Kaffee, weil die Maschine kaputtgegangen war, und das, was sie im Kiosk am alten Stadtbad zu trinken bekam, sagte sie, würde schmecken, als hätte Manni, der Besitzer, tagelang seine Zähne nicht geputzt und dann in den Becher gespuckt.

Jan hatte ihre Wohnung nie mehr betreten. Er bat die Sekretärin des Räumungsdienstes, ihm eine Kiste zusammenzustellen mit persönlichen Gegenständen. »Irgendwas Bestimmtes?«

»Wenn Ihre Leute etwas finden«, sagte er, »wovon sie denken, dass sie es nicht einfach wegschmeißen können.«

Die Kiste, die er später im Büro abholte, ein Amazon-Paket, war gerade so groß gewesen, dass er sie unter seinen Arm geklemmt nach Hause tragen konnte. Darin waren Schlüssel, ohne Bund und Etikett. Außerdem drei Fotoalben und ein gerahmtes Bild.

Das Foto in dem Rahmen kannte er. Nachdem er Mutter den Fernseher angeschlossen hatte, das Schlafsofa aufgebaut und die Waschmaschine angeschlossen, sollte er es ihr in den Flur hängen. In dieser Reihenfolge. Im Flur, sagte sie, sei sie, unterm Strich, die meiste Zeit des Tages. Er solle es nur mal recht bedenken. All das Kommen und Gehen. Wenn man sich die Schuhe auszöge, die Jacke überstreifte. Ein flüchtiger Blick in den Spiegel. Die Wechsel zwischen den Zimmern. Immer läge der Flur dazwischen, immer sei er wie ein neuer Raum, der plötzlich auftauchen würde. An alle anderen Räume würde man sich gewöhnen, aber an diesen nicht, weil man ihn immer aus einer neuen Perspektive beträte. Die üblichen Zimmer nur aus einer, der des Flures. Daher hatte Jan das Bild dort aufzuhängen. Neben dem Spiegel, über dem Schuhschrank und so, dass Mutter es sehen konnte, egal aus welcher Tür, aus welchem Raum sie gerade in ihrer 1,5-Zimmer-Wohnung trat.

Auf dem Foto war das Meer zu sehen, zumindest glaubte er das. Genauso gut konnte es ein See sein. Dessen Größe war nicht auszumachen, ein Ufer nicht zu erkennen. Auch waren darauf keine Menschen zu sehen. Niemand, nichts. Nur Wasser und das Gegenlicht.

In den Fotoalben waren Bilder von Jan und Vater gewesen. Allesamt eingesteckt in Folien. Manchmal zwei, drei Bilder hintereinander. Ihre gemeinsamen Ausflüge. Ein Urlaub in Oberhof, an den Jan sich nicht mehr erinnern konnte. Vor allem aber gab es Fotos von ihr, daneben wirkten die Familienfotos wie Lückenfüller. Auf vielen saß Mutter auf einem Klappstuhl mit gelb-weiß gestreiftem Sitzkissen, in einem Garten, vor einer Laube. Sie war jung, vielleicht zwanzig Jahre alt, und trug einen Bikini, dessen Verschlussenden links und rechts ihres Brustkorbes baumelten. Es sah aus, als würde sie schlafen. Die Tür zur Laube stand offen. Unscharf, im Schatten eines Sonnenschirms, konnte Jan ein Radio entdecken und eine Liege. Eine Decke lag darauf, in Falten geworfen, und Kissen kreuz und quer verteilt. Auf einem lag sie nackt auf genau dieser Liege. Die Beine gespreizt, die Brüste mit den Händen bedeckt. Sie musste in die Linse der Kamera gesehen haben, ganz direkt, fast gestarrt. Der Versuch, die Person hinter der Kamera zu fokussieren. Ein Blick, der nicht ihm, nicht dem Sohn gelten konnte. Jan legte das Foto sofort zur Seite, umgedreht.

Jans Eltern hatten ihre Hochzeitsreise nach der Wende in Griechenland nachgeholt. Auch davon fand er Bilder. Eselreiten. Vater, der auf die Akropolis zeigte. Zwei Fotos jedes Hotelzimmers, einmal beim Betreten des Zimmers, einmal beim Verlassen. Auch hier gab es Bilder von Mutter. Am Strand, im Bikini. Aber es war ein anderes Modell. Auch trug sie ihre Haare länger. Die Bilder in der Laube mussten vorher entstanden sein. Dass die Familie eine besessen hatte, hatte Jan bis dahin nicht gewusst.

Zwischen zwei Fotos waren Passbilder gesteckt. Beim Umblättern ragte eine Ecke hervor. Jan nahm die Bilder und legte sie vor sich auf den Boden. Im Schneidersitz, den Kopf mit den Händen abgestützt. Auf dem ersten trug ein Mann eine Uniform, die Augen im Schatten der Mütze. Ein anderer lächelte wie ein Sonntagskind, obwohl oder weil er seine Krawatte falsch gebunden hatte. Dunkle Haare, dicke Augenbrauen, deutlich älter als die anderen. Zwei sahen sich ähnlich, vielleicht waren es Brüder. Einer, immerhin den erkannte Jan, war Vater. Auch der, wie die anderen, zwischen zwanzig und dreißig Jahre alt. Wenige Jahre vor oder nach Jans Geburt.

Jan stellte die Alben in das Bücherregal neben dem Schreibtisch und nahm sie auch mit, als er und Vater später in das neue Haus im Schatten der Wohnblöcke zogen.

Petra, Vaters damalige Freundin, half ihm dabei, die Kisten in sein Zimmer zu tragen. Als es auf einmal still im Raum geworden war, blickte er auf und sah, dass Petra die Kiste abgestellt hatte und ein Foto vom Boden aufhob. Sie drehte es, als wäre es ein Wackelbild oder der Winkel ungünstig.

»Das ist deine Mutti, oder?«

Jan nickte. Er konnte sehen, wie sie vom Foto weg und zur Kiste blickte und dann sein Gesicht mit jenem auf dem Bild abzugleichen schien. Petra lächelte und sagte: »Deine Mutti war ne schöne Frau.«

Und als hätte er sie nie betrachtet und als würde er das Album nicht kennen, sagte Jan: »Kann sein.«

IV

Die Adresse auf dem Zettel führte Jan zum Lessingplatz. Die Kamenzer nannten diese Gegend nicht etwa Altstadt oder historisches Zentrum, sondern schlicht »Stadt«. Damit war klar, dass die alten Blöcke und die Einfamilienhaussiedlung davon ausgeschlossen waren. Diese zählten, wenn überhaupt, zum sogenannten Stadtgebiet. Zum Rand. Wohnen konnte man da mehr schlecht als recht. Vor allem konnte man dort ins Kaufland gehen und, einmal im Jahr, wenn die Sitzkissen für Gartenmöbel im Angebot waren, vielleicht noch ins Dänische Bettenlager. In der Stadt hingegen war die Lebensqualität. Da gab es ein Café mit Eiskarte und ein Stadttheater, in dem zwei Mal im Jahr die Hip-Hop-Tanzgruppe auftrat.

Die zweigeschossigen Gründerzeithäuser am Lessingplatz waren um einen kleinen Park arrangiert, die meisten Wohnungen standen leer. Eine Zeit lang hatten in dem Park eine Rutsche gestanden, Schaukeln und Klettergerüste. Jetzt wuchsen zwei Ginko-Bäume da, wo der Sandkasten gewesen war. Jan glich die Zahl auf dem gelben Klebezettel mit der Hausnummer ab und klingelte schließlich.

»Ja?«

»Ich bins«, sagte er. »Aus dem Krankenhaus.«

Dann das Summen des Türöffners und der Hinweis des Alten: »Erdgeschoss, gleich um die Ecke.«

Der Alte wartete im Türrahmen. Die Hände am Greifreifen seines Rollstuhls. Die Jogginghose, die er trug, legte mehr frei, als sie verdeckte. »Schön«, sagte er und schüttelte Jan die Hand. »Kommen Sie rein. Aber bitte nicht zu genau umgucken, ich räume gerade ein wenig um.« Er deutete auf ein weißes Sofa in einer Art Arbeitsraum oder Wohnzimmer.

Weiße Wände, orangener PVC-Boden. Stühle standen unter gerahmten Zeichnungen, die vielleicht von den Kindern oder Enkeln des Alten gemalt worden waren, allerdings war das Papier vergilbt und die Bleistiftstriche dadurch kaum mehr zu erkennen. Eine Flasche Fanta stand auf dem Couchtisch, mehrere Fernbedienungen ringsum. Türen gab es keine. Kisten überall. Jan setzte sich. Der Alte positionierte sich mit dem Rollstuhl ihm genau gegenüber. Ihre Knie berührten sich fast.

»Das war mal eine Arztpraxis«, sagte der Alte. »Die meisten Räume sind gefliest, sie können sich ja vorstellen, wie wenig wohnlich das ist.«

Konnte er sich nicht, nein. Jan nickte.

»Bis vor Kurzem hat meine Mutter noch hier gewohnt.« Er drehte sich um und wurde leiser: »Ich schaffe es erst jetzt, ihre Sachen auszumisten. Sie kennen nicht zufällig jemanden, der eine Wohnung sucht?«

»Nein, tut mir leid.«

»Eine Frau wäre toll.«

Darauf wollte Jan nicht antworten.

»Die Räume da hinten«, sagte der Alte, »habe ich nämlich schon leergeräumt. So viel Platz brauche ich ja gar nicht.« Dann sah er auf seine Füße. In einem der Zimmer tickte eine Uhr.

»So eine Wohngemeinschaft wäre toll, wissen Sie? Das mögen die Leute doch heute und die jungen Frauen. Vielleicht kann man da eine Vereinbarung treffen, kostenlose Miete gegen Pflege. Und es soll ja vorkommen, dass man sich auch sonst in solchen WGs hin und wieder annähert.«

Der Alte lächelte ihn an. »Könnten Sie im Krankenhaus nicht einen Aushang machen? Oder mal direkt eine Schwester oder die nette Ärztin ansprechen? Sie haben doch die Kontakte.«

»Wenn ich mich richtig erinnere«, sagte Jan, »wurde das Schwarze Brett schon abgebaut.« Er hoffte, das Thema damit beenden zu können. Wenn das so weiterging, würde er sich einen Vorwand überlegen müssen, um aufzubrechen. Hätte ihn sich schon vorher zurechtlegen müssen. Denn der Alte war schnell:

»Wollen Sie was trinken?«

»Nein, danke.«

»Oder etwas essen? Ich habe von gestern noch gebratene Jagdwurstscheiben.«

»Danke, aber ich bin heute Abend noch zum Essen verabredet.«

»Mit Ihrem Vater?«

Der Alte hatte sich nach vorn gebeugt. Sein Körper, seine Augen starr. Er schien genau darauf zu achten, was Jan als Nächstes sagen würde.

»Ich«, setzte Jan an, zu zögerlich, schon verloren, »das muss ich Ihnen nicht sagen.«

Der Alte lehnte sich zurück. Irgendwo schien ein Fenster geöffnet zu sein. Der kalte Luftzug in Jans Nacken. Leises Aufheulen von Wind, der, einmal durch die gekippten Fenster gelangt, in den Zimmern gefangen war.

»Sie haben den Mann auf dem Foto schon mal gesehen, nicht wahr?«

Jan nickte. Er wollte dazu nichts sagen. Konnte es auch nicht. So ein Allerweltsgesicht. Das kam schon mal vor, dass es irgendwo auftauchte. Auf Fotos, in der Erinnerung. Das musste nichts bedeuten. Der Alte nahm einen Schluck aus der Fantaflasche und ließ sie danach offen stehen. Keine Bläschen, die aufstiegen und leise platzten.

»Das war mein Vater«, sagte der Alte und schwieg. Er schien auf eine Reaktion von Jan zu warten. Auf irgendein Anzeichen, dass ihn das vielleicht beeindruckte oder schockierte. »Woher kannten Sie ihn?«, schob der Alte hinterher.

»Ich kenne Ihren Vater nicht«, sagte Jan, und das stimmte ja auch. »Ich hab ihn nie persönlich getroffen. Das Foto sieht aus wie eins, das ich mal bei einer Wohnungsauflösung gefunden habe. Keine Ahnung, wie es dort hinkam und ob es überhaupt das gleiche ist.«

Der Alte fuhr ein Stück zurück und dann an Jan vorbei in den Flur. Jan richtete sich gerade auf. Wollte noch fragen, ob alles in Ordnung sei, ob der Alte Hilfe benötigen würde. Da rief der schon: »Bleiben Sie sitzen!«

Eine Tür fiel ins Schloss, was den Luftzug und das Pfeifen des Windes unterbrach. Jans Knie fühlte sich kalt an, als hätte ihm jemand eine Decke weggezogen. So warm konnten Knie also werden, so nah war der Alte ihm also gekommen.

Der Alte kam zurück, fuhr aber nicht gleich in den Raum und an seinen Platz zurück. Er wartete im Türrahmen, als wollte er sichergehen, dass die Aufmerksamkeit wieder ganz ihm galt. »Das habe ich beim Ausräumen gefunden«, sagte er. Ein Schuhkarton war auf seinen Oberschenkeln, im Vorbeirollen legte er ihn Jan vor die Füße. »Mein Vater scheint das gesammelt zu haben.«

Jan nahm die Schachtel, öffnete sie, sah lose Papiere und fuhr mit dem Finger über den Aufkleber an der Seite des Schuhkartons. Die Buchstaben waren mit Kugelschreiber mehr eingedrückt als geschrieben worden. Erst jetzt erkannte er es: Da stand sein Name.

»Das sind Sie, oder?«, fragte der Alte.

»Ja, aber …« Jan zog eines der Papiere hervor, strich darüber. Rissig, gelb. Manches dünn und durchsichtig wie Pergament. »Was ist das? Warum steht da mein Name drauf?«

Achselzucken des Alten.

»Also haben Sie es sich nicht angesehen?«

»Ich will mich da nicht einmischen.« Er betrachtete seine Füße, die grauen Socken, vielleicht noch die vom Tag der Therapie, und dann die Zimmerdecke. »Sie können die Sachen gern mitnehmen«, sagte er, »Sie müssen sie nicht hier anschauen.«

»Ich weiß doch gar nicht, was ich überhaupt damit soll.«

Wieder Achselzucken. Der Alte atmete mit einer verstopften Nase. Es hätte jedes andere Geräusch sein können, aber gerade dieses, genau jetzt, war unerträglich.

»Sie wissen, wer mein Vater war, oder?«, sagte der Alte.

»Nein.«

»Der Bruder von Georg Baselitz.«

»Warum ist das wichtig?«

»Vielleicht hilft es Ihnen als Hintergrundinformation. Kennen Sie Baselitz?«

Jan hob die Schachtel an, spürte ihr Gewicht. Hielt sie dem Alten entgegen. »Ihr Vater muss dazu doch irgendwas gesagt haben.«

»Ich schlage vor«, sagte der Alte und lächelte, »Sie nehmen die Sachen erstmal mit, und wenn Sie Fragen haben sollten, melden Sie sich bei mir. Sie wissen ja jetzt, wo ich wohne.« Er fuhr in den Flur, wo er auf Jan wartete, und streckte ihm die Hand entgegen. Jan schüttelte sie, fühlte sich wie rausgeworfen, ein ungebetener Gast, drehte sich nach dem Flur und dem Wohnzimmer um, die Fanta im sonst weißen Raum, schließlich das Gesicht des Alten, freundlich sah das nicht aus. »Ach, und könnten Sie mir noch einen Gefallen tun?«, sagte der Alte.

Keine Antwort. Das brachte hier nichts.

»Könnten Sie eventuell noch meinen Bio-Müll mit rausnehmen?«

Jan wartete, bis die Wohnungstür hinter ihm geschlossen war. In einer Hand die Mülltüte, unter den Arm geklemmt den Karton. Er überlegte kurz, den Müll ein paar Stufen höher ins Treppenhaus zu stellen. Wo der Alte ihn riechen, aber nicht beseitigen konnte. Schließlich warf er ihn vorm Haus in die Tonne. Kurz davor, den Schuhkarton gleich mit zu entsorgen, was er dann aber doch unterließ. Der Alte hätte alles mitbekommen. Er saß hinter der Fensterscheibe, die Gardine halb vor seinem Gesicht, und gab sich nicht einmal Mühe, zu kaschieren, dass er wie aus einem Versteck heraus Straße, Lessingplatz und Jan beobachtete.

Draußen war es noch hell, die Sonne würde bald untergehen. Die Kondensstreifen der Flugzeuge als rot-orangene Linien am Himmel.

V

Die Einfamilienhaussiedlung, in der Jan und Vater wohnten, war dort entstanden, wo zuvor die Wohnblöcke gebaut und die meisten davon schließlich abgerissen worden waren. In den neuen Gärten ragten die Gullideckel des alten Abwassersystems der Blöcke noch aus dem Boden. An Samstagen lenkten Familienväter ihre Rasenmäher drum herum. Blumentöpfe wurden darauf abgestellt, Kräuterbeete kreisrund angelegt. Einige Häuser mit ihren Einfahrten und Carports, die Koniferen und Kirschlorbeersträucher links und rechts neben der Haustür, standen vor den zwei übriggebliebenen Blöcken, der eine leer, der andere noch spärlich bewohnt, wie Wärterhäuschen. All die vanillegelben, sonnengelben und zitronengelben Fassaden. Die Gärten mehr Kieselsteine als Gras. Und dahinter und gegen die Sonne gerichtet die beiden Blöcke, in denen der Wind immer wieder Türen und Fenster zuschlug. Wo Jans Schule gestanden hatte, war jetzt ein Dänisches Bettenlager, aus dem Sportplatz mit Fußballfeld, Kampfbahn und Weitsprunganlage war das Kaufland geworden.

Die Siedlung lag am Stadtrand. Hinter dem alten Fernwärmekraftwerk begannen die Felder. Wenn im Frühjahr der Raps blühte, befestigten die Nachbarn Stoffbahnen und Planen mit Reißzwecken an ihren Carports. Auf die herabhängenden Enden legten sie Granitbrocken, die beim Graben der Keller aus der Erde geholt worden waren. Aber es gab diese Nächte im Frühling. Wind aus dem Osten, den kein Vulkangestein und erst recht keine Reißzwecke aufhalten konnte. Am Morgen darauf lagen die Planen in der Siedlung verteilt. Auf den Rasenflächen, Einfahrten, Rabatten, Beeten. Hatten sich in Hecken, Baumkronen und Maschendrahtzäunen verfangen. Und all der Staub und all die Pollen, die sie zuvor hatten abfangen sollen, waren aufs Neue in der Luft. Die Autos wie nach einem Vulkanausbruch bedeckt. Jahr für Jahr wurden die Garagentore zahlreicher.

Vater musste Jan vom Küchenfenster aus gesehen haben. Er öffnete die Haustür und sagte: »Du hättest mir doch sagen können, dass es länger dauert.«

Jan ging an ihm vorbei in den Flur. Legte den Karton ab. Stellte seine Schuhe daneben. Die Küchentür war angelehnt, er konnte sehen, dass der Tisch gedeckt war.

»Bier?«, fragte Vater.

»Ja, gerne.«

Das Radio war leise gestellt. Vater wischte mit einem Blatt von der Küchenrolle das Kondenswasser im Inneren der Käsepackung ab. Er tupfte auch die Bierschinkenscheiben trocken, bevor er sie auf seine Schnitte legte.

»Was ist das für ein Karton?«, fragte er.

»Keine Ahnung.«

Auf der Arbeitsplatte lag noch Kuchen. Wie zur Präsentation auf der fleckigen Backshop-Tüte. Vater liebte das Kaffeetrinken. Ein richtiger Sachse eben. Seitdem er nicht mehr arbeitete, ging er täglich zum Backshop. Das war die einzige Strecke, die er nicht mit dem Auto zurücklegte. Diese Stunde am Tag hatte sich zu einem Ritual entwickelt.

»Von wem hast du die bekommen?«

»Von dem Sohn vom Bruder von Baselitz«, sagte Jan. »Behauptet er jedenfalls.« Keine Ahnung, wie er das erklären sollte. »Der Alte im Rollstuhl, der oben am Lessingplatz wohnt. Kern heißt der.«

Vater sah ihn an. Das erste Mal so richtig an diesem Tag in die Augen. Vielleicht das erste Mal seit Wochen.

»Was willst du von dem?«

»Der hat mich eingeladen«, sagte Jan. »Ich kenne den nicht.«

»Halte dich fern von dem.« Und als wäre das Thema damit beendet, aß Vater weiter.

Jan wusste nichts über die Familie Kern und über Georg Baselitz nur, dass er ganz in der Nähe, im Nachbardorf, geboren und aufgewachsen war. Der Name Baselitz entstammte dem Namen des Dorfes, das Deutschbaselitz hieß. Das wusste man. Das stand regelmäßig in der Zeitung oder irgendein Lehrer erzählte es seiner Klasse, bevor es darum ging, dass die Drittklässler dieses Mal ihre Bilder auf dem Kopf malen sollten. Für Jan war Deutschbaselitz vor allem eines: der Großteich und ringsum verstreut all die begradigten Ufer und aus Beton geformten Becken der Teichwirtschaft. Vater, der eine Kombination aus Latzhose und Gummistiefel trug und ihm zuwinkte. Er hatte in der Karpfenzucht gearbeitet. Aufgrund eines Mangels an Fleisch, vor allem an Rindfleisch, in der DDR war der Karpfen wichtig für die Eiweißversorgung der Bevölkerung gewesen. Als es nach der Wende überall Alaskaseelachs zu kaufen gab, Kühltruhen voll davon und irgendwelche Bofrostautos, die erst um die Blöcke und dann um die Einfamilienhäuser kreisten, brach dieser Wirtschaftszweig fast vollständig in sich zusammen.

Durch ein paar glückliche Fügungen durfte Vater bis zu seiner Frühpensionierung auch nach der Wende noch eine Weile Karpfen züchten, fangen und verkaufen. Alle seine Kollegen wurden entlassen, nur er nicht. Die Betriebseinnahmen lagen immer mal wieder über den Betriebsausgaben, sodass sich ein weiterer Monat Arbeit rechnete. An Weihnachten oder Neujahr kaufte doch mal jemand einen Karpfen. Irgendein westdeutscher Journalist hatte über Vater geschrieben, Überschrift: »Der letzte Fischer der Ostzone«. Natürlich stimmte das nicht. Es führte nur zu mehr Verwerfungen mit der Dorfgesellschaft und den ehemaligen Arbeitskollegen. Die wunderten sich ja ohnehin, dass Vater noch arbeiten durfte, während sie entlassen worden waren. Einige vermuteten dahinter ein Komplott, eine Verschwörung, mindestens die Stasi, alte Banden. Kurz nach der Wende stand ja jeder in Verdacht, ein Arschloch zu sein. Wahrscheinlich wollte Vater einfach nur weiter in

Ruhe gelassen werden. Abstand. Sich fernhalten von den Leuten. Jetzt forderte er das von seinem Sohn. Jan wunderte sich nicht darüber. Er fragte nicht nach.

»Noch ein Bier?«

Jan nickte.

Vater öffnete den Kühlschrank, ein halber Butterriegel, Milch, eine aufgerissene Wurstpackung. Ein paar Landskron-Biere lagen oder standen im Kühlschrank verteilt. Genau so sah Jans Kühlschrankinhalt auch aus. Und ähnlich wie Großvater am Ende seines Lebens trank Vater über den Tag verteilt zwei Kaffee, einen morgens und einen nachmittags, und zwei Bier, eines mittags und eines am Abend. Jan sah ihm beim Öffnen des Bieres zu. Sie drehten sich alle im Kreis.

»Wenn du was erben solltest, gib mir Bescheid«, sagte Vater und lächelte, als meinte er das ernst.

»Mach ich.«

Noch eine zusammengerollte Käsescheibe zum Abschluss. Die Kuchenreste vielleicht später zum Fernsehen. Vater würde gleich noch die Katze füttern, die morgens und abends über das Grundstück schlich.

Jan wusch Teller und Messer unter kaltem Wasser ab. Er klemmte sich den Schuhkarton unter den Arm. Die Bierflasche in der Hand. »Gute Nacht«, sagte er. »Bis morgen«, sagte Vater. Jan ging in den Keller, seine eigene Etage, seine eigene kleine Wohnung. Kochnische, ausziehbares Sofa. Als er den Fernseher einschaltete, hörte er, dass Vater über ihm die gleiche Sendung schaute.

VI

An den Wochenenden fuhren Jan und Vater gelegentlich in die Schwimmhalle. Wenn sie nach ihren geschwommenen Bahnen durch die Scheiben des Foyers blickten und sahen, dass auf dem Parkplatz der Pizzeria ein paar Autos standen, sie also sicher sein konnten, dass geöffnet war, entschieden sie sich spontan für einen Teller Spaghetti. Sie lächelten sich an, wenn ihre Blicke sich trafen und sie scheinbar das Gleiche dachten. So ein Teller Spaghetti mit Sahnesoße und Schinkenwürfeln, ordentlich Käse darauf, komm, den haben wir uns verdient. Dabei hatten sie die meiste Zeit vom Beckenrand aus der Herzsportgruppe beim Schwimmen zugesehen. Die Wasserdüsen auf ihren Rücken gerichtet. Ein hellroter Fleck, als sie aus dem Wasser kamen.

Die Fenster in der Pizzeria waren von außen vom Holzstaub wie verkrustet. Ganz in der Nähe war aus einem alten Baumarkt ein Holzlager geworden. Auf dem ehemaligen Kundenparkplatz lagerten jetzt Kiefernstämme. Dieses Holzlager war der Grund, warum sie in der Schwimmhalle ihre Haare nicht nass machen wollten, und trotzdem schien immer ein bisschen Holzstaub an einzelnen nassen

Haarsträhnen zu kleben. So saßen sie sich dann am Tisch der Pizzeria gegenüber; Holzstaub an den Haarspitzen und Sahnesoße im Mundwinkel. Die Aussicht wie während eines Schneesturmes begrenzt.

Seit er erfahren hatte, dass das Krankenhaus schließen würde und seine Stunden immer weiter reduziert wurden, kümmerte sich Jan unter der Woche hin und wieder um den Garten. Er entfernte den Kies aus den Betonpflanzschalen und setzte Rosen aus dem Kaufland hinein. Jeden einzelnen weißen Zierkieselstein, den Vater um die Stämme der Kirschlorbeersträucher gelegt hatte, sammelte er auf und warf ihn in die schwarze Tonne. Jahrelang hatte nichts mehr geblüht, Knospen waren nicht mehr ausgetrieben. Blätter waren gelb und braun geworden. Jeder Regen hatte mehr und mehr Kalk aus den Zierkieseln in den Boden gewaschen.

Nach dieser Arbeit, links und rechts der Terrassensichtschutz, die Nachbarn hatten den gleichen, trank Jan sein Bier. Nach vorn brauchten Vater und er die Sicht nicht zu begrenzen, da war die Laderampe des Dänischen Bettenlagers. Die Lieferungen kamen nur frühmorgens oder spät am Abend, zu einer Zeit, zu der sie sowieso nicht auf der Terrasse saßen, das ging also.

Jan war lange nicht in Deutschbaselitz gewesen, daran dachte er, während er das Bier trank. Vaters Frühpensionierung lag lange zurück, dass Jan ihn von der Arbeit abholte sowieso, und im Sommer zum Baden fuhr er lieber in die Steinbrüche, der Großteich war ihm zu schlammig.

Ohne den Alten wäre er nie auf die Idee gekommen, sich mit dem Dorf noch einmal zu beschäftigen. Im Internet fand er heraus, dass rund um den Deutschbaselitzer Großteich und vorbei an Vaters ehemaligem Arbeitsplatz der sogenannte Baselitz-Weg führte. Ein Wanderweg, um die wichtigsten Stationen der Kindheit des Künstlers zu sehen und um zu zeigen, wie der See und die Landschaft Baselitz' Werk geprägt hatten. Der Alte hatte den Namen von Baselitz erwähnt, als wären das Passbild und die hunderte losen Seiten Papier im Schuhkarton nur mit dieser Information zu verstehen. Im Internet fand Jan auch die entsprechende Busverbindung. Der Verkehrsverbund stellte vermehrt die sogenannten Ruf-Busse zur Verfügung, aber auf das Anrufen, Warten, Vorbestellen hatte Jan keine Lust. Er entschied sich für den Bus, der nach einem regulären Fahrplan fuhr.

Im Bus lehnte er seinen Kopf gegen die Scheibe. Der Fettfilm, den seine Stirn dort hinterließ, sah aus wie Milchglas. Das Klärwerk hinter Baumreihen. Im Winter und nach kalten Nächten im Frühjahr war es in Nebel gehüllt und schien Dorf und Umgehungsstraße ebenfalls zu verdecken. An der Haltestelle *Ortsmitte* stieg er aus. Informationen der offiziellen Deutschbaselitzer Website zufolge sollte der Baselitz-Weg hier beginnen. Hier sollte es eine Art Einführung mit Schautafeln und Wanderkarten geben. Jan fand stattdessen nur abgebrochene Holzstangen in Betonfundamenten.

»Entschuldigung?«

Er drehte sich um. Aus einem Haus, dessen Erdgeschoss kaum höher zu sein schien, als er groß war, war eine Frau getreten. Eine Hand am Türrahmen, die Strickweste, die sie über einer Bluse trug, bis obenhin zugeknöpft. Eine rosa Strähne im sonst grauen Haar.

»Sind Sie Tourist?«, fragte sie.

Jan verstand nicht. »Ich wohne in Kamenz«, sagte er.

»Okay.« Sie schien enttäuscht zu sein.

»Sie wissen nicht zufällig, wie ich den Baselitz-Weg finde?«

»Den gibt es nicht mehr«, sagte sie, »aber ich kann Ihnen ein paar Broschüren geben. Kommen Sie kurz rein.«

Im Flur standen Pappaufsteller. »Modellregion Lausitz«, »Heimat und glücklich«, »Kunst, Kultur, Lausitz«. Als wäre es der Sammelpunkt des Dorfes für Altpapier, waren Prospekte an allen Wänden bis über die Heizkörper gestapelt.

»Schauen Sie mal«, sagte die Frau und kam aus dem Wohnzimmer, wo es genauso aussah. »Ich habe hier den Prospekt von der Einweihung, 2012 oder so müsste das gewesen sein, und dann hier die Wanderkarte mit den verschiedenen Stationen.«

Jan bemerkte erst jetzt, dass sie sich an ihre Weste ein Namensschild gesteckt hatte, das dort vorher noch nicht gewesen war: *Frau Koschmieder, tourist information, Baselitz museum and Deutschbaselitz history museum.*

»Sie können sich gern setzen«, sagte sie. »Wir haben eine gemütliche Leseecke.«

Mit den drei Prospekten setzte er sich auf das Sofa. Am Fußende lag eine aufgeworfene Fleecedecke, wahrscheinlich hatte Frau Koschmieder hier gerade noch gelegen, bevor sie Jan am Haus hatte vorbeilaufen sehen. An den Wänden hingen gerahmte Luftaufnahmen von Deutschbaselitz und den Teichen. Ein ausgeklappter Esstisch stand mitten im Raum. Daran vier Stühle. Ihr schien aufzufallen, dass Jan die Decke betrachtete, nahm sie und klemmte sie sich unter den Arm.

»Wollen Sie einen Kaffee?«, fragte sie.

»Ja, gern.«

Dann ging sie mit der Decke in den Raum nebenan und ließ die Tür offen.

»Was ist denn aus dem Baselitz-Weg geworden?«, rief Jan ihr hinterher.

»Das Übliche«, sagte sie. Anscheinend hielt sie ihn für einen Tourismusexperten. Kamenz setzte immer noch auf Lessing, Lessing-Stadt, und Demitz-Thumitz, wo er zur Schule gegangen war, nannte sich das »Granitdorf«. Was eben so übrig blieb.

Frau Koschmieder kam mit einem Tablett zurück und setzte sich zu ihm. Darauf zwei Tassen Kaffee und zwei Windbeutel. »Die mit Erdbeerfüllung«, sagte sie, biss von ihrem ab und spülte mit einem Schluck Kaffee nach.

»Sie können meinen auch noch haben«, sagte er.

Kurz schien sie zu überlegen, blickte dann auf und lächelte. »Nein, nein«, sagte sie, »wir kümmern uns um unsere Gäste.«

Jan nickte, als wäre er Teil dieses »Wir« und steckte den Windbeutel ganz in den Mund. Frau Koschmieder sah ihm beim Kauen zu, als hätte er gerade auf eine Maus gebissen.

»War Herr Baselitz denn mal in Ihrem Museum?«, fragte er.

»Ach, Sie wissen doch, wie Künstler sind«, sagte sie.

Sie schien ihn also auch für einen Baselitz-Experten zu halten. Oder sie gab ihm zu verstehen, dass die Antworten auf seine Fragen viel zu selbstverständlich waren, seine Fragen also viel zu dumm. Statt ihm das zu sagen, oder ihn bloßzustellen, spielte sie ihm den Ball einfach zurück.

»Besteht denn die Möglichkeit, in Ihrem Museum ein paar Originale von ihm zu sehen?«

Frau Koschmieder räumte die Tassen wieder auf das Tablett. »Ich will ganz ehrlich zu Ihnen sein«, sagte sie. »Die Idee mit dem Baselitz-Museum kommt von so ein paar jungen Leuten aus Leipzig. Die haben dem Ortsvorsteher einen sogenannten Maßnahmenkatalog überreicht, um die Gemeinde für Touristen interessanter zu machen. Die meinten, dass man unbedingt mit dem internationalen Aushängeschild Baselitz punkten müsste.«

»Heißt das, Sie haben hier gar keine Gemälde?«

»Ich kann Ihnen ein paar Kataloge von seinen Ausstellungen geben. New York, Paris oder Kunsthalle Meppen.«

»Darf ich die mit nach Hause nehmen und in Ruhe anschauen?«

Sie zuckte mit den Achseln. »Klar, kein Problem.«

»Und wenn in der Zwischenzeit jemand kommt und sich dafür interessiert?«

Sie lachte kurz auf, um dann wieder ernst zu sagen: »Dann müssen die eben warten.«

VII

Einer der ersten großen Erfolge von Georg Baselitz, so stand es in den Katalogen, waren die sogenannten Heldenbilder gewesen. Entstanden in den 60er-Jahren. Damals lebte Hans-Georg Kern, wie er sich nicht mehr nannte, bereits im Westen.

Zu sehen waren dunkelbraune, schwarze Bildhintergründe, als wäre die Nacht nichts anderes als ein Erdloch. Bäume ohne Blätter. Die Äste abgebrochen, aber noch schwebten sie in der Luft. Vor oder unter ihnen, im Vordergrund, standen Männer, die sogenannten Helden. Es schien, als wäre der Moment, den die Gemälde zeigten, jener Augenblick, in dem die Figuren, die Umgebung, die Landschaft zum letzten Mal als Ganzes zu sehen waren. Bruchkanten und Risse waren sichtbar und durchzogen die Männer und alles um sie herum. Eine Erschütterung und alles würde auseinanderfallen. Baselitz hatte den letzten Moment einer noch irgendwie intakten Welt festgehalten, für alle sichtbar, dass es sie danach nicht mehr geben würde.

Reste ihrer Uniformen hingen von den Körpern der

Männer und hatten sich mit dem Blut aus handgroßen Wunden verklebt. Ihre Penisse baumelten aus der Hose. Das waren keine Helden mehr, waren es vielleicht nie gewesen. Die Zeit ihrer Siege und Triumphe vorüber. Sie kehrten als Verlierer in die Dörfer zurück. Ihre Körper wie Deutschland ein offener Bruch.

Jetzt saßen sie im Gasthof, zerbombt und zermint. Nach Jahren zurück aus den russischen Lagern. Konnten ihre Gläser kaum noch halten. Stumm in der Ecke, im Schatten, außerhalb jeder Lichtquelle. Die Pisse, die ihre Waden hinunterlief.

Hans-Georg Kern war sieben Jahre alt, als der Krieg endete und diese Männer zurück in ihre Dörfer kamen, hinten in der letzten Reihe, die langsamsten unter tausenden Flüchtlingen, die über Nacht und manchmal für Tage Unterschlupf in den Klassenräumen der Dorfschule fanden. Einer von ihnen, Auge verloren, Splitter im Rücken, sein Vater.

VIII

Nach dem Abschluss der Realschule begann Jan seine Arbeit im Krankenhaus. Zunächst als Gelegenheitsjob, dann Vollzeit und immer beim Hol- und Bringdienst. Er schob Menschen, die nur noch ein paar Stunden zu leben hatten, noch schnell zum Röntgen und zum Ultraschall, gern auch zum MRT, damit das Krankenhaus die entsprechenden Leistungen, die natürlich vollkommen sinnlos waren, bei der Krankenkasse abrechnen konnte. Da er die Patienten schneller als andere von Station zu Station und von Behandlung zu Behandlung schob, bevor sie starben, hatte er sich den Spitznamen »Maschine« erarbeitet. Kurzform von Melkmaschine.

Jan mochte die Arbeit im Krankenhaus. Er kam auf den Stationen rum, kannte die Leute dort, und hin und wieder erkannte ihn sogar ein Patient. »Ah, Sie schon wieder!«, sagten sie dann. Das waren jene, die doch noch nicht starben und zum zweiten oder dritten Mal eingeliefert wurden und zum zweiten oder dritten Mal die sogenannte Endabrechnung mit ihm durchmachten. Extrem einträgliche, sehr liebgewordene Patienten. »Muss ich wirklich schon wieder zum Röntgen?«, fragten sie, oder: »Die Untersuchung hatte ich doch schon beim letzten Mal.« Er antwortete, dass er nur der Chauffeur und nicht der Arzt sei. Darüber lachten die meisten. Was die Ärztin anordnete, müssten sie beide, der Patient und er, befolgen. Karolina zwinkerte ihm zu.

Seine Schicht im Krankenhaus endete gegen sechs Uhr morgens. Bald würden die Tage wieder kürzer werden. Der Morgen dunkel. Kein rotes Glimmen am Horizont. Er ging durch den Haupteingang. Eine Extrarunde in der Drehtür, ein kurzes Nicken für Peggy am Empfangstresen, die ihn beobachtet hatte und lächelnd den Kopf schüttelte. Er glaubte, dass es ihr guttat, sich über jemanden lustig zu machen. »Schönen Feierabend!«, rief sie ihm hinterher.

Er hatte sich gefreut, die Nacht mit Karolina im Krankenhaus zu verbringen. Diese Nächte und Schichten mit ihr, seitdem keine Patienten mehr kamen, waren die schönsten überhaupt. Er wollte ihr vom Alten erzählen, der Wohnung in der Arztpraxis, der abgestandenen Fanta. Er wollte ihr sagen, dass er jetzt einen Schuhkarton zu Hause hätte und Kunstkataloge. Ja, wirklich. Sie hätten gemeinsam darüber lachen können, während sie nach Hause liefen, und an der Kreuzung beim Dänischen Bettenlager hätten sie sich verabschiedet und vielleicht, endlich mal wieder, geküsst.

Doch das Nachtzimmer von Karolina war abgeschlossen gewesen. Auf sein Klopfen hatte niemand reagiert. Jan sah sich in den Behandlungsräumen und im Wartebereich um, ging zum Röntgen und zur ersten Station der Inneren, seinen normalen und täglichen Arbeitsweg also, aber nirgends konnte er sie finden. Von den Wänden waren die Landschaftsfotografien und Farbflächengemälde schon abgehängt worden. Die Schnüre und Haken baumelten von den Bildleisten. Eine Wespe war in die Verkleidung der Deckenleuchten geraten und flog gegen die Neonröhre. Er stellte sich darunter, dort, wo er sie vermutete, und achtete auf ihr permanentes Anlaufnehmen und Anstoßen.

Karolina hatte ihm von einem jungen Hirsch erzählt, der eines Nachts auf dem Flur gestanden hatte. Wahrscheinlich hatte sie vergessen, die Tür zu verriegeln, bevor sie sich ins Bett gelegt hatte, oder einer der rumänischen Rettungssanitäter hatte ihre Anweisung nicht verstanden.

Der Hirsch, noch jung, kaum Geweih, war irgendwie auf den Flur und zwischen zwei Schiebetüren mit Bewegungsmelder geraten. Wann immer sich eine der beiden öffnete, rannte er auf sie zu. Dann schloss sie sich und er rannte gegen das Glas. Er nahm Anlauf und rannte zur anderen Tür, bis auch die sich wieder schloss. Mit jedem Versuch wurde er langsamer. Er schwankte, konnte bald seine Hufe nicht mehr aufsetzen, ohne auf dem zerkratzten Linoleumboden wegzurutschen. Das Glas vollgeschmiert mit seinem Speichel, Fellreste, die daran klebten. Die Zunge, die seitlich aus seinem Geäse hing. Dieses Schnaufen und dann immer wieder der Knall, wenn er mit seinem Kopf voran gegen die Schiebetür rannte. Karolina hatte das beobachtet, sie sagte, dass sie überlegt hatte, ihm eine Spritze zu geben oder Tabletten zur Beruhigung. Aber wie geben und wie viel vertrug so ein junger Hirsch und wie viel benötigte er für den Tod? Stattdessen legte sie sich ins Bett, schloss die Augen und kniff sie immer wieder zusammen, wenn sie den Aufprall hörte. Schließlich stopfte sie sich Stücke eines gebrauchten Taschentuchs in die Ohren.

Also ging er alleine nach Hause. Die Hauptstraße entlang, am leeren Ford-Autohaus vorbei, wo ein schwarz-gelbes Graffiti über die gesamte Schaufensterfläche gesprüht worden war: »Herzlichen Glückwunsch zum 60. Ganz Kamenz gratuliert Dynamo.« Vor den beiden Wohnblöcken blieb er stehen. Kein Licht, nicht einmal im Treppenhaus, im letzten bewohnten Block. Vielleicht war Karolina krank, vielleicht war ihre Schicht getauscht worden. Dann drehte er sich um, bog in die Einfamilienhaussiedlung, links und rechts gingen die Lichter in den Carports an. Die ewigen Bewegungsmelder. Zartes Unkraut im ersten Morgenlicht. Irgendwie schafften es die Pflanzen doch, sich gegen die Kiesflächen in den Vorgärten zu behaupten.

Obwohl Jan bewusst war, dass der Keller keine eigene und vollwertige Wohnung war, betrachtete er ihn wie eine. Er hatte sogar eine Fußmatte vor die Tür gelegt, mittlerweile durchtränkt vom nicht abfließenden Regenwasser, das sich wie in einem Waschbecken stauen konnte, weil altes Laub den Abfluss wie Haare verstopfte.

Er öffnete die Kellertür und streifte seine Schuhe ab. Im Abstellraum, dem ersten Raum, den er betrat, standen Fahrräder, die Waschmaschine, eine Werkbank, und erst daran angrenzend befanden sich die Wohnräume. Jan hörte Schritte im Flur, öffnete die Tür und sah sich um. Vater stand da. Bewegungslos, wie erstarrt und in sich zusammengesunken.

»Vati?«

»Ich …, äh. Willst du auch einen Kaffee? Ich wollte gerade welchen machen.«

Mit einer Hand stützte er sich an der Wand ab. Die andere hatte er zur Faust geballt. Jan folgte seinem Blick und sah, dass die Tür zu seinem Wohnzimmer angelehnt war.

»Warum bist du in meiner Wohnung?«, fragte er.

Sofort blickte Vater zu Boden.

»Tut mir leid, ich hab nur was gesucht.«

»Was hast du denn gesucht?«

»Nichts, wirklich.«

Also ging Jan ins Wohnzimmer. »Jan«, sagte Vater und immer wieder: »Jan, bitte.«

Auf dem Boden lagen die Papiere aus der Kiste verteilt. »Jan.« Er bückte sich und versuchte eine Ordnung dahinter zu erkennen, hob Bilder und Akten auf.

»Was soll das?«

Vater stand noch immer da. Die orangefarbene Wand hinter ihm. Der Strukturputz, an dem er sich wie festzukrallen versuchte.

»Die sind mir runtergefallen«, sagte er, »ich wollte das gerade wieder aufsammeln.«

Jan griff nach einzelnen Seiten und streckte sie ihm entgegen. »Das sieht nicht so aus, als wäre da zufällig was runtergefallen.«

»So ein berühmter Maler«, sagte Vater, es war mehr Stammeln als Reden, »mit solchen Leuten haben wir ja nichts zu tun. Ich war ein bisschen neugierig.«

Jan glaubte ihm kein Wort. »Hör auf, in meinen Sachen rumzuwühlen! Wie kommst du überhaupt auf so eine Idee?«

Vater nickte und betrachtete die Kellertür. Er schien sich einen Ruck geben zu müssen, um die andere Seite des Flures zu erreichen. Frei im Raum. Nichts, woran er sich abstützen, nichts, wohinter er sich verstecken konnte. Durch das Geräusch seiner auftretenden Hausschuhe auf dem Laminat hätte Jan beinahe nicht gehört, was er sagte: »Deine Mutter hätte das auch nicht gewollt.«

»Wie bitte?«

Keine Antwort.

»Was hat Mutti denn damit zu tun?«, rief Jan.

»Ich glaube nicht«, sagte Vater, »dass die das gut gefunden hätte, dass du mit diesen Leuten zu tun hast.«

»Was denn für Leute? Ich kenne die doch gar nicht. Was willst du denn eigentlich? Was ist denn dein Scheißproblem?«

Aber Vater öffnete einfach die Kellertür und ließ sie hinter sich ins Schloss fallen. Jan überlegte, ihm hinterherzulaufen. Ihn zu bitten, zu antworten. Ihn zu fragen, warum er Mutter erwähnen musste, ausgerechnet sie. Hier und jetzt, aus seinem Mund. Er konnte sich nicht daran erinnern, wann Vater das letzte Mal über sie geredet hatte.

IX

Wie lange er brauchte, um zu lernen, wie man ein Grab bepflanzte. Den schmalen Streifen Erde, der sich noch absenkte. Kurz nach der Beerdigung war er in die Gärtnerei gefahren, um sich um die Bepflanzung zu kümmern. Er kniete sich vor das Holzkreuz, die Erde war nass und stellenweise kupferrot vom Lehm. Jan pflanzte Stiefmütterchen und Efeu. Er dachte, das machte man so.

Als er nach einer Woche wiederkam, hatte die Erde die Pflanzen in tiefen Rissen verschluckt. Was wie ein Beet ausgesehen hatte, hing in der Mitte durch. Er griff mit den Händen in die Erde, um an den Wurzeln zu ziehen. Um sie rauszuholen. Dann erschrak er und bewegte sich nicht mehr. Er hatte Angst, mit seinen Händen Mutters Urne zu berühren. Vor der Bestattung hatte er sie angefasst, die billigste Version aus Aluminium. Dunkelgrün, weil das Mutters Lieblingsfarbe gewesen war. Kalt und glatt wie eine Thermoskanne. Er stellte sich vor, sie noch einmal zu berühren. Irgendwo tief in diesem Boden. Bei jedem Stein und jedem Regenwurm hätte er sich vorgestellt, dass das Mutters Urne war.

Also zog er seine Hände heraus und die Stiefmütterchen und den Efeu an den Blättern aus der Erde. Er legte sie daneben. Die Sonne würde sie erst austrocknen und dann ausbleichen. Wie bei einer Sandburg versuchte er, die Risse in der Erde zuzuschütten. Klopfte sie fest. Es klang wie ein vom Essen fester Bauch. Bei jedem Klopfen sagte er leise: »Entschuldigung.«

*

Ein Nachmittag im September. In der grauen Wolkendecke waren Risse, durch die der blaue Himmel schien. Wie eine Marmorplatte, die über allem schwebte. Regen, der sich hin und wieder löste. An manchen Tagen spülte er das Moos aus den Rillen der Gehwegplatten. Mutter war immer pünktlich. Manchmal sah Jan sie noch ein, zwei Runden um das Hortgelände laufen. Am Zaun entlang. Die Kinder hatten sich so daran gewöhnt, dass sie sie gar nicht mehr beachteten. Irgendwie, das war allen klar, musste sie ihre Zeit rumkriegen.

Sie hatte eine Plastiktüte der Fleischerei Minkwitz in ihrer Jackentasche. Jan sah sie hervorquellen. Mutter nahm sie heraus und streckte sie ihm entgegen. »Wir gehen Kastanien sammeln«, sagte sie. Er war so begeistert, dass er es den Erzieherinnen bei der Verabschiedung sagte. Er sagte es seinen Freunden und deren Eltern. Später erst wusste er ihre Blicke einzuschätzen, die sie auf ihn und Mutter warfen. Dieses Mitleid, dieser Ekel, diese

Abneigung. Als würden sie stinken. Als würde ihnen die Unterstützung vom Staat aus den Poren quellen. Zusammen mit all dem Alkohol, den die Leber von Mutter schon nicht mehr verarbeiten konnte. Und dann bildeten sich eitrige Klumpen, die sich auf ihrer und seiner Haut zu ganzen Flächen ausbildeten. Sie waren Landkarten. Sie waren Fliegenpilze.

Mutter nahm seine Hand und führte ihn die Straße entlang. Sie sagte nichts und fragte ihn selten etwas. Er brauchte ihr nie zu erklären, was er in der Schule gerade machte. Hin und wieder erzählte er ihr von einem Sprint, bei dem er der Schnellste gewesen, oder von einem Sprung, bei dem er am weitesten gekommen war. Er warf die Bälle am höchsten, er stemmte das meiste Gewicht. Irgendwann hatte Jan herausgefunden, dass sie solche Lügen mochte. Vor allem, wenn es um Sport ging.

Er sah sie an. Ihre Augen waren klein, immer wie zusammengekniffen. Ihre Haare voller Wellen, unbändig und nicht gemacht für Zöpfe. Nieselregen schien sie binnen Sekunden aufquellen zu lassen. Sie erzählte oft davon, wie sie sie als junge Frau flechten wollte, dünn haben wollte und ganz lang. Wie bei den anderen Frauen sollten sie hin und her schwingen, angehoben und bewegt von Sommerwinden. Jede Kopfbewegung, als würde ein Vorhang fallen. Jeder Schritt wie ein Pferdegalopp. Dann erzählte sie Jan auch, dass sie gern Töchter gehabt hätte.

Er hielt die Plastiktüte in der Hand, fasste sie an den Henkeln und ließ sie durch die Luft gleiten wie einen Fallschirm. Sie blähte sich auf, fiel in sich zusammen. Er hielt sie höher und bewegte seinen Arm schneller.

In der Nähe des alten Stadtbades, wo sich in den leeren Becken die Skateboarder trafen, endete die asphaltierte Straße. Jan war sich sicher gewesen, schon die eine oder andere Kastanie gesehen zu haben. Aber Mutter schwieg. Der Aufgang zum Güterbahnhof war mit Steinen gepflastert, größer als Jans Füße. Die Schienen begannen, dahinter Schornsteine und Häuser, aus denen Büsche wuchsen. Jede Rille, jede Ritze in den Gebäuden ein Nest, ein Beet. Jan stellte sich Gärten vor, die in den Himmel wuchsen, und übereinandergestapelte Tiergehege. Er hörte Krähen und dass ihr Rufen die Gebäude nicht zu verlassen schien. Die Schatten wurden länger. Dunkler. Ihm wurde kalt.

Mutter öffnete ein Eisentor. Es stand allein, kein Zaun ringsum. Das Pförtnerhäuschen verwaist. Sie hätten einfach drum herum gehen können. Obwohl Jan auf Pflastersteinen lief, er konnte sie ja deutlich sehen, waren seine Schritte nicht zu hören. Moose und Gräser quollen aus den Rillen. Es war weich unter seinen Füßen wie auf einem Teppich. Mutter blieb kurz stehen und hob ihr Kinn. Sie schien hören zu wollen, ob da jemand war, ob sie alleine waren.

Mutter nahm ihm die Plastiktüte ab, zerknüllte sie in ihrer Faust und behielt sie dort. Sie lief jetzt hinter ihm. Hin und wieder berührte sie seinen Rücken, dadurch lenkte sie ihn.

Jan blieb auf einer Art Lichtung stehen. Um ihn herum

waren die Schuppen kreisrund angeordnet, in denen einmal die Loks gestanden hatten. Er in der Mitte wie in einer Manege. Die grün und blau gestrichenen Eisenverschläge der Holztore. Das Letzte, worauf sich Farbe gehalten hatte. Hinter den Bäumchen, die aus dem Dach wuchsen, waren Giebel anderer Gebäude zu erkennen. Eine Fabrik vielleicht. Rohre mündeten darin. Treppenstufen, die ins Nichts führten. Mutters Hand auf seiner Schulter. Mit der anderen knüllte sie weiter und immer wieder die Plastiktüte.

»Mutti?«, fragte Jan. Er wollte nicht weitergehen. Wollte überhaupt nicht mehr hier sein. Das Rascheln der Tüte. Die Krähen im Gebäude. Er spürte Mutters Bauch an seinem Rücken. »Mutti?« Sie antwortete nicht. »Mutti?« Er drehte sich um. Ihre Augen waren rot, ihre Haut wirkte dadurch noch blasser.

Sie streckte Arm und Zeigefinger aus. »Da drüben.« Sie ging einen Schritt zurück.

Jan wusste nicht, was sie meinte. Konnte sich von ihrem Gesicht nicht lösen.

»Da!« Sie wurde lauter. Sie machte ihm Angst mit diesen Augen. Ihr ganzer Körper, der zu zittern schien, als könnte er durch dieses Schütteln leichter in die Luft übergehen. Jan konnte ihren Kirsch-Kaugummi riechen.

Zwischen zwei Hallen lag Dämmmaterial von Rohren, als hätte jemand Kaninchenfell verstreut. Der feuchte, rote Boden wie frisches Blut. Stahlstreben, die sich von ihrem Betonmantel befreit hatten. Dann sah Jan den Kastanienbaum. Von Mauerresten eingegrenzt, konnte sich die Krone nicht ausbreiten. »Geh hin«, sagte Mutter. »Die sind alle für dich.« Sie gab ihm die Tüte und Jan rannte los.

Es kam ihm so vor, als hätte seit hunderten Jahren von diesem Baum keiner mehr eine Kastanie aufgesammelt. Als wären sie nicht verrottet, sondern liegen geblieben. Als hätten sie sich gestapelt. Ein Bällebad, wie er es sich aus Erzählungen von Klassenkameraden vorstellte, die bei McDonald's ihren Geburtstag feiern durften. Alle Tüten dieser Welt hätte er mit diesen, seinen Kastanien gefüllt.

Mutter machte einen Knoten in die Henkel, nahm ihm die Tüte ab und trug sie wie einen Medizinball mit beiden Händen. Die Kastanien, die gegen die dünne Haut aus Kunststoff drückten, sie schwitzten und glänzten.

Mutter stellte die Tüte samt Kastanien zunächst zu Hause in den Flur. Hin und wieder nahm Jan sich eine, spuckte darauf, polierte sie. Drehte sie zwischen den Fingern, legte sie auf seine Handfläche. Einmal probierte er, mit Zahnstochern Figuren zu basteln. Er saß am Küchentisch, Vater noch auf Arbeit, von Mutter wusste er nicht, wo sie war. Und versuchte, die dünnen Hölzer durch die Kastanienhaut zu rammen. Aber drang nicht hindurch. Er rutschte ab, zerbrach die Zahnstocher und piekte sich in die Finger. Dann legte er die Kastanien zurück in die Tüte und die Tüte zurück in den Flur.

Eines Tages stand er am Fenster. Mutter unten, im Käfig bei den Mülltonnen. Selbst vom dritten Stock des Blocks aus konnte Jan die Kastanien hören, wie sie in die Tonne fielen. Mutter schüttete die Tüte aus und strich sie glatt. Sie blickte nach oben und er wusste nicht, ob sie ihn gesehen hatte. Sie faltete die Tüte zusammen und steckte sie in ihre Jackentasche.

X

Karolina wohnte in dem letzten der beiden übrig gebliebenen Blöcke. Sie lebte dort mit ihrer Mutter, die im Rossmann arbeitete und abends manchmal nicht nach Hause kam. Das waren die Abende, an denen Jan zu Karolina kommen durfte. Frisches Hemd, frische Unterwäsche. Am Eingang holte sie ihn ab. Im Aufzug sah er sie an. Im kleinen Spiegel, vollgeschmiert mit Edding, zugeklebt mit Dynamo-Stickern. Aber zwischen den Aufklebern, in kleinen Drei- oder Vierecken, wo der Spiegel nicht verdeckt war, konnte er ihren Rücken sehen und den schmalen Hals. Die Wirbelsäule unter ihrer Haut. Die Haare in ihren Leberflecken.

Es war gar nicht lange her, dass Mutter, Vater und Jan auch im Block gewohnt hatten. Irgendwann hatte Jan bemerkt, dass die Wohnungen ringsum leer wurden und dass die Nachbarn nicht, wie oft behauptet wurde, wiederkamen. Bald waren sie die letzte Familie im Block und mussten umziehen, in eine andere Platte, zusammengekehrt mit den Übriggebliebenen aus den anderen Blöcken. Für manche war das der dritte Umzug dieser Art. Die packten die Kisten schon gar nicht mehr aus.

Wo vorher Kleinstädte entstanden waren, aus Beton in den Himmel geformt, versorgt mit einem eigenen Heizwerk, angebunden durch Straßen, breit für vier Autos, standen jetzt zwei Kästen wie übriggebliebene Dominosteine, die noch nicht umfallen wollten. Die zwei Riesen, so hießen sie. Oder »Erichs Rache«, so nannten sie die Leute aus den Einfamilienhäusern, weil sich am Nachmittag die Schatten der Blöcke über die Gärten und Carports legten.

Dreißig Jahre Wiedervereinigung und keiner der ehemaligen Nachbarn war zurückgekommen. Mittlerweile standen sogar schon die Gewerbegebiete und Einkaufszentren leer, die als Allheilmittel vor die Städte auf die grüne Wiese gepflanzt worden waren. Verlängerte Werkbank, da ging es noch gut. Irgendwann Nagelstudios, Handyhüllenläden, Tedi, MäcGeiz, dann lange nichts und schließlich ein Investor, der das kleine Einkaufszentrum vor der Stadt in eine Paintballhalle umnutzen wollte. Aber es gab hier einfach zu wenige junge Leute im Umkreis, um anständige Teams bilden zu können.

»Ich habe dich gesucht«, sagte Jan, als Karolina die Wohnungstür hinter sich schloss. Sie nahm ihm seine Jacke ab und legte sie über einen Stuhl, der statt einer Garderobe im Flur stand.

»Die haben mich gar nicht erst die Schicht antreten lassen«, sagte sie. »Ich wollte dir das mitteilen, aber irgendwie hab ich es vermasselt. Tut mir leid.«

Jan lächelte. Seitdem er sie kannte, war er bemüht so zu

tun, als wäre es ihm gleichgültig, ob sie an ihn dachte oder nicht.

»Willst du was trinken?«, fragte Karolina.

»Gibt es weißen?«

»Ich glaube schon«, sagte sie und ging zum Kühlschrank. Karolinas Mutter brachte aus der Rossmann-Weinabteilung immer wieder »abgelaufene Weine« mit. Mehr oder weniger legal, aber sie sah das recht pragmatisch. Ihrer Einstellung nach, so erzählte es Karolina, konnte man sie, eine polnische Mutter, nicht mit dem Vorwurf des Diebstahls konfrontieren, selbst wenn er zutraf. Das wäre Rassismus, Diskussion beendet. Das würde sie sich nicht bieten lassen und mit klimpernden Flaschen unter ihrer Daunenjacke davongehen.

In Karolinas Zimmer war die kleine Lampe auf dem Fensterbrett eingeschaltet. Mitten im Raum stand der Wäscheständer. Ihre Unterwäsche darauf, als wäre sie von oben darübergestreut worden. Ihr Bett ausgeklappt. Schmaler als jenes, das ihr im Krankenhaus zur Verfügung stand. Dort legte sie sich hin. Jan stand noch am Fenster. Sah die kleinen Häuser vor sich, unter sich. Glaubte einen Lichtschein an der Laderampe vom Dänischen Bettenlager zu erkennen. Er stellte sich vor, wie Karolina ihn von hier aus sehen konnte. Im Garten, zwischen den Palisaden, das Bier am Stuhlbein. Wie er die Katze streichelte. Wie er von der Arbeit kam und über die Kellertreppe nach unten in seine Wohnung ging. Vielleicht beobachtete sie ihn. Vielleicht bemerkte sie ihn gar nicht. Er legte sich neben sie und starrte an die Decke.

Er streichelte ihr über den Hals, die Hauptschlagader entlang. Spürte ihre Schlüsselbeine unter dem dünnen Pullover. Überlegte, ob das richtig war, jetzt, in diesem Moment:

»Weißt du irgendwas über den Alten?«, fragte er leise.

Karolina zog den Pullover über den nackten Streifen Haut ihres Bauches. »Wieso fragst du das?«

»Nur so.«

»Der sitzt oft im Foyer und grüßt mich. Ich habe manchmal den Eindruck, der wartet auf mich.«

»Etwas Privates, meine ich.«

»Etwas Privates«, wiederholte Karolina und schien das Wort auszuprobieren. »Etwas Privates …« Dann schüttelte sie den Kopf.

Alle Türen der Wohnung hatten Glaseinsätze. Die Struktur der Scheiben glich dem Kratzputz der Wände. Das Licht aus dem Flur ging nicht einfach hindurch, sondern streute sich, brach tausendfach. Manchmal kam es Jan so vor, als würde er mit Karolina in einem Aquarium sitzen.

»Er hat sich immer mal wieder nach dir erkundigt«, sagte Karolina.

Jan rückte ein Stück von ihr weg, um ihr Gesicht besser sehen zu können. »Was wollte er denn wissen?«

»Wie alt du bist, wie lange du schon im Krankenhaus arbeitest. Was deine Eltern gearbeitet haben. Er hat versucht, das beiläufig anzusprechen, aber es ist mir schon aufgefallen.«

»Und was hast du geantwortet?«

Sie lächelte. »Na, dass ich nicht die Auskunft bin.«

Mit der Zeit hatte sich der Asphalt, der über die Straßen aus Betonplatten gegossen worden war, mit jedem Reifen, der darüberfuhr, weiter abgetragen. Mittlerweile lagen die Platten wieder nackt da. Die Rillen dazwischen. Der Rhythmus der Straßen war zurück. Der Herzschlag. Egal, wie langsam oder schnell die Autos darüberfuhren. Auch jetzt schlug leise das Herz vor dem Block, das ewige Bum-Bum, Bum-Bum der Betonplattenrillen.

»Ich bin zu ihm nach Hause gegangen«, sagte Jan.

Karolina schien nicht überrascht.

»Er hat mir Unterlagen gegeben, die irgendetwas mit seinem Vater zu tun haben. Er hat mir ein Foto von ihm gezeigt und ich kannte das Gesicht von irgendwoher.«

Karolinas Blick in den Raum, an die Wände. »Was steht in den Unterlagen?«

»Keine Ahnung«, sagte Jan. »Aber als ich gestern nach Hause kam, habe ich meinen Vater dabei erwischt, wie er die Sachen durchwühlt hat.«

Karolina strich ihm über die Oberschenkel, als wollte sie ihn wärmen.

»Warum hat er das gemacht?«

»Keine Ahnung.« Er lehnte seinen Kopf an Karolinas Schulter. Ihre Hand auf seinen Haaren, ihre Finger zwischen einzelnen kurzen Strähnen. Manchmal dachte er noch an den Moment, als sie einmal unter ihren Fingernägeln seine Haarschuppen beseitigte. Sie saß da, die Beine übergeschlagen, und fuhr sich mit dem Zeigefinger der einen Hand unter die Nägel der anderen und strich alles, was sie dabei beseitigte, am Bezug ihres Kopfkissens ab. Seither nutzte er ein Shampoo, das auch nach dem Duschen noch derart auf der Kopfhaut brannte, dass er das Gefühl hatte, sie würde sich vom Schädel lösen. Hauptsache, keine einzige Haarschuppe würde je wieder unter Karolinas Fingernägeln landen.

»Das Komischste ist aber«, sagte Jan, »dass Vater auf einmal über Mutter gesprochen hat.«

Karolina hörte abrupt auf, ihre Finger zu bewegen. Sie sah ihn an. Fast Nase an Nase. »Versprich mir, dass du auf dich aufpasst«, sagte sie.

»Ich bringe dem Alten den ganzen Kram zurück«, sagte Jan. »Ich weiß nicht, was ich damit soll, ich hab keine Lust, mich weiter damit zu beschäftigen.«

XI

Nach Mutters Tod ging Jan wieder und wieder zum alten Glaswerk, vorbei am ehemaligen Güterbahnhof und durch das Eisentor, nie drum herum. Er stellte sich in die Mitte des Kreises aus Lokschuppen, stand unter der Kastanie und blickte zum Dachstuhl der angrenzenden Werkhalle.

Er holte Florena-Creme-Dosen aus alten Holzspinden, Club-Cola-Flaschen, der letzte Schluck fest geworden und schwarz wie Motoröl. Er löste Fliesen von den Wänden, brach sich Türklinken und Fenstergriffe ab. Er fand Namensschilder und Schichtpläne und Büros hinter niedrigen Türen. Der Schreibtischstuhl zurückgeschoben, im Aschenbecher noch Kippenstummel. Er betrat diese Räume wie zur Pause, wie zur Feuerübung.

Er ging durch die Fabrik und packte seinen Rucksack voll. Um ihn herum Dunst und Staub, die ewigen feuchten Backsteine, triefend nass von Regen und Schweiß. Pechschwarze Rinnsale und Mooskissen, die davon zehrten.

In manchen Räumen lagen Glassteine wie Kiesel auf dem Boden verstreut. Steine, die er mit Finger und Spucke polieren konnte. Die schwarzen Steine waren nur so lange schwarz, bis er sie in die Sonne hielt; auf einmal schimmerten sie blau. An den Ecken und Kanten brach das Licht und blendete ihn. Mutter hatte ihm nichts über diesen Ort erzählt und auch nichts über die anderen. Der Güterbahnhof mit dem Kastanienbaum. Oder das, was aus einem Fenster in der zweiten Etage der Glasfabrik, hinter ausladenden Hecken, wie die Reste einer Kleingartenanlage ausgesehen hatte. Bretterhaufen, wo Lauben gestanden hatten. Die Natur wie ein Tarnnetz darübergelegt. Von einigen Harken waren nur noch die metallenen Zinken übrig. Der Holzstiel verfault. Metallene Skelette von Regenschirmen und Hollywoodschaukeln. In einer Regentonne waren tote Mäuse zu Boden gesunken. Jan nahm einen Glasstein und ließ ihn ins Wasser gleiten. Folgte ihm, beobachtete seinen Weg nach unten, aber wandte sich schließlich doch ab, kurz bevor der Stein die Mäuse berührte. Er stellte sich vor, dass der Stein die Mäusekörper auflösen würde. Nur diese Berührung und sie würden im Wasser zerstieben wie Instanttee.

Jan suchte diese Orte immer wieder auf, Bahnhof, Glasfabrik, Gartenanlage. Ein einziges, großes Gebiet. Zusammengehalten von Efeuranken. Er suchte nach Spuren, Indizien, Hinweisen. Sammelte ein und auf, was er finden konnte. Vielleicht war es Mutter wirklich nur um den Kastanienbaum gegangen. Vielleicht um die Glassteine, vielleicht um irgendeines der eingestürzten Plumpsklos irgendeines Schrebergartens. Aber das glaubte er nicht mehr.

Tag für Tag über Monate hinweg hatte er Stück für Stück

der inneren Überreste der Fabrik, des Bahnhofes und der Gartenanlage in sein Zimmer überführt. Dort stapelten sich bald Fliesen, lose Backsteine, abgeschraubte Stuhlrückenlehnen, Kissenhüllen, Radioantennen, Schichtpläne und Unterlagen jeder Art.

Eines Tages lagen blaue Plastiksäcke vor seiner Zimmertür. Irgendwann hingen sie an der Türklinke. Als er Vater darauf ansprach, sagte der: »Ich rede erst wieder mit dir, wenn das Zeug aus meinem Haus verschwunden ist.« Sein Haus. Das hatte er zuvor nie gesagt.

Als er von der Arbeit kam, war seine Zimmertür abgeschlossen. Jan setzte sich vors Haus, damit Vater ihn sehen konnte. Die Gummistiefel geschultert, die Gummihose nass in der Plastiktüte. Vater grinste, je näher er kam.

»Was soll das?«, sagte Jan.

»Guten Tag erstmal.« Vater blieb stehen, Jan sitzen. Er schaute auf ihn herab.

»Warum hast du mein Zimmer abgeschlossen?«

»Kommst du nicht mehr rein?«

»Tu nicht so.«

Vater stellte seine Stiefel vor ihm ab. Er roch den Tümpel und den Matsch.

»Dein Zimmer ist so zugerümpelt«, sagte Vater, »da brauchst du dich nicht zu wundern, dass die Tür nicht mehr aufgeht.«

»Ich bin erwachsen, du kannst nicht einfach mein Zimmer abriegeln.«

»Erwachsene Männer«, sagte Vater und beugte sich nach

vorn, »wohnen eigentlich auch nicht mehr bei den Eltern. Du kannst dir jederzeit eine eigene Wohnung suchen. Und eine extra Garage für den ganzen Mist, den du hortest. Räum deine Messiebude auf, dann darfst du bleiben. So einfach ist das.« Er ging an ihm vorbei ins Haus.

XII

Die Unterlagen im Schuhkarton waren nicht sortiert. Jan stieß zuerst auf einige Fotografien, die auf die erste Hälfte der 80er-Jahre datiert waren. Sie zeigten Räume eines Einfamilienhauses. Braune Sessel, ein Sofa, eine Schrankwand. Mit Kugelschreiber war auf einem der Fotos etwas eingekreist worden. Die Fotografien waren von schlechter Qualität. Er blätterte weiter, in der Hoffnung, zu verstehen, worum es sich dabei handelte. Er fand einen Grundriss mit jedem Möbelstück und den Anschlüssen für Strom und Wasser. Bei dem Vermerk »Stube«, dem größten Raum des Hauses, war über dem Sofa ein Rechteck gezeichnet worden. Ein Pfeil daneben und daran die Worte: *Gemälde G. Baselitz: ›Der Jäger‹*.

*

Familie Kern lebte damals am Fuße des Bautzner Berges in einem kleinen Einfamilienhaus. Der Berg selbst war eher ein Hügel, eine Erhebung am Ortsausgang, langgezogen und frei von Bäumen, weshalb er für die Landwirtschaft genutzt wurde. Mit der Zeit wurden an den Rändern, wo der Hügel abflachte, Einfamilienhäuser gebaut. Jedes Jahr kamen ein paar mehr dazu. Anfänglich noch zweigeschossig mit Giebel und Biberschwanzdachziegeln, bald flache Bungalowbauten aus Sichtbeton mit Dachpappe. Große Grundstücke, allesamt mit Blick auf den Rathausturm. Und als steckte ein Plan dahinter, änderte sich mit der Bauweise auch die Nachbarschaft. Vorzugsweise Offiziere und Parteikader zogen in die Bungalows am Bautzner Berg. Kerns in ihrem zweigeschossigen Ziegelbau staunten nicht schlecht, als sie erfuhren, dass ihre Wohngegend nunmehr »Bonzenberg« genannt wurde und sie dort zwangsläufig verortet waren.

Familie Kern, das waren: Günter Kern, der Bruder von Hans-Georg Kern, später Georg Baselitz, 1943 geboren, gezeugt während des Fronturlaubs des Vaters, war Fahrschullehrer ohne eigenes Auto. Seine Ausbildung hatte er nach der POS bei der Güterabfertigung der Reichsbahn gemacht. Seine Frau Sabine Kern war Berufsschullehrerin. Der Sohn, Thorsten Kern, war noch Schüler, leidenschaftlicher Kegelspieler und am Ende der Pubertät.

Das Haus der Kerns hatte einen Vorbau, in dem sich Gäste die Schuhe auszuziehen hatten. Durch ein rundes Fenster mit gelber Scheibe schien zur Mittagszeit Licht auf den Fußabtreter. Der Garten war so groß, dass ein zweites, baugleiches Haus neben jenes der Kerns gepasst hätte, und reichte bis zu ein paar Hecken und jungen Kiefern. Allesamt im Schatten. Durch die Lage am Hügelhang, der Sonnenseite abgewandt, ließen sich Tomaten, Sorte *Harzfeuer*, nicht anpflanzen.

Günter Kern entstammte der Deutschbaselitzer Lehrerfamilie. Das bedeutete, dass sein und Georgs Vater der Lehrer im Dorf gewesen war, auch zwischen 1933 und 1939, bevor er für den Krieg eingezogen worden war. Als Lehrer kannte Günter seinen Vater jedoch nicht. Irgendwie musste es ja stimmen, da die Familie schließlich im Schulgebäude über den Klassenräumen wohnte. Günter kannte seinen Vater nur als den einäugigen Straßenkehrer. Als ehemaliges NSDAP-Mitglied, von den Russen abgesetzt und aller Ämter enthoben, hatte er fortan die Straßengräben zu reinigen. Günter und Georg sahen vom Fenster aus zu, oder hinter Büschen versteckt, wie Vater Müll einsammelte und festgetrocknete Pferdeäpfel von der Straße kratzte. Wie er die Rinnsale freihielt von Schlick und Schlamm, damit Zu- und Ablauf der Teiche nicht verstopften. Am Abend, zurück im Haus, verteilte Vater bei jeder Bewegung getrockneten Schlamm, der von seinen Schuhen und Hosen bröselte. Dann kam Mutter, die nichts sagte, die ihm keinen Vorwurf machte, nicht vor den Kindern, und den Dreck hinter ihm beseitigte. Und das alles, nachdem die letzten Schulkinder das Haus verlassen hatten, deren Unterricht sie notdürftig und ohne entsprechende Ausbildung übernommen hatte. Kerns, die Lehrerfamilie, so viel war davon geblieben. In einer Hälfte des Raumes Flüchtlinge aus Schlesien, in der anderen ABC-Schützen.

Das ganze Dorf war schließlich versammelt; einige

Nachbarn halfen, andere standen daneben, die Hand vorm Mund, die Augen weit aufgerissen, als Kerns 1950 aus der Schule ausziehen und für die neue Lehrerfamilie Platz machen mussten. Jan fand eine Inventarliste über diesen Umzug von Deutschbaselitz nach Kamenz. Danach nahm die Familie Kern folgende Dinge mit: 2 Ziegen, 12 Hühner, 8 Kaninchen, 2 Rhododendron-Sträucher. Die Familie bezog eine Wohnung an der Macherstraße unweit des Kasernengeländes, wo in jenen Jahren die Russen der kasernierten Volkspolizei wichen, auf die bald die NVA folgen sollte. Der alte Flugplatz war in der Nähe. Bei Jesau entstanden die ersten größeren Neubaugebiete. Und die Straße war ja da, die nach Deutschbaselitz führte, ein Zurück irgendwie möglich, theoretisch. Die Tiere wurden nach und nach verkauft. So viel Platz wie auf dem Schulgrundstück war im Hinterhof der Wohnbaracke dann doch nicht.

Günter und Georg liefen die Straße entlang. Wenn ein Auto sie passierte, winkten sie dem Fahrer nach. Wenn er hupte, lachten sie. Sie verließen die enge Wohnung in Kamenz, weg von dem Vater, der oft bis in die Nacht in der Stadt verschwand. Der humpelnd und von zwei alten Kameraden gestützt wieder nach Hause kam. All diese Helden. Der neue Polizeipräsident, altes KPD-Mitglied und ein ehemaliger Schüler, hatte verhindert, dass der Vater ins Arbeitslager gekommen oder nach Sibirien geschickt worden war. »Nazilehrer«, hörten die Brüder ein paar Leute sagen: alte Nachbarn, neue Nachbarn und die gleichen Männer, die mit ihm aus dem Krieg gekommen waren und die jetzt fleißig jedem Soldaten mit rotem Stern auf der Mütze salutierten.

Die Kern-Brüder bewegten sich in Deutschbaselitz, als würden sie noch immer dort wohnen. Sie warteten vor der Dorfschule, um die neuen Bewohner zu sehen. Gingen zur Rittergutwiese und tauchten Füße und Hände ins Wasser. Dackelwurf bei Necks, Welpen streicheln. In dem Wäldchen an der Straße nach Piskowitz hatten Günter und Georg vor einiger Zeit Scherben in der Erde gefunden. Bei einem ihrer nächsten Ausflüge brachten sie Schaufeln und Eimer mit und bald darauf mit Zeitung ausgekleidete Einkaufsnetze, mit denen sie die Scherben in ihre Wohnung in Kamenz transportieren wollten. Adolf Klinger, einer aus Vaters Straßenkehrerkompanie, hatte ihnen erzählt, dass es sich dabei um Tonscherben von Urnen handeln würde.

Im Wald, an ihrer altbekannten Stelle angekommen, mit Stöckchen hatten sie ein Quadrat auf dem Boden gebildet, etwa fünf mal fünf Fuß, begann Günter zu graben. Er stellte sich auf die Schaufel. Versuchte, sein ganzes Gewicht gegen diesen Boden zu stemmen. Konnte sich vorstellen, dass die Schaufel gegen dieses Erdreich aus kleinen und großen Steinen eigentlich keine Chance hatte. Der Waldboden hier war nur eine Schicht aus Kiefernnadeln, darunter Sand und dann ewig verkeilte Steine, als hätte vor langer Zeit jemand die Gegend zugemauert. Georg hinter ihm. Pfeifend. Über ihm wogten die Kiefernwipfel hin und her.

»Warte!«, rief Georg. »Hör auf!« Er warf sich mit dem

ganzen Körper auf die Stelle, die Günter mehr aushebelte als freischaufelte. »Was ist denn?«, fragte der und hockte sich neben ihn: »Was hast du denn?«

Georg zog eine goldene Pfeilspitze aus dem Dreck. Daumen und Zeigefinger wie eine Pinzette. Er legte sie ab, klopfte dagegen, bis der Dreck sich löste. Hauchte sie an. Eine sehr dicke Nadel, ein metallenes Fieberthermometer, genau war das nicht zu erkennen, aber Georg lächelte darüber.

»Was ist das?«, fragte Günter und ging nah an die Pfeilspitze heran.

»Wenn du mir hilfst, noch ein paar davon zu finden, verrate ich es dir. Nein!«, er wurde lauter, »nicht mit der Schaufel.«

Also hockte Günter sich neben ihn, schaufelte mit der Hand. Er konnte Georgs Atem hören und wie schnell der ging. Auch er zog mit den Fingern an den glänzenden Spitzen, die bald aus dem Sand ragten. Seine Pfeilspitze war kürzer als die andere, er zeigte sie Georg. »Sehr gut, such weiter!« Und das tat er, auch über die mit Ästen abgegrenzte Fläche hinaus. Er spürte seine Handballen nicht mehr, mit denen er Nadeln und Sand zur Seite schob. Hatte das Gefühl, seine Finger nicht mehr einknicken zu können. Und immer wieder bissen ihn Ameisen in den Handrücken, kleine schwarze und am schlimmsten die großen roten. Georg, der ihn antrieb und der über jede weitere Pfeilspitze wie über die erste lächelte. Und noch ging es ja, noch waren seine Finger zu gebrauchen. Eigentlich eigneten sich taube und steife Finger sowieso besser zum Graben.

»Du weißt, was das ist, oder?«, fragte Georg.

Günter nickte. Er hatte eine Ahnung. Die Männer im Gasthof hatten von Kugeln gesprochen, die sie getroffen hatten, darum hatte er sie sich runder vorgestellt. Vielleicht wurden sie das aber auch erst in dem Moment, als sie ihr Ziel trafen.

»Du legst sie ins Gewehr rein, dann kommt Feuer, dann kannst du schießen.«

»Also brauchen wir Feuer«, sagte Günter.

Georg steckte sich die Patronen in die Hosentasche. »Ja«, sagte er, »wir brauchen Feuer.«

Ihr Karnickelstall im Garten der Dorfschule stand noch. Einige Türen fehlten und lagen auf dem Boden. Das Dach war scheinbar undicht, denn Reste von Stroh in den oberen Boxen rochen modrig. Offenbar wollten die neuen Bewohner der Schule keine Kaninchen halten, auch Hühner waren nicht zu sehen. Die Gemüsebeete von Unkraut verwildert.

Günter sammelte das wenige trockene Stroh aus den unteren Boxen und schichtete es zu einem Haufen, das Schulgebäude, Fenster und Tür im Blick. Um diese Zeit war der Unterricht längst beendet. Mutter hätte jetzt die Räume und Flure durchgewischt, nur das Treppenhaus nicht, damit wartete sie, bis Vater zu Hause war. Eimer und Lappen hinter der Tür versteckt. Sie war gut darin, Vaters Wechselkleidung so hinzulegen und ihn so darauf aufmerksam zu machen, dass er sie anzog ohne zu murren. Im Dorf mochte er der stinkende Schlammräumer gewesen sein, aber im Haus, nachdem er die Tür hinter sich geschlossen hatte, waren alle bemüht gewesen, ihm das Gefühl zu geben, wie eh und je, das Oberhaupt der Familie zu sein.

»Reicht das?«, fragte Günter. In einer Box hatte er das Stroh zu einer Art Nest geschichtet. Er drehte sich zur Seite, langsam, der Hosenbund fast in den Kniekehlen. Georg stand genauso da. Der Po entblößt. Das Gewicht der Patronen in den Taschen. Georg streckte ihm den Daumen entgegen, dann lief er zu ihm und legte die Patronen in das Nest.

Sie gingen einen Schritt zurück und zogen sich die Hosen hoch. Betrachteten ihr Werk. Im Nachbarsgarten hing die Wäsche schlaff von der Leine. Wespen, die über heruntergefallenen, fauligen Äpfeln kreisten. Den Hund, der in einiger Entfernung bellte, hatte Günter zuvor noch nicht gehört. Neue Nachbarn, langsam verlor er den Überblick. All die Leute aus Schlesien und Preußen. Für ein paar Wochen oder Monate schien Deutschbaselitz gut genug zu sein, dann fragten sie nach der nächstgrößeren Stadt: »Wie kommen wir nach Riesa? Wo geht es nach Dresden? Liegt nicht Cottbus gleich in der Nähe?« Günter und Georg machten sich einen Spaß daraus, die Leute in die falsche Richtung zu schicken. Selber schuld, wenn sie zwei Kinder fragten.

Georg streckte ihm die Hand entgegen. Er öffnete seine Faust: ein Benzinfeuerzeug. »Ich hab gesehen«, sagte er,

»wie Vati sich hinterm Haus manchmal die Pfeife ansteckt.«

Es dauerte eine Weile, bis die Flamme kam. Schütteln, Klopfen, Georg schien da seine Methode zu haben. Schließlich schirmte er sie mit der Hand ab und ging zum Stall.

»Bist du bereit?«

Günter nickte.

»Bei drei. Eins, zwei, …«

Das Stroh fing sofort Feuer. Georg rannte weg, Günter hinterher, im Gemüsebeet warfen sie sich auf den Boden. Die Flammen füllten die ganze Box aus, Günter konnte im Augenwinkel noch sehen, dass Georg sich die Ohren zuhielt. In dem Moment explodierte die erste Patrone. Ein Knall, nicht lauter als das Zuschlagen einer Tür. Aber wie lange er nachhallte. Und die Funken, die aus der Box in alle Richtungen flogen und auf der trockenen Wiese landeten. Rauch begann aufzusteigen, dann wieder eine Explosion, noch eine, die Flammen erreichten die anderen Boxen. Der ganze Stall fing Feuer. »Wann hört das auf?«, rief Günter, aber Georg antwortete nicht. »Wie können wir das anhalten?« Mit den Funken landeten seltsame Fetzen im Gras. Günter tastete danach, wusste zunächst nicht, was das sein sollte. Er schrie auf, als er sie berührte, schüttelte seine Hand und strich sie an der Hose ab. Es wurde nicht kühler, es hörte nicht auf. Es fühlte sich an, als würde das Metall der Patronenhülsen mit seiner Haut verschmelzen. Funken und Metallstücke kamen näher, flogen an Georgs und seinem Gesicht vorbei. Die Rauchsäule musste mittlerweile von überall aus zu sehen gewesen sein. Da richtete Georg sich auf und zog Günter am Kragen mit hoch. »Wir müssen hier weg«, sagte er immer wieder und mehr zu sich selbst. Er hielt sich die Stirn, aber Günter konnte nicht sehen, ob er auch getroffen worden war.

Günter glaubte lange, dass Georg ihn ziehen würde, er spürte seine Beine nicht, spürte nicht, dass er den Boden berührte, obwohl er ja vorankam. Das zumindest sah er. Georg vor ihm. Bald am Gartenzaun. Dort schlüpften sie durch das Loch, um über das Nachbargrundstück entkommen zu können. Die ersten Bewohner hatten sich vor der Schule versammelt. Kinder steckten ihre Köpfe zwischen die Latten des Zaunes. Es schien, als würden alle Hunde des Dorfes gleichzeitig bellen. Mehr und mehr Nachbarn kamen hinzu. Das ganze Dorf mal wieder versammelt. In letzter Reihe, angehumpelt, die Kriegsversehrten. Straßenkehrer, Zyklopen, Piraten. Der Rauch war so dicht und schwarz, dass das Feuer auf den Rasen übergegriffen haben musste. Es hätte das schönste Feuerwerk sein können. Ein Fest. Das war doch, was die Erwachsenen brauchten, um mal wieder fröhlich zu sein.

XIII

1973 stellte Georg Baselitz das Gemälde »Fingermalerei – Apfelbäume« fertig. Es zeigte eine Gruppe Bäume. Die Wiese, auf der sie standen, war verbrannt von der Sommersonne. Gelb und braun. Nur da, wo die dünnen Äste ein wenig Schatten werfen konnten, waren winzige Flächen der Wiese noch grün. Die Bäume selbst waren gedrungen. Schräg und schief gewachsen. Der Himmel darüber graublau. Die Luft schien zu flirren vor Hitze und damit auch die Bäume zu verzerren, sodass man an den Ästen dieser Apfelbäume keine Äpfel sehen konnte, weder auf den ersten noch auf den zweiten Blick. Keine Äpfel, nirgends. Aber um die ging es auch gar nicht; die Apfelbäume waren dennoch als solche erkennbar.

1965, so erzählte er es in einem Interview, kam Baselitz das erste Mal nach Italien, genauer nach Florenz, wo er Stipendiat der Villa Romana war. Schon damals wollte er Apfelbäume malen, aber sosehr er es auch probierte, es gelang ihm nicht. Die Bäume, die er im Garten vorfand, entsprachen nicht seinen Vorstellungen, es waren italienische Apfelbäume, die sich in ihrem Erscheinungsbild,

Stamm, Größe, Früchte, grundsätzlich von jenen unterschieden, die er kannte. Das Bild, das er von einem Apfelbaum hatte, war durch Deutschbaselitz geprägt. Durch die niedrigen Bäume, die vor den Dreiseitenhöfen standen und deren Wurzeln sich so sehr im sandigen Boden zu halten suchten, dass der ganze Stamm wie verkrampft wirkte. Eine einzige zugreifende Faust rheumatischer Finger. Schief und krumm standen sie da, aber kein Wind hatte sie so geformt. Eher der Irrglaube an die eigene Kraft, noch einen Ast und noch einen Apfel ausbilden zu können, wodurch jedoch der ganze Baum in Schieflage geriet. Mit etwas Glück fand sich jemand, der die Krone mit Brettern und Stangen stützte. Krücken für Bäume. Und über den Wipfeln und Dachgiebeln türmten sich Gewitterwolken auf, um den verbrannten Boden endlich wieder zu tränken. Aber die Wolken zogen weiter. Immer zogen sie weiter.

Die Apfelbäume, die Baselitz schließlich malte, entnahm er einem alten Heft des sächsischen Heimatschutzes aus Grundschulzeiten. Auf Äpfel an den Ästen verzichtete er, er brauchte sie auch gar nicht. Es war völlig klar, dass ein Baum, der so wuchs, so verkrüppelt auf diesem verbrannten Stück Land nährstoffarmen Bodens, ein Apfelbaum sein musste, wie er in der Lausitz stand. Die Lausitzer Landschaft war nicht vergleichbar mit anderen. Da standen kaum Buchen oder Eichen mit hausdachbreiten Kronen. Da gab es kaum Bäche, die sich durch feuchte, schwarze Erde gruben. Die Seen und Teiche waren wie in die Erde gesprengt oder von Schaufeln ausgehoben. Mitten im Wald die Steinbrüche oder wie in eine Wüste gebettet die Tagebauseen. Nichts von der Natur Geformtes. Nichts, das sanft in die Landschaft geraten war. Über den Deutschbaselitzer Großteich zum Beispiel erzählten sich die Bewohner des Dorfes die Geschichte, dass der Teufel ihn gegraben hatte.

XIV

Der Großteich gehörte zu einem der Ausflugsziele von Vater, Mutter und Jan, als er noch ein Kind war. Ein Kurzausflug zwischen Mittagessen und Kaffeetrinken. Spontan, bei gutem Wetter. Mehr Zeit benötigten sie für die Energiefabrik in Knappenrode oder für die Förderbrücke F60. All die Fabriken, all diese Arbeitsorte, Stahl, Beton und Backstein, und nirgends sah Jan einen Arbeiter. Nur alte Männer, die ihn umherführten und erzählten, wie das mal war, da an dieser Werkbank, dort in der Kantine. Auf dem Rückweg, allein auf der Rückbank, beschäftigte ihn, dass nicht er sie, sondern sie ihn mitleidsvoll angesehen hatten.

Die Bilder, die Vater während all dieser Ausflüge von ihm gemacht hatte: Jan vor dem Tagebau, Jan vor dem Schaufelradbagger, Jan vor der Förderbrücke, Jan vor der Werkbank, Jan in der Kantine. Immerzu wirkte es, als würde er vor einer Fototapete stehen. Er blickte in die Kamera, als würde er Vater durch die Linse fragen, warum hier, warum jetzt, warum er? Diese Orte und er, das passte nicht.

Einen Ort hingegen, von dem er verstand, dass er ihm

von Mutter und Vater gezeigt wurde, war Hoyerswerda. Nie zuvor hatte er solche breiten Straßen und derart hohe Gebäude gesehen. Ihr Block, das war ein Witz, der verdiente seinen Namen nicht. In Hoyerswerda war die Länge der Straße die Länge des Hauses. Dann ein Kreisverkehr, dann ein weiterer Block, und so weiter bis an den Horizont. In der Schule hatte mal jemand das Wort »Wolkenkratzer« gesagt. Jan hatte sich darunter nichts vorstellen können, aber das Wort blieb. Begleitete ihn. Und dann sah er Hoyerswerda. So weit oben noch Sonnenschirme und kleine Menschenköpfe. Wasser, das dort fließen musste. Strom, der dort ankam. Schatten, als hätte jemand eine Mauer vor der Sonne errichtet. Ganz oben wohnen und ein Seil am Geländer anbringen. Springen und dann so lange und so tief fallen, bis Mutter ihn zum Abendbrot rufen würde. Für ihn gab es lange nichts Größeres als die Vorstellung, in Hoyerswerda zu wohnen.

*

Als Jan vor Jahren das letzte Mal in Hoyerswerda gewesen war, hatte nur noch die Altstadt gestanden. Von der Neustadt mit ihren Blöcken, dem Zoo, dem Einkaufszentrum war nur noch eine Straße geblieben, die über eine kilometerbreite Wiese führte. Und mittendrin ein Kreisverkehr, von dem kein Weg abzweigte. Als wäre er Sprungschanze oder Geschwindigkeitsbegrenzung. Ein Hindernis, das es zu umfahren galt, wenn man weiter schnurgeradeaus fahren wollte. Er lief am Straßenrand, einen Fußweg gab es nicht.

Er setzte seinen Fuß auf die Wiese, ging ein Stück und war für alle anderen, die ihn vielleicht sahen, bis dahin gesehen hatten, bald im Gras verschwunden. Hatte damit gerechnet, Staubwolken aufsteigen zu lassen. Das Knistern vertrockneten Grases. Ein Zigarettenstummel, der genügte, die ganze Lausitz in Brand zu setzen. Aber er lief auf einem Betonfundament, überwuchert von braunem Moos. Bald darauf ein Bordstein, Reste eines Fußweges. Alles, was in die Höhe gewachsen war, war abgetragen worden. Was ohnehin in der Erde steckte, war geblieben. Ephesus aus Beton.

*

Vater hatte im Wohnzimmer gesessen. Vier Flaschen standen auf der Heizung. Im Winter trank er sein Bier gern angewärmt. Immer wieder stand er auf und rückte die Flaschen hin und her, von einer kälteren Stelle auf der Heizung zu einer wärmeren und zurück. Ganze Abende konnte er so verbringen. Jan nahm sich ein Bier von einer kälteren Stelle und setzte sich neben ihn. Es war jene Zeit, in der sie redeten, als würde Mutter noch leben.

»Warum habt ihr mir diese ganzen Orte gezeigt?«, hatte er gefragt.

»Was meinst du?«

»Die Ausflüge, die wir gemacht haben.«

Vater sah ihn an. »Hat dir das nicht gefallen?«

»Doch«, sagte Jan. »Ich frage mich nur, warum euch das wichtig war, dass ich das sehe.«

Vater setzte die Flasche an und trank. Den Mund wischte er sich mit dem Ärmel seines Fleecepullovers ab. »Wer sagt denn, dass wir das für dich gemacht haben?«

XV

Fünfzehn Uhr sollte Günter, der kleine Kern, wie ihn die Nachbarn nannten, wieder zurück sein. Das hatte er mehrfach versichern müssen. Zwanzig Mark Kaution, die Hälfte von ihm, die andere Hälfte hatte Mutter beigesteuert. Steinborns wussten, wo Kerns ihre Wohnung hatten, es durfte also nichts passieren. Keine Experimente, keine Dummheiten. Günter hatte Vaters alten Tornister, von dem eigentlich niemand wissen durfte, dass der ihn noch besaß, mit Zeitung ausgestopft und dann den Rucksack noch mit Zeitungspapier umwickelt. Er nahm den Fotoapparat von Frau Steinborn entgegen, kurz hielten sie ihn beide gleichzeitig in der Hand, dann legte er ihn in dieses Bett aus vergilbtem Papier, als wäre er etwas Lebendiges. Er konnte die Blicke der Frau regelrecht spüren. Bei jedem Handgriff und bei dem Versuch, wie in Zeitlupe den Tornister aufzusetzen.

»Der ist aus U-Boot-Stahl«, sagte sie.

Günter drehte sich um, fragend sah er sie an.

»Taucht wieder auf«, sagte sie und lachte. Günter lachte mit. Er erinnerte sich daran, dass die Leute von ihr sagten, dass die Dunkelkammer und die Chemikalien ihr nicht guttäten. Mit einem Mal unterbrach sie ihr Lachen.

»Fünfzehn Uhr«, sagte sie, »ist das klar?«

»Fünfzehn Uhr«, sagte Günter und ging sogar noch einmal auf sie zu, um ihre Hand zu schütteln.

Zu Hause stellte er den Rucksack neben sein Bett und setzte sich an den Tisch ans Fenster, der zwischen den zwei Betten stand. Er versuchte, etwas aufzuschreiben. Schrieb Worte auf einen Zettel, wie sie ihm gerade einfielen. Manchmal das gleiche Wort über mehrere Zeilen und immer hintereinander wie in der Grundschule. »Deutschbaselitz«, wie es jetzt hieß, »Großbaselitz« wie es vor dem Krieg geheißen hatte, »Wendischbaselitz« wie die Nachbargemeinde. Als gäbe es ein Baselitz für die Sorben und eines für die Deutschen, was auch immer dieses »Baselitz« bedeuten sollte. Er strich es durch, kreiste es ein, unterstrich es. Ein Blick auf die Uhr an seinem Handgelenk, aus dem Fenster, dann wieder auf den Zettel. Wahlloses Gekritzel. »Baselitz«, »Baselitz«. Dann hörte er, dass jemand die Tür öffnete.

Georg kam ins Zimmer. »Grüße«, sagte er. »Grüße«, antwortete Günter. Zwei fast erwachsene Männer, die in einem Zimmer schliefen und lebten, das war nur möglich, indem beide ein bisschen Förmlichkeit improvisierten.

Georg legte sich auf sein Bett und verschränkte die Arme hinter dem Kopf.

»Ich hab was für dich«, sagte Günter. »Aber wir müssen uns beeilen.« Er ging zum Bett, griff nach dem Rucksack und legte ihn Georg auf den Bauch.

»Warum hast du den Rucksack in Zeitung eingewickelt?«

»Guck mal rein.«

Als erwartete er, gebissen zu werden, weitete Georg langsam den Bund, wartete, ging mit der Hand näher heran und zog sie wieder zurück, als er Günters Lächeln sah.

»Da ist nichts Schlimmes drin«, sagte der, »stell dich nicht so an.«

Unmengen an Zeitungspapier kannten beide aus ihren Zuckertüten. Günter hatte das Glück gehabt, später eingeschult worden zu sein, er hatte ein besseres Jahr als Georg erwischt, daher begann bei ihm das Zeitungspapier erst ab der Hälfte der Zuckertüte.

Georg schien den Fotoapparat ertastet zu haben. Sofort sagte er: »Nein.« Keine Bewegung mehr, nicht einmal Atmen.

»Hol sie raus«, sagte Günter.

»Das geht nicht«, sagte Georg, »die müssen wir zurückbringen. Wo hast du die geklaut?«

Günter holte die Kamera aus dem Rucksack, das dauerte ihm alles zu lange. »Die hab ich bei Steinborns ausgeliehen«, sagte er. »Fünfzehn Uhr muss ich sie zurückgebracht haben.«

»Warum brauchst du für zwei Stunden eine Kamera?«, fragte Georg.

Günter konnte genau sehen, wie sein Bruder damit haderte, den Fotoapparat anzufassen, obwohl er vor ihm lag. Er wusste auch, wie begeistert Georg davon eigentlich war und dass er das nicht zeigen würde, erst recht nicht vor dem kleinen Bruder. »Mach dich nicht lächerlich«, »benimm dich«, »sei nicht so kindisch«, wie oft er das von ihm hörte, und nicht erst, seitdem Georg achtzehn geworden war. Diese Welt der Erwachsenen. Wie viele Nachbarskinder er kannte, die schon so sprachen und sich benahmen wie ihre Eltern. Immerfort wurden Babys geboren, aber ein richtiges Kind war schon lange niemand mehr.

»Wenn du ein Künstler sein willst«, sagte Günter, »brauchst du Fotos von dir.«

Georg nickte.

»Wie willst du denn sonst in die Zeitung kommen oder auf Plakate?«

Georg lächelte. »Wir haben zwei Stunden?«, fragte er.

»Genau.«

»Dann fahren wir zum See«, sagte Georg.

Den See malte Georg immer wieder in letzter Zeit. Neben kleinformatigen Porträts von Klassenkameraden, die er für zehn Mark verkaufte, war der See und alles, was zu ihm gehörte, Georgs Lieblingsmotiv. Er malte die alten Eichen, die sich am Wegesrand Richtung Wasser krümmten. Er malte das Schilfrohr und wie sich dahinter das Licht durch das Nest eines Teichrohrsängers brach. Generell Vögel.

Über zehn Sommer musste das her sein, als dieser seltsame Mann mit seinen Apparaten durch Deutschbaselitz geschlichen war und die Kern-Brüder ansprach, als sie am Abend nach ihren Ausgrabungen auf dem Weg nach

Hause waren. Er stellte sich ihnen als Helmut Drechsler vor, Naturfotograf. »Wisst ihr, wo die Graureiher ihre Nester haben?«, hatte er sie gefragt. Sie schüttelten mit dem Kopf. »Und wissen es eure Freunde vielleicht?« Schulterzucken. Abstand halten. Aber offensichtlich war er ja kein Russe, bei denen, so Vater, war immer Vorsicht geboten.

Drechsler hatte eine Wohnung im Gasthof bezogen. Jeden Tag ging er durch das Dorf. Sein Blick mehr nach oben als geradeaus oder nach unten gerichtet, wie Georg und Günter es von den anderen Männern hier kannten. Als die beiden sahen, dass er am Seeufer eine Art Bude oder Versteck baute, gingen sie zu ihm. Er zeigte ihnen und den anderen Kindern, die sich bald in Scharen um ihn tummelten, wie man Nester finden konnte. Er fotografierte Vögel beim Schwimmen, Fliegen, Brüten, Paaren. Manchmal sprang er auf und tat, als würde er jubeln, allerdings leise, ohne einen Laut von sich zu geben. Zappelte rum wie angeschossen. Günter und Georg bauten mit ihm und für ihn Verstecke, dafür zeigte er ihnen, wie man sich anschlich, um Tiere nicht zu verschrecken. Rohrdommel, Beutelmeise, Blesshuhn, Haubentaucher, Fischadler, diese Vögel hatten sie immer umgeben. Auf einmal wussten sie, wie sie hießen.

Jahre später, als Georg schon in Berlin lebte, entdeckte Günter die Bücher von Helmut Drechsler zufällig in der Buchhandlung am Markt. Seine Fotobände hatten Titel wie »Die Kraniche vom Weißen Lug«, »Durch die Wälder, durch die Auen«, »Im Reich des Roten Milan« oder

»Teichsommer«. Viele der Fotografien waren in Deutschbaselitz entstanden, einige aus den Verstecken heraus, die Günter und Georg gebaut hatten. Günter erkannte die Insel mit dem Denkmal im Hintergrund der Fotos wieder. Erkannte ein paar der alten Eichen und sah, wie schwarz das Wasser war, nur der Deutschbaselitzer Großteich konnte an manchen Tagen diese Farbe annehmen, nur ein Gewässer, das der Teufel geformt hatte, konnte so aussehen. Als er eine Weile vor den Büchern stand, kam die Verkäuferin auf ihn zu. Wie beiläufig rückte sie die Rücken in Reihe und sagte, dass Drechsler gestorben sei. Während einer Afrikaexpedition sei er von einem See, an dessen Ufer er Aufnahmen machen wollte, nicht mehr zurückgekehrt. Günter kaufte zwei Bände von »Teichsommer« und schickte einen mit der Post nach West-Berlin an Georg.

Georg und Günter gingen unter den Bäumen der Allee. Der Schatten der Blätter auf dem Boden. Der Wind, der die Äste bewegte. Ein tanzendes Camouflagemuster auf der festgefahrenen Sandstraße. Am Ufer, im Schilf, rechts von ihnen, lagen Bretter verstreut. In der Ferne die Geräusche der badenden Campingplatzbesucher. Günter hatte sich die Kamera um den Hals gehängt und hielt sie zusätzlich mit beiden Händen fest. Georg hatte sich die Staffelei unter den Arm geklemmt. Der Schuhkarton mit Pinseln war im Rucksack.

Es gab eine Stelle, da wurde die Straße breiter. Da wendeten die Autos, da waren die Ränder gepflastert. Kurzzeitig war dort das Ufer sogar durch ein Geländer von der Fahrbahn abgetrennt gewesen, bevor es jemand demontiert und geklaut hatte. Die Geräusche einer solchen Aktion, zu welcher Tageszeit auch immer, verschluckte der See.

»Weißt du, wie du die Kamera einstellen musst?«, fragte Georg.

»Frau Steinborn hat es mir kurz gezeigt.«

»Und ein Film ist schon drin?«

»Hat sie eingelegt, ja.«

Georg baute seine Staffelei auf, die Leinwand, die er darauf abstellte, war noch weiß. Kurzes Hemd, lange Hose, der Tornister auf dem Boden. Er steckte sich Vaters alte Pfeife in den Mund, das allein ließ ihn schon wie einen Künstler aussehen. Der See ruhig im Hintergrund, zwei Eichen rahmten ihn.

Günter ging mal näher an ihn heran, mal weiter weg. Hockte sich hin, stellte sich auf Zehenspitzen. Schräg von vorn, frontal, mal mehr von der Seite, immer so natürlich, dass nicht zu sehen war, dass auf die Leinwand noch nichts gemalt worden war. Er hielt die Kamera ganz ruhig und betrachtete durch die Linse Georgs Gesicht. Der sah ihn an, als wäre da gar keine Linse zwischen ihnen. Kein Film, kein Gehäuse.

»Wie viel hast du dafür bezahlt?«, fragte Georg.

»Das ist ein Geschenk«, sagte Günter und hielt die Kamera auf ihn gerichtet. Und bei der Reaktion, bei diesem Lächeln, das sich nicht nur auf dem Mund, sondern auch in den Augen abzeichnete, drückte er den Auslöser.

Einmal am See, zogen sie ihre Hosen aus und gingen wenigstens bis zu den Knien ins Wasser. Dieser See, das wussten sie, hatte sie versaut. Wie Kinder, die am Meer aufwuchsen, würde es nie wieder ohne gehen, egal, wo es sie hintreiben würde.

»Wenn du berühmt bist, darf ich dann zu dir kommen?«

Georg sah ihn an. Wassertropfen an seiner Lippe, wo er sich gerade noch den Mund ausgespült hatte. Der Geschmack des Pfeifenmundstückes. »Komm doch einfach jetzt schon mit«, sagte er.

»Und Mutti und Vati?«

»Die kümmern sich.«

»Glaubst du, du kommst uns mal besuchen?«, fragte Günter und ahnte, dass wieder die typischeren Antworten kommen würden: »Stell dich nicht so an«, »Mach nicht so ein Ding daraus.«

Stattdessen nickte Georg. Sein Blick über das Wasser. »Ich glaube, wir müssen langsam wieder zurück«, sagte er.

*

15:07 Uhr erreichte Günter Foto Steinborn. Frau Steinborn stand hinter der Tür, die Arme verschränkt.

»Tut mir leid«, sagte Günter. Seine Kleidung klebte an seiner Haut. Sie fühlte sich schwer an.

»Wo haste denn dein Altpapier gelassen?«, fragte Frau Steinborn.

»Ich musste mich beeilen.«

»Aber hat ja trotzdem nicht geklappt.«

»Die paar Minuten«, sagte Günter leise.

»Und jetzt noch vorlaut werden, oder wie!«

»Tut mir leid … Ich …«

Lächelnd streckte Frau Steinborn ihm ihre Hand entgegen. »Na gib mal her, deine Meisteraufnahmen.«

Im Laden war es dunkel und kühl. Es schien, als strahlten die kalten Fliesen auf dem Boden durch Günters Schuhsohlen. »Was glauben Sie denn, wie lange es dauert, die Fotos zu entwickeln?«

»Das dauert so lange, wie es dauert.«

Die Bilder waren noch nicht entwickelt, als Georg nach Berlin zog. Aber Günter würde sie ihm nachschicken, sagte er, ganz bestimmt. Und ein paar davon aufheben, heimlich, und eines auf das Fensterbrett stellen, bis es sich wölben würde und er bei der Steinborn einen Rahmen besorgen müsste. Und die er alle wegräumen würde, weil es sonst peinlich wäre, wenn Georg zu Besuch käme oder etwas abholen würde. Möbel, Malutensilien, die Porträts der Klassenkameraden, ihn.

Das Gemälde hingegen, das Georg ihm zum Abschied schenkte, würde er niemals abnehmen, niemals verstecken. Er hängte es an der kahlen Wand über Georgs leeres Bett. »Der Jäger« hieß es. Es gefiel ihm.

XVI

Mutter und Vater gingen nicht in die Kirche, nicht einmal an Weihnachten. »Die Leute, die dort hingehen, Jan«, sagte Mutter, »mit denen wollen wir nichts zu tun haben.« Irgendwann erfuhr er, dass die ehemaligen Offiziere an der Tradition festgehalten hatten und an Weihnachten wie selbstverständlich die Plätze auf der Empore einnahmen. Von dort überblickten sie das ganze Kirchenschiff. Wer ein- und ausging, hustete, Kinder oder Enkelkinder mitgebracht hatte oder, anders als in den letzten Jahren, allein kam. Wie sie dort saßen. Ein paar Mal hatte er sie gesehen, bevor er zum Weihnachtsabendessen Mutter besuchte, später dann Vater. Ihre gelben Gesichter, die Haare sorgfältig über die kahlen Stellen gelegt. Während der Predigt die geschlossenen Augen, die sie beim Einsetzen der Orgel wieder aufrissen. Die Holztreppe zur Empore kamen sie kaum mehr hoch und erst recht nicht runter. Zogen sich am Geländer hoch, als herrschte starker Gegenwind. Sie kamen zuerst und gingen zuletzt. Sie klopften sich im Vorbeigehen, auf der Suche nach einem Platz, gegenseitig auf die Schultern. Hände schütteln, lächeln, ein paar salutierten und lachten dabei. Dann schienen sie durchzuzählen, wer von ihnen noch übriggeblieben war. Helden.

Trotzdem sie auf diesem hölzernen Balkon wie eine Einheit saßen, ein Zug, ein Bataillon, gingen sie nach dem Gottesdienst getrennt voneinander nach Hause. Erst über den Friedhof, durch das Eisentor und zum Marktplatz. Die Hände auf dem Rücken verschränkt. Ihre Deichmann-Schuhe auf dem Kopfsteinpflaster. Die Krücken, die in den Rillen steckenblieben oder auf den Steinen wegrutschten, die wie von Haarlack glänzten. Auf dem Markplatz standen sie dann. Jeder in einer anderen Ecke. Wolken aus Zigarettendampf über den Köpfen. Und vorn sangen Kinder Weihnachtslieder, die ihre Enkel sein konnten. Die versprengten Truppenteile, so nannte man sie, die Offiziere in den Ecken.

Daneben gab es noch weitere sogenannte Altkader, auf die Vater und Mutter nicht stoßen wollten. An Weihnachten in der Kirche nicht und auch sonst nie. Polizisten, Lehrer, Ärzte, Stadtratsabgeordnete. Generell: Bonzen. All diese Leute, die unbeschadet von einem ins nächste System gewechselt waren und in deren Familie das über die Jahrhunderte zu einer Art Tradition geworden war. Wie gehässig Vater lachen konnte, wenn in der Zeitung wieder stand, dass dieser oder jener eine Stasi-Vergangenheit und nun doch noch seinen Posten zu räumen habe. Mutter blieb da eher still. Wendehälse, Arschkriecher, Fähnchen im Wind. Die Kirche, das war ein Ort, an dem man auf sie traf, so gut man ihnen vorher auch aus dem Weg gegangen war. Ein Ort also, der grundsätzlich zu meiden war.

*

2005 wurde die Dresdener Frauenkirche wiedereröffnet, damals war Jan sechzehn Jahre alt. Es war einer der letzten gemeinsamen Ausflüge mit Mutter und Vater. Kurz nach seiner Geburt wurden die letzten kohlschwarzen Trümmer vom Neumarkt geräumt, eingelagert und gereinigt. Danach begann der Wiederaufbau des zu NS-Zeiten ernannten »Dom zu Dresden«.

Den Wiederaufbau der Frauenkirche verfolgten Vater und Mutter akribisch, scheinbar unabhängig davon, wie sie sonst zum Thema Kirche standen. Über die Baufortschritte las Vater laut aus der Zeitung vor. Spendensumme, Anzahl der beteiligten Steinmetze, Höhe, Breite, Kuppeldurchmesser. Das Datum der Wiedereröffnung stand über Jahre dick auf den Familienplaner von Takko geschrieben, den Mutter und Jan immer zu Beginn jedes neuen Jahres in der Filiale abholten. Der Termin verschob sich, die Euphorie blieb. Lange begriff er nicht, wie das zusammenpasste: Weihnachten nicht in die Kirche gehen, aber die Frauenkirche bewundern. Frauenkirche. Jan konnte den Namen irgendwann nicht mehr hören.

Es war und ist unmöglich, in Sachsen aufzuwachsen, ohne irgendwann die Sätze gesagt zu bekommen, oder beiläufig aufzuschnappen: »Unser schönes Dresden, die ganze

Altstadt, die schöne Frauenkirche, alles von den Amerikanern zerstört. Es gab keinen Grund, die Stadt zu bombardieren. Das muss man sich mal vorstellen.« So oder ähnlich. Kaum ein Film über den Zweiten Weltkrieg ohne das brennende Dresden. Kaum ein Augenzeugenbericht, der nicht die brennende Elbe erwähnte. Der glutrote Nachthimmel, auch aus dutzenden Kilometern Entfernung noch sichtbar. Die wie trockene Äste in einem Lagerfeuer geschichteten Leichen auf dem Neumarkt, ein Freiluftkrematorium zwischen den Ruinen.

In den Schulbüchern und auf Ausflügen der Schule wurden Jan diese gleichen Bilder beschrieben. So plastisch, als wäre jeder Nachkomme der Überlebenden, jede entfernt lebende Anwohnerin im Umland, jeder Geschichtslehrer noch einmal dabei gewesen. Als würde die Frauenkirche erneut, genau jetzt, ausgebrannt in sich zusammensacken. Einer der größten Kuppelbauten nördlich von Italien.

Am Morgen des 30. Oktober 2005, es musste ein Samstag oder Sonntag gewesen sein, stiegen sie in den neuen Subaru von Vater. Eine Art roter Geländewagen, der die Kleinwagen der Nachbarn überragte. Jahre später standen an der Straße vor dem Block dutzende Nachbarn. Wartend auf dem Bordstein, die Hälse reckend. Mutter hatte es rumerzählt: ein Unfall! Er hatte einen Unfall! Irgendwann bog der Abschleppwagen des ADAC um die Kurve. »Da ist er!« »Da kommt er!« Die Front des Subaru fast vollständig eingedrückt. Fellreste wie Toupets zwischen den Resten des Kühlergrills. Und Vater saß im Abschleppwagen, vorn neben dem Fahrer, sah all die Menschen, Jan und Mutter und rutschte auf dem Sitz nach vorn, verdeckte sein Gesicht mit den Händen. Der schöne Subaru. Danach fuhren sie einen grünen Nissan, nach dem die Nachbarn nie die Hälse reckten.

Als sie in Dresden ankamen, Frühstück im Auto, danach war Jan kurzzeitig eingeschlafen, war er überrascht von den Menschenmassen, die sich vor der Kirche versammelt hatten. Immer wieder wurde er gestoßen, sodass Mutter seine Hand ergriff. Es war warm, die Sonne schien. Das Gestein war so hell, dass es blendete.

»Warum sind ein paar von den Steinen so dunkel?«, fragte er und zeigte darauf.

»Die sind noch von der alten Kirche«, sagte Vater.

Und dann sagte er etwas, das Jan nicht vergaß: »In fünfzig, sechzig Jahren werden die hellen Steine dann auch dunkel sein. Dann erkennt man die alten und neuen Teile nicht mehr. Dann ist es, als wäre die Kirche nie zerstört worden.« Und als hätte der Krieg nie stattgefunden. Wie leicht Erinnerung verblassen konnte.

XVII

Kamenz, den 4. September 1961

Lieber Georg,

ich habe es versucht, das musst du mir glauben. Ich hatte mit Mutti und Vati darüber gesprochen und sosehr es ihnen weh tat und sowenig sie es verstehen konnten, sie hatten es akzeptiert. Von Mutti sollte ich dich grüßen. Vati hingegen hat kein einziges Wort gesagt.

Ich hatte das Nötigste zusammengesucht, gerade so, dass alles in meinen Rucksack passte. Die ganze Nacht konnte ich nicht schlafen vor Aufregung, aber am schlimmsten war der Moment, als mir klar wurde, dass es nicht gelingen würde. Als Gefühl war das immer präsent. Es ist wie nach einem Urlaub oder einem Besuch oder bevor einer ansteht und du einfach weißt, dass du etwas vergessen hast. Du versuchst dir einzureden, dass das nicht stimmen kann, du gehst alles noch einmal im Kopf durch, immer und immer wieder. Du musst dir vorstellen, wie schizophren das ist, sich selbst wegen etwas zu beruhigen, das man sich selbst einredet. Irgendwann, nachdem du dich beruhigt hast und ankommst, im Urlaub oder wo auch immer, weißt du dann mit Sicherheit, dass du wirklich etwas vergessen hast. Dass es also stimmte, was du gespürt und geahnt hast. Sosehr du dich angestrengt hast, dich zu beruhigen, insgeheim wusstest du, dass es stimmte. Genauso saß ich da am Fenster. Ich habe alles beobachtet, die ganze Nacht. Ich kann dir hier nicht sagen, was ich gesehen habe, aber von diesem Moment an wusste ich: Es ist vorbei. Es wird nicht gelingen.

Ich habe mich damit abgefunden, zu spät gewesen zu sein. Eine Woche, manchmal kann ich es immer noch nicht fassen, aber ich halte mich daran fest, dass wir uns wiedersehen werden. Ich denke oft an die Abende bei dir in Berlin. Dass du da bist und auf mich wartest, gibt mir Kraft. Ich werde einen Weg finden, auch wenn dieser hier gescheitert ist, da kannst du dir sicher sein.

Hoffentlich geht es dir gut. Mach dir bitte keine Sorgen um mich. Fang lieber schon mal an, eine Matratze zu besorgen. Denn wenn du glaubst, dass ich auf dem Boden schlafe oder dich auf dem Boden schlafen lasse, liegst du falsch!

Grüße bitte auch deine Freundin von mir. Vielleicht kannst du mir bei Gelegenheit ja mal ihren Namen verraten.

Auf bald!
In Liebe
dein Bruder.

XVIII

Immer und immer wieder nahm Jan weitere Seiten aus dem Karton. Er las sie, legte sie beiseite. Immerzu ging es zurück, immerzu zog es ihn in die Vergangenheit. Nicht erst, seit der Alte aufgetaucht war. Er dachte daran, wie er Karolina mitgenommen hatte. Zum Güterbahnhof, zur Glasfabrik, zu den Schrebergärten. Vor allem dachte er daran, wie er mit ihr vor dem Wohnblock gestanden hatte, seinem Wohnblock, als er abgerissen wurde.

Die Betonmodule wurden von einem Kran Stück für Stück angehoben, schwebten durch die Luft und landeten auf einem Haufen aus Platten mit Aussparungen für Fenster und Türen. Auf der Rückseite Reste von Tapeten. Die Module wurden abgetragen, wie sie montiert worden waren. Ein Film, rückwärts abgespult. Eine Gruppe Menschen hatte sich hinter dem Bauzaun versammelt. Einige zählten die Etagen, dann die Zimmer, zwei hoch, drei rüber, dort mussten sie gewohnt haben. Ja, da war noch der alte Fliesenspiegel. Karolina legte ihm ihren Arm um die Schultern. Ihre Fingerkuppen an seinem Hals. Vielleicht war das ein Moment, den sie nachvollziehen konnte. Dass es keinen

Ort mehr gab, wo sein Kinderzimmer war. Dass es seine Schule und seinen Kindergarten nicht mehr gab. All diese Plattenhäuser. Dass da nur noch Wiesenflächen waren mit Pionierpflanzen. Dünnes, blasses Gras, vertrocknete Birken. Parkbuchten und Gehwege, alle überwuchert und von Hitze und Frost aufgesprengt.

Kurz vor dem Abriss hatte Jan noch einmal versucht, in das Gebäude zu kommen. Da waren die Fenster schon raus und die der unteren Etagen mit Spanplatten vernagelt gewesen. Es war Nacht. Auf der Straße parkten Autos, lediglich von zwei Straßenlaternen beleuchtet. Jan brauchte sich nicht anzustrengen, um unentdeckt zu bleiben.

Oberste Wohnung: die alte Büchner, immer in Dederonschürze. Ihre Quarkkäulchen: der Himmel. Durch eine Luke führte eine Leiter aufs Dach, wo in einem Halbkreis bis zuletzt Klappstühle gestanden hatten. Der Stoff ihrer Überzüge vergilbt, nach langem feuchtem Herbst schimmlig. Wie oft er da oben gesessen hatte, ein Bier zwischen den Stuhlbeinen, und hinunterschmeißen, was sich greifen ließ. Auf jeden, der anders aussah, seltsam lief oder es gewagt hatte, ihn und seine Freunde aus den anderen Blöcken anzusehen.

Manchmal stand Mutter beim Müllkäfig und winkte ihm zu, ihm und den anderen Jungs aus der Nachbarschaft, die mit Jan dort oben saßen. Dann rief das ganze Dach, riefen alle acht, neun Jungs: »Hallo Frau Nowak!« Und sie winkte und wieder riefen die Jungs. Sie lachte, sie war die Dirigentin. Sie hob ihre Arme, streckte ihr Gesicht zur Sonne, die Schultern nach hinten, ganz gerade stand sie da. Ein paar Schritte nach links und rechts, sie drehte sich, ging in die Hocke. Und oben der Jubel, die Anfeuerungsrufe. La-Ola-Welle. Ein Stadion, eine Manege. Und dann, eines Nachts:

»Jan? Schläfst du schon?«

Sie setzte sich an den Rand der Matratze. Er konnte sie kaum sehen im dunklen Zimmer. Seine Augen so kurz nach dem Schlaf wie in Nebel getaucht.

»Hast du morgen Zeit? Hast du schon was vor?«

»Was gibt es denn?«

»Nur, wenn es dir keine Umstände macht.«

»Warum flüsterst du? Was ist denn los?«

»Ich will dich da nicht reinziehen.«

»Wo denn reinziehen?«

»Da ist was zwischen deinem Vati und mir.«

»Mutti, sag es mir doch einfach.«

»Ich muss weg«, sagte sie. »Kannst du mir helfen, eine Wohnung zu finden?«

*

Wie gern Jan hineingegangen wäre und die Tapeten abgelöst hätte, den Bodenbelag, diese zwei Drähte aus der Decke. Er sah Vater im Flur stehen. Vor dem Fenster, die Arme hinter dem Rücken verschränkt. Er stand da und sagte nichts. Starrte, als würde er jemanden erwarten. Jan glaubte, dass Vater zur Postfiliale blickte und den Post- und

Paketboten beim Beladen ihrer Autos zusah. An einem Abend, als er nach Hause kam, stand Vater im dunklen Flur, das Licht vom PC blau an seinen schwarzen Haaren am Hinterkopf, und rauchte bei offenem Fenster. Nie zuvor hatte Jan ihn rauchen gesehen. Aber Vater schien es zu beherrschen. Zog, als steckte der einzige Sauerstoff weit und breit, alles, was er gerade zum Leben brauchte, in dieser Zigarette.

Jan hatte auf dem Wäscheplatz vergilbte Unterhemden im Wind hin und her schaukeln sehen. Tagelang, bei Nacht und jedem Wetter. Er erinnerte sich, dass sie sich irgendwann gelöst haben mussten und fortan hinter dem Sandkasten in einem Busch hingen und dass sie auch dort niemand zu vermissen schien. Er erinnerte sich an die Umzugswagen und daran, dass seine Schulklasse irgendwann nur noch aus dreizehn Schülern bestand. Er erinnerte sich an diesen Nachmittag, als er von der Schule kam und die junge Nachbarin vor ihm die Treppen hinabstürzte. Wie sie sich mit ihren Händen am Geländer festzuhalten versuchte. Wie sie unbedingt vermeiden wollte, mit ihrem Bauch aufzukommen. Stattdessen ihr Rücken. Auf jeder Stufe. Ihr Kopf. Die Haare vom Blut verklebt. Er erinnerte sich, dass jemand gerufen hatte, und danach das Zuknallen einer Tür. »Wie kann man in dieser Zeit nur Kinder kriegen wollen?«

Er suchte nach einem Stein, nach irgendetwas, das er werfen konnte. Steinplatten, Pflastersteine, es hätte so viel gegeben. Aber nichts, das er treffen konnte. Keine Fenster, keine Türen. Nur nackte Betonwände. Etwas schmeißen und treffen, aber nicht zerstören können. Das Deprimierendste auf der Welt.

XIX

Günter stellte sich in die Reihe vor dem Fahrkartenschalter. Er beobachtete, wie immer wieder mal jemand in die frische Taubenscheiße trat, bis sie vom Boden verschwunden war. Als die Frau hinter der Scheibe des Schalters ihn zu sich winkte und fragte, wo er hinwolle, sagte er wie auswendiggelernt: »Eine Karte nach Joachimsthal, bitte.« Sie sagte nichts und sah ihn an. Schien jedes Haar seiner Wimpern und Augenbrauen zu zählen. Schien zu beobachten, wie seine Ohren rot wurden und wie sich aus den Poren seiner Haut auf der Stirn Schweißperlen drückten. »Nach Joachimsthal, bitte«, sagte er noch einmal.

»Könnte sein, dass du über Berlin fahren musst«, sagte die Frau.

»Oh«, sagte Günter und versuchte, so überrascht wie möglich zu klingen. »Muss ich da irgendwas beachten?«

»Pass bereithalten wär nicht schlecht.« Sie beugte sich nach vorn, nah an die Aussparung heran, wo Geld und Fahrkarten durchgereicht wurden. »Und das Umsteigen in den Zug nach Joachimsthal nicht vergessen.« Dann schob sie ihm das Ticket hin, aber hielt es noch fest, ganz kurz, nur durch den Druck ihres Zeigefingers, als Günter es nehmen wollte.

Während der Fahrt nach Dresden und von dort nach Berlin. Die Äste der Weiden am Bahndamm durch die vorbeifahrenden Züge abgebrochen, Blumen auf den Fensterbrettern der Bahnwärterhäuschen. In den Linkskurven sah er die Lok, in den Rechtskurven die abgeernteten Felder, die letzten Stoppeln von der Sonne versengt. Es schien, als würde er darauf zufahren, ganz allein, losgelöst vom Rest des Zuges. Das Rütteln hielt ihn wach. Seinen Rucksack hatte er umklammert, die Geldbörse ganz nach unten gepackt. Vor langer Zeit hatte er seinen *Emil* gelesen und die Blöße einer gestohlenen Brieftasche, vor allem in der Hauptstadt oder auf dem Weg dahin, die wollte er sich nicht geben. Sosehr er es von sich behauptete, an dieser Stelle verlief die Grenze zwischen Jugendlichem und Erwachsenem. Da konnte er noch so lange bei der Reichsbahn arbeiten und mit achtzehn Jahren kurz davor sein, Fahrdienstleiter zu werden. Eine verlorene Brieftasche und er wäre das Gespött seines Bruders.

Wenn er merkte, dass er kaum mehr Kontrolle über seine schlaffen Augenlider zu haben schien, drückte er seinen Kopf noch stärker gegen die Scheibe oder spannte die Muskeln seiner Beine an. Dann die seiner Arme. Durch das geöffnete Fenster der frische Fahrtwind an seinen Schläfen.

Georg stand am Bahngleis. Berlin Ostbahnhof. Trotz der hohen Temperaturen trug er einen schwarzen Mantel, der fast bis zu den Schuhsohlen reichte. Der Kopf im Kragen versteckt. Günter winkte ihm von seinem Platz aus zu, da hatte der Zug noch nicht gehalten. Er ging zur Tür, drängelte sich an den anderen Fahrgästen vorbei. »Georg!«, rief er, als die Tür sich öffnete. »Georg, hier bin ich!«

Dieser Händedruck. Diese Hand auf seiner Schulter. Georgs Mantel roch wie eine Tankstelle. Sein Gesicht schien mehr Knochen als Haut zu sein, es sah aus, als hätte Georg sich nachträglich mit Ton Wangenknochen, Stirn und Kinn modelliert. Seine Hand aber fühlte sich stark an wie eh und je. Diese Bärenpranken, wie sie nur die Kern-Männer hatten. Er wollte Georg so viel fragen, aber der kam ihm zuvor:

»Wie war die Fahrt?«

»Gut.«

»Gabs irgendwelche Probleme?«

»Nein.«

»Ich hab gehört, du arbeitest mittlerweile bei der Bahn in Straßgräbchen.«

»Ja, genau.«

»Wie ist es dort?«

»Gut.«

»Und wie geht es Mutti?« Georg strich Günter mit dem Zeigefinger über die Wange. Vielleicht bemerkte er die Stoppeln.

»Gut«, sagte Günter, unterbrach die nächste Frage, »ich soll dir was von ihr geben.« Und zog schon den Rucksack von seinen Schultern.

»Nicht hier«, sagte Georg. Er setzte ihm den Rucksack wieder auf und nahm Günter bei der Hand. Wie einen

Hund zog er ihn durch die Menge und neben sich her. Sah sich nicht um. Nicht nach links und rechts. Steuerte geradewegs zum Bahngleis der S-Bahn.

»Wo fahren wir hin? Was hast du vor?«

Auf Günters Fragen reagierte er gar nicht. »Wenn sie dich ansprechen«, sagte er, »zeig deinen FDJ-Ausweis.«

Günter nickte. Er bemerkte, dass die Leute in der Bahn sich nach ihm und Georg umdrehten. Blicke über Zeitungen und Bücher hinweg. Beim Einsteigen und Aussteigen. Georg fiel auf in seinem Mantel. Er lächelte seinen Bruder von der Seite an und tat das auch, als der Volkspolizist ihn und Georg kontrollierte.

»Ist das Ihr Bruder?«

»Ja«, sagte Georg.

»Wie lange bleibt er in Berlin?«

»Er fährt heute Abend wieder.« Dabei stieß er mit der Schuhspitze gegen Günters. Alles verdeckt vom langen Mantel.

»Genau«, sagte Günter, »ich bin nur für ein paar Stunden in Berlin. Zu Hause warten meine Eltern auf mich.«

Zwei Jahre hatten sie sich nicht gesehen. Aber das funktionierte noch. Diese kleinen Hinweise. Mitspielen, kleine Theateraufführung. Die Leute hatten auch geglaubt, dass sie im Wald keine Munition gefunden hätten. Munition? Wie sah die überhaupt aus?

Georg legte seinen Arm um Günters Schultern. Er sagte nichts, aber Günter konnte hören, wie er aufatmete. Zusammen sahen sie aus dem Fenster. Berlin. So braun wie die Felder zu Hause. Immer wieder brache Flächen und Häuserreihen, denen ein Anfang oder ein Ende fehlte. Mehr Gerüste als Wohnungen.

»Wo fahren wir hin?«, fragte Günter. Er spürte Georgs Wärme durch alle Schichten Stoff hindurch. Dazu die Luft in der Bahn, die nicht zirkulierte. Er schwitzte am Bauch, wo er seinen Rucksack umklammert hielt.

»Wirst du gleich sehen.«

Günter wusste, dass die Kunsthochschule, die Georg besuchte, im Osten der Stadt lag. In Berlin kannte er sich nicht aus, aber er hätte gedacht, dass die Schule und das Wohnheim nicht so weit vom Bahnhof entfernt sein, dass sie nicht so lange fahren würden. Georg deutete auf eine große Fläche mit einer Tribüne. »Da stand mal das Schloss«, sagte er. Günter nickte, ohne zu wissen, was sein Bruder meinte. Er drehte sich nach den anderen Fahrgästen um, prüfte, wie voll die Bahn war. Dann lehnte er sich nah an Georg heran und flüsterte: »Wir sind gleich in West-Berlin, oder?«

Georg grinste nur.

»Was machen wir hier? Ich weiß gar nicht, ob ich hier überhaupt sein darf!«

»Beruhige dich«, sagte Georg. »Dir wird nichts passieren.«

Am Bahnhof Zoo stiegen sie aus. Günter lief hinter Georg her, der den Mantel jetzt aufgeknöpft trug und auf dem Bahnsteig Platz für drei einnahm. Die Leute machten einen Bogen um ihn und drehten sich nach ihm um. Einige ältere Frauen und Männer rümpften sogar die Nase.

Für Günter sahen sie aus wie jene Menschen, über die man sagte, dass sie aus »gutem Hause« kämen. Adelige, Bänker, Industrielle, Großgrundbesitzer. So stellte er sie sich zumindest vor. Die einzigen, die er kannte, tatsächlich oder vom Hörensagen, waren irgendwelche Ostflüchtlinge. Von versprengten Gutshöfen aus Schlesien, die ihren Titel nicht mehr tragen durften und die jetzt, wenn es gut lief, für die LPG bisschen Traktor fahren durften. Keine schlechte Sache eigentlich. Vor allem, wenn er bedachte, wie es immer hieß, dass diese Leute für den Krieg und den Faschismus verantwortlich gewesen waren.

Vor einem Haus, das wie jedes andere Berliner Wohnhaus aussah, blieb Georg stehen. Kleine Balkone links und rechts von einem Erker, der die Etagen überspannte. Von der S-Bahn aus hatten diese Häuser gar nicht so hoch und breit gewirkt. Eine Tafel war am Gemäuer befestigt. Darauf stand: *Studentenwohnheim.*

»Alles, was du jetzt siehst«, sagte Georg, »musst du für dich behalten.«

Günter nickte.

»Kann ich dir vertrauen?«

Dumme Frage: »Na klar.«

»Du wirst Mutti und Vati nichts verraten?«

Günter schüttelte den Kopf.

Georg legte eine Hand an seine Wange. Sie war warm. Hatte in der Manteltasche gesteckt und roch nach Tabak.

»Ich verspreche dir«, sagte Georg, »dass ich dir gleich alles erklären werde.«

Im Hausflur Melodien verschiedener Lieder aus scheinbar unzähligen Radios. Lachen, Geplapper, irgendwo schien jemand zu singen. Statt Namen hingen Zeichnungen und Karikaturen an den Briefkästen. Auf ein Stück Tapete, das an der Wand im Treppenhaus hing, war mit roter Farbe geschrieben worden: »*Berlins größter Fehler? Dass es wieder aufgebaut wird!*« Gänge verliefen über die jeweiligen Etagen, Zimmer gingen davon ab. Die Türen offen oder angelehnt.

Als Georg in seiner Manteltasche kramte, rief jemand: »Georg, bist du wieder da?«

Auf den Flur trat ein junger Mann. Wahrscheinlich war er genauso alt wie Georg. Er hatte sogar ähnlich dunkles Haar. Nur sein Kiefer war breit wie ein Schuhkarton. Lächelnd ging er auf Günter zu. »Ah, du musst der Bruder sein! Sozialistische Grüße!«

»Das ist Ewald«, sagte Georg, »er kommt aus Heidenau.«

Günter schüttelte ihm die Hand, alte Schule, aber hier fühlte sich das seltsam an.

»Habt ihr schon Pläne für die Konterrevolution geschmiedet, oder wollt ihr erstmal ins KaDeWe?«, fragte Ewald. Der Schalk in seinem Blick.

Georg lachte auf. So hatte Günter ihn noch nie lachen gehört. Überhaupt, wie er sich hier über den Flur bewegte. Und wie er dastand, die Beine breit, das Gewicht gleichmäßig verteilt. Es war nicht im Ansatz zu erkennen gewesen, dass unter diesem Mantel kein Boxer, sondern ein Künstler steckte.

»Lass ihn erstmal ankommen«, sagte Georg und wandte sich an Günter. »Ich zeig dir gleich alles und dann gehen wir was essen. Du hast doch seit dem Frühstück auch nichts mehr gehabt, oder?«

*

Direkt vor dem Fenster stand eine Straßenlaterne. Vorhänge gab es keine. Der Schatten des Fensterkreuzes legte sich auf die Holzdielen. Georg hatte eine Wolldecke auf dem Boden ausgebreitet, damit Günter im Bett schlafen konnte. Jeder ein Kissen und ein Laken. Georg und Günter verschränkten die Arme hinter ihren Köpfen und starrten zur Decke.

»Du hast es wahrscheinlich schon längst verstanden«, sagte Georg.

Der Besuch im Atelier der Hochschule. Die Skizzen an der Wand über dem kleinen Schreibtisch. Die großen Koffer, mit denen Georg vor Jahren ausgezogen war, gleich zu Günters Füßen. Er hatte alles gesehen und auch nichts gesagt, als sie zum Abendbrot das Mischbrot und die Kamenzer Würstchen aßen, die Mutter für Georg mitgegeben hatte. Günter hatte längst verstanden.

»Warum hast du Mutti und Vati das nicht gesagt?«, fragte Günter. Was er nicht sagte, aber sagen wollte: »Warum hast du mir das nicht gesagt?«

»Ich habs versucht«, sagte Georg. »Ich hab mich hingesetzt und dutzende Male einen Brief angefangen, aber es lief ja immer darauf hinaus, dass ich von der Hochschule geflogen und in den Westen abgehauen war. Dabei steckt ja so viel mehr dahinter, das ist ja nicht einfach nur ein Umzug oder ein Abschied auf Zeit. Ich konnte das nicht erklären, ich glaube, ich kann das immer noch nicht richtig.«

»Dann versuch es wenigstens«, sagte Günter, »erklärs mir jetzt.«

Georg atmete aus. Wartete. »Du hast doch vorhin Ewald kennen gelernt«, sagte er. »Der hat auch in Ost-Berlin angefangen, kommt auch aus Sachsen und ist zwei Jahre älter als ich. An der Hochschule waren viele wie wir. Angeblich entsprachen wir den Anforderungen nicht, waren zu unbegabt, zu faul, keine Ahnung. Aber wir haben ja alle Lust auf Kunst, nur eben nicht auf die Motive und die Art und Weise, die uns vorgegeben wurden. Ob wir es wollten oder nicht, es hat uns widerstrebt. Mich hat es sogar richtig angeekelt.«

»Also hat es mit Kunst zu tun?«

»Auch, ja. Das ist eben nicht so leicht. Du bist vielleicht zu jung, um dich zu erinnern, aber ich weiß noch, wie Vati und die ganzen anderen Männer aus Deutschbaselitz aus dem Krieg kamen. Es muss doch möglich sein, sich von einer Ideologie zu lösen, ohne in die nächste reinzuschlittern. Was ist denn das für eine Gesellschaft, die von einer Ideologie in die nächste rutscht? Was soll denn aus diesen Leuten werden? Die müssen doch völlig bekloppt und schizophren sein. Weißt du, selbst wenn ich kein Künstler werden sollte, will ich wenigstens frei sein. Und ich glaube einfach nicht, dass das unter den Sowjets möglich ist.«

Irgendwo im Haus lief noch ein Radio. Die Autos auf der Straße waren nicht nur laut, sondern schienen das Zimmer zusätzlich noch auszuleuchten. Immerhin die Wände schienen kälter als die Luft im Zimmer zu sein.

»Günter?«, sagte Georg, »ich werde nicht zurückkommen.«

Günter schluckte. »Ich weiß.« Es fühlte sich so an, als würden seine Augen nach innen tränen und er daran ersticken. Wie oft er auf Briefe von Georg gewartet hatte. Und immer hatte er sich eingeredet: »Der hat viel zu tun, der steckt mitten im Studium, er ist dabei, berühmt zu werden, das passiert nicht ohne Schweiß und harte Arbeit.« Oder wie er darauf gehofft hatte, eines Tages von der Arbeit nach Hause zu kommen und Georg vor der Tür sitzen zu sehen. Die räudige Pfeife mit dem abgekauten Mundstück zwischen den Lippen. Und sie hätten sich umarmt und nicht mehr losgelassen. Nicht nur so eine Hand auf der Schulter, schwer wie ein Ziegelstein.

Günter hörte, wie Georg seine Decke wegschob und sich aufrichtete. Während er sich neben das Bett kniete, wandte Günter sein Gesicht zur Wand.

»Hör auf«, sagte Georg leise und streichelte über Günters Kopf. »Ich hab es dir deswegen noch nicht gesagt, weil ich dir etwas vorschlagen wollte. Das wollte ich dir nicht schreiben. Ewald hat auch seine Hilfe angeboten, der ist wirklich ein Fuchs, wenn es darum geht, Leute von Ost nach West zu bringen.« Pause. »Günter, sieh mich an.«

Günter drehte sich um. Der Handrücken voll Tränen

und Rotz. Zum Glück war es dunkel genug, dass Georg das nicht sehen konnte.

»Du kommst nach West-Berlin«, sagte Georg, »und dann sind wir wieder zusammen, einverstanden?«

»Einverstanden.«

Später in der Nacht, kurz bevor Günter einschlief, sagte Georg noch: »Ich habe übrigens ein Mädchen kennen gelernt. Ich wette mit dir, du hast noch nie so eine schöne Frau gesehen.«

»Stellst du sie mir vor?«

»Sie hat gesagt, das würde ihr zu schnell gehen. Sie möchte dich kennen lernen, sobald du hier bei uns bist.«

Günter lächelte. Mit diesem Lächeln schlief er ein.

*

Als er nach zwei Tagen wieder am Bahnhof in Kamenz ankam und durch die Empfangshalle ging, vorbei am Fahrkartenschalter, rief ihm die Frau zu: »Wie war es in Joachimsthal?« Aber wie sie es sagte. Und wie sie dabei grinste.

Günter reagierte nicht darauf. Von solchen Leuten, dachte er noch, lasse er sich nicht einschüchtern und nicht provozieren. Er hatte seinen Plan gefasst, er brauchte seinen Rucksack eigentlich gar nicht mehr auszupacken. Mutter und Vater einweihen, was schwer genug werden würde. Außerdem einen Vorwand finden, nicht zur Arbeit zu gehen.

Die Nachricht vom Bau der Mauer, nur eine Woche

nach seinem Besuch in Berlin, erreichte ihn in der Mittagspause, kurz bevor er sich für einige Tage krankmelden und zu Georg fahren wollte.

XX

Jan hatte sich nicht angekündigt. Eigentlich wollte er gar nicht hier sein, aber auf seine Anrufe reagierte der Alte nicht. Er klingelte an der Haustür, woraufhin der Alte sich aus dem Fenster lehnte. Damit er Jans Beutel mit den Unterlagen nicht sofort sah, versteckte Jan ihn hinter seinem Rücken.

»Ah, Sie«, sagte er.

»Ja, genau.« Das war ihm jetzt schon zu dumm.

»Warten Sie, ich lasse Sie rein.«

Im Hausflur waren Umzugskartons übereinandergestapelt. Aus einer nicht verschlossenen Kiste ragten Pfannen. Die Erde einer umgekippten Zimmerpflanze, sie selbst völlig verfault und mit braunen Blättern, war über den Boden verteilt.

»Hier hinten!«, rief der Alte.

Jan streifte seine Schuhe von den Füßen und ging den Flur entlang in das Zimmer, in dem er den Alten vermutete. Mattfolie klebte an den Fensterscheiben. Oberkörper frei nahm der Alte Bücher aus dem Regal, gut fünf Stück auf einmal, besah die Rücken und schmiss sie auf einen

Haufen. Der Bauch vom Gummiband der Jogginghose wie zusammengeschnürt.

»Haben Sie sich etwas zu trinken genommen?«, fragte er und sah dabei nicht auf.

»Bin nicht durstig«, sagte Jan, »danke.« Er legte den Beutel vor die Tür und hockte sich neben den Bücherhaufen. Gut fünfzig Bände Karl May, ein Großteil noch eingeschweißt. Weltbild-Sonderedition.

»Ich habe das Gefühl, die vermehren sich«, sagte der Alte. »Man nimmt eins raus und dann stehen da zwei neue. So viel kann der doch gar nicht geschrieben haben.«

»Hat Ihre Mutter die gelesen?«, fragte Jan.

»Mein Vater«, sagte der Alte. »Ich glaube, er hat irgendwann den Fehler gemacht, jemandem zu sagen, dass er mal ein Buch von Karl May gelesen hat. Vielleicht aus Verlegenheit oder als Notlüge. Wenn man etwas nicht machen darf, dann den Leuten sagen, was man mag. Von diesem Tag an werden Sie zugeschissen mit dem Plunder, den Sie angeblich mögen. Weihnachten naht, der Geburtstag steht an und irgendjemand erinnert sich, ›Hat der Günter nicht so gerne Karl May gelesen?‹. Dann ist es vorbei mit der Ruhe. Kein Wein mehr, keine Pralinen.« Er schmiss weitere Bücher auf den Stapel: »Nur noch beschissene Karl-May-Bücher! Karl May«, sagte er, »was ist das überhaupt für ein Name?«

Jan wollte das Thema auf etwas anderes lenken. Er sah sich um und sagte: »Sie sind ja schon recht weit mit dem Ausräumen.« Ein Fehler.

»Haben Sie sich mal erkundigt, ob jemand Interesse an der Wohnung haben könnte?«

Jan seufzte: »Bislang hat sich noch niemand zurückgemeldet.«

Darauf reagierte der Alte nicht. Fortwährend das Aufprallen der Bücher auf dem Fliesenboden. Jetzt oder nie und dann schnell wieder raus: »Ich«, setzte Jan an, »ich wollte Ihnen die Unterlagen Ihres Vaters zurückbringen.«

Der Alte stellte die Bücher, die er gerade noch in der Hand gehalten hatte, wieder in das Regal zurück. »Also haben Sie herausgefunden, was es mit der Schachtel auf sich hat?«

»Nein«, sagte Jan und zögerte. »Ehrlich gesagt weiß ich nicht, was ich damit anfangen soll.«

»Tja, ich auch nicht. Ich kann Ihnen leider nicht sagen, warum mein Vater das für Sie gesammelt hat.«

»Hat Ihre Mutter etwas darüber gewusst?«, fragte Jan. »Haben Sie mit ihr mal darüber gesprochen?«

Der Alte schien etwas sagen zu wollen. Kurz hatte er den Mund geöffnet, jetzt presste er seine Zähne hinter verschlossenen Lippen aufeinander. »Da gab es andere Dinge zu besprechen«, sagte er.

»Also ist es okay, wenn ich Ihnen die Sachen zurückgebe?«

»Einfach auf den Haufen da«, sagte der Alte und nickte in die Richtung des Bücherberges. Vielleicht war es ihm wirklich egal.

Jan nahm den Beutel. Die losen Papiere darin. Fotos,

Briefe. Und legte ihn neben die Bücher. Vorsichtig, den Alten immer im Blick. Er wollte sehen, wie der darauf reagierte. Ob er zuckte. Ob es irgendwas mit ihm machte.

»Wissen Sie«, sagte der Alte und schien mit dem Regal zu sprechen, zwei Reihen Bücher hintereinander, »wer noch alles in meiner Verwandtschaft Bilder auf dem Kopf gemalt hat?«

Jan schüttelte den Kopf, was der Alte nicht sehen konnte.

»Mein Vater hat erzählt, dass die Schwiegermutter von Baselitz in den 50er- und 60er-Jahren auf Tournee war. Das war so eine Art Zirkus und sie hat wohl gegen Geld Leute aus dem Publikum auf dem Kopf gemalt, so in etwa jedenfalls. Mein Onkel hat wohl gesehen, wie begeistert die Leute darauf reagiert haben. Ein einfacher Kniff, aber er stellte alle Sehgewohnheiten in Frage.« Jetzt drehte er sich zu Jan. Hinter der Mattfolie des Fensters waren Schatten zu sehen. Äste, Vögel, vielleicht ein Nachbar.

»Meinem Onkel ist alles zugeflogen«, sagte er. »Das Geld, später dieses Schloss, in dem er jahrelang wohnte, die richtigen Leute zum richtigen Zeitpunkt. Vor allem aber, dass er im richtigen Moment abgehauen ist.«

»Finden Sie nicht, dass Ihr Onkel Talent hatte?« Jan war stehen geblieben. Im dunklen Flur lehnte er sich mit der Schulter gegen die Wand.

»Ich weiß nicht, was das sein soll.«

Der Alte verschränkte die Arme. Seine Brust- und Armmuskeln angespannt. Schultern und Schlüsselbein wie Streben, über die jemand dünne Haut gezogen hatte.

»Wenn Ihr Onkel in den Westen ist, warum ist Ihr Vater nicht auch gegangen?«, fragte Jan.

»Er hat es versucht«, sagte der Alte, »mehrere Male sogar, so hat es mir zumindest meine Mutter erzählt. Er hat seinen Bruder in Berlin besucht und hätte einfach nur ein paar Tage länger bleiben müssen. Der Mauerbau kam wirklich überraschend für ihn, für alle eigentlich. Wer rechnet schon damit, dass die eigene Regierung einen einsperrt? Mein Vater arbeitete damals bei der Güterabfertigung der Reichsbahn. Einige Züge und Waren gelangten in den Westen, das wusste er. Nach langen Überlegungen hatte er den Plan, sich in einem der Waggons zu verstecken. Das einzige Problem war, dass der Zoll die natürlich verplombte. Sonst hätte ja jeder kommen können. Also musste er jemanden finden, der so ein Siegel aufbrechen und vor allem wieder verschließen konnte. Er musste also jemanden in seinen Plan einweihen, und tatsächlich erwies sich jemand bereit, ihm zu helfen. In der Nacht, in der er abhauen wollte, übernachtete er bei jenem Unterstützer mit der Zoll-Ausrüstung in der Nähe des Bahnhofes. Er konnte nicht schlafen und setzte sich in der dunklen Wohnung ans Fenster. Von dort aus konnte er sehen, dass Männer mit Taschenlampen die Waggons ausleuchteten, unter die Wagen guckten, ins Gleisbett. Das ist an sich ganz normal, aber die machten das die ganze Nacht, bis zur Abfahrt des Zuges um zwei Uhr. Er blies die Aktion ab und bewegte sich den ganzen Tag nicht aus der Wohnung.«

Jan wusste nicht, was er darauf noch antworten sollte.

»Hätten Sie bestimmt alles erfahren können, wenn Sie die Unterlagen gelesen hätten«, sagte der Alte.

Jan ging zu ihm, am Bücherhaufen vorbei, und streckte dem Alten seine Hand entgegen. Jetzt oder nie. »Schön, Sie kennen gelernt zu haben«, sagte er. »Ganz unabhängig davon sehen wir uns ja sowieso. Und vielleicht ergibt es sich ja nochmal, nur jetzt, gerade, also....«

Der Alte nickte.

Im Flur bückte sich Jan nach seinen Schuhen. Draußen anziehen, keine weitere Zeit verlieren. Die bunten Kinderzeichnungen im Flur wie Kirchenfenster in der Nacht.

»Wie hat Ihr Vater eigentlich reagiert?«, rief der Alte aus dem Zimmer.

Jan öffnete die Wohnungstür, darauf ließ er sich nicht mehr ein.

»Haben Sie ihm von mir erzählt? Hat er Ihre Mutter erwähnt?«

Er blieb stehen. Zögerte. Verlagerte erst sein Gewicht von Fuß zu Fuß auf der Stelle. Dann ging er zurück, den dunklen Flur entlang. »Was soll das?«

»Ich weiß nicht, was Sie meinen.«

»Warum sagen Sie mir nicht einfach, was los ist?«

Der Alte drehte sich zu ihm. Der ganze Raum dazwischen. Die Hände an den Reifen, als drohte er umzukippen. »Mein Vater ist nicht so alt geworden wie Ihrer«, sagte er. »Was auch immer er Ihnen mitteilen wollte, lesen Sie es. Das sind Sie ihm schuldig.«

»Gar nichts bin ich.«

»Bitte«, sagte der Alte leise. Der Staub in der Luft wie blasse Fliegen. Auf und ab, als schwankte das Zimmer.

Jan hob die Unterlagen auf und klemmte sie sich unter den Arm. Ganz egal, ob er sie zu Hause noch einmal ansehen würde. Jetzt und hier schien das wichtig zu sein. Ohne ein weiteres Wort verließ er den Raum. Die Wohnungstür vor ihm.

»In den Unterlagen steht bestimmt auch«, rief der Alte erneut, als hätte er seine Stimme wiedergefunden, »wie ich im Rollstuhl gelandet bin. Die Geschichte dürfte Ihnen gefallen. Mein Name ist übrigens Thorsten. Wollen wir uns nicht duz…« Da hatte Jan die Tür ins Schloss fallen lassen.

XXI

Die Nacht nach Weihnachten, so war es Tradition. In der Nähe des Flugplatzes, die Kasernen in Sichtweite, gab es einen Gasthof. Das *Herbert.* Ein ehemaliger Landgasthof mit Tanzsaal, der, streng genommen, nicht zu Kamenz, sondern zum Ortsteil Jesau gehörte, aber für die Kamenzer so sehr Teil ihrer Stadt war wie das rote Rathaus oder alles, das irgendwie im Zusammenhang mit Lessing stand, auch wenn der nur Bruchteile seiner Kindheit in Kamenz gelebt hatte. Zwei Etagen hatte das *Herbert.* Fremdenzimmer, zwei Eingänge, einer zur Gaststätte, einer zum Festsaal. Der Saal hatte zwei Reihen von Fenstern, jeweils auf den langen Seiten. Dadurch war es immer hell und der Saal besonders beliebt für Hochzeitsfeiern, die schon am Vormittag begannen. Die Sonne, die einmal um das Gebäude wanderte, immer da, nie verdeckt. Es wirkte, als wäre die Zeit stehen geblieben.

Einmal im Monat wurden die Fenster des Saales mit Brettern verkleidet. Die Disko begann gegen 19 Uhr. Die Sonne stand dann noch hoch, im Sommer, oder war glutrot im Herbst. Drinnen sollte es aber wie tiefste Nacht wirken, wie im Keller, wie in den Garagen, wo sich die Jugendlichen sonst trafen. Und auch in jener Nacht im Dezember, als die Sonne schon gegen 15:30 Uhr untergegangen war, wurden die Fenster verbarrikadiert. Die Bretter halfen nicht nur gegen das einfallende Licht der Straßenlaternen, sondern auch gegen die sorbischen Jugendlichen, denen der Zutritt zur Disko verboten war. Als es die Bretter noch nicht gegeben hatte, hatten sie Steine geworfen und die Fenster aufzubrechen versucht. War alles schon vorgekommen.

Thorsten sah die jungen Männer auf dem Bordstein sitzen. Zigaretten zwischen Daumen und Zeigefinger, wie bei der Armee gelernt. Die Arme auf den Knien abgestützt. Sie blickten zu Boden, als versuchten sie, in den Spuckepfützen ihr Spiegelbild zu erkennen. Die Straße war leicht überfroren. Am Himmel, verdeckt von schneegefüllten Wolken, drehte ein Schulungsflugzeug der NVA seine Runden.

Thorsten und seine Freunde gingen, als die FDJ-Pioniere gegen 22 Uhr die Pässe der Diskobesucher kontrollierten. Immer zur gleichen Uhrzeit, immer die gleichen Typen. Dieses Grinsen, diese durchgedrückten Rücken. Ein bisschen Macht, das reichte schon. Thorsten und seine Freunde wollten ihnen diese Genugtuung nicht geben. Dieses Entgegennehmen der Pässe, langsam blättern, drehen, Blick aufs Foto, dann ins Gesicht, hin und her, extra langsam. Erbärmliche Würstchen.

Die Luft war feucht. Fühlte sich an, als würde sie durch den Anorak und unter die Haut dringen. Schwibbögen in den Fenstern der Nachbarhäuser. Nur dieses Licht. Wie von weit entfernten Sternen. Die Straßenlaternen ausgeschaltet. Manchmal war es, als würde der Geruch vom Weihrauch der Räucherkerzen durch die Ritzen und Rillen der Holzfenster gelangen, irgendwie. Thorsten redete sich das ein. Vielleicht kam der Geruch vom Kohlekraftwerk oder aus den hunderten und tausenden Schornsteinen der Wohnhäuser. Briketts, Holzscheite. Aber eigentlich rochen die nicht so, kein Schornstein dieser Welt roch nach Weihrauch. Dieser Duft und die Dunkelheit. Die Sterne am Himmel einer klaren Winternacht. So stellte sich Thorsten auch die Weihnachtswelt bei Charles Dickens vor. Und irgendwo Kinder, die Holzschlitten hinter sich herzogen. Und irgendwo kleine Tannen, im Wald gefällt, über und durch den Schnee geschleift. Eine Spur, die jemand mit einem Reisigzweig verwischen musste.

Thorsten lief am Straßenrand. Seine Freunde hinter ihm mit ein wenig Abstand. Er hielt seine Arme ausgestreckt, als würde er auf der schmalen Teerkante balancieren. Wenn ein Auto käme, Bonzen, die ihre Kinder abholten, Leute mit Kontakten, die jetzt schon ein eigenes Auto besaßen, dann wäre die weiße Haut seiner Handflächen sichtbar. Kurz, aber vielleicht entscheidend.

Eine Weile hörte er seine Freunde noch summen, pfeifen. Sterncombo Meißen, Electra. Dann noch einzelne Töne von »Alle Jahre wieder«. Irgendwann das Wasser der Schwarzen Elster, ganz in der Nähe die Brücke. Die Eishaut, die sich entlang des Ufers gebildet haben musste, wenn die Wäscherei es mit dem Waschen gerade nicht übertrieb und in der Spinnerei die Farben gerade wieder ausgegangen waren. Klares Eis, überhaupt Eis, weißer Schnee. Nicht von irgendwelchen Färbe- oder Lösemitteln verunreinigt. Das gab es. Das war ja eigentlich der Urzustand. Manchmal musste er sich daran erinnern. So eine richtige Charles-Dickens-Weihnacht.

Ein Auto schien auf der Straße hinter ihm zu sein. Thorsten hörte den Motor, bevor er sah, dass die Straße langsam heller wurde. Dass sich vor ihm sein Schatten bildete. Er streckte die Hände aus. Bewegte sie auf und ab. Ging noch einen Schritt nach rechts und befand sich fast im Straßengraben. Der lauter werdende Motor. Nicht sicher, ob der Wagen beschleunigte. Weiter nach rechts konnte Thorsten nicht gehen. Er winkte mit dem Arm. Ein kurzer Blick über die Schulter.

In dem Moment fuhr der Wartburg gegen Thorstens linken Oberschenkel. Sein ganzer Körper kippte nach hinten. Binnen Sekunden verkrampfende Hände, der Drang, sich festzuhalten. Arme und Beine wie im luftleeren Raum. Mit seinem Kopf verfehlte er die Windschutzscheibe, mit seinem Rücken brach er den Außenspiegel ab. Nacken und Wirbelsäule überdehnt. Mit dem Hinterkopf kam er zuerst auf der Straße auf, ein Knall, als würde der Schädel platzen, wie eine überreife Frucht. Sein eigenes Blut in einer Lache unter ihm, um ihn herum. Die Augen starr aufgerissen. Der Wartburg in der Kurve am Ortseingang. In der Ferne zwei rote Rückleuchten. Nur ein Lichtkegel eines Frontscheinwerfers an der Wand eines Dreiseitenhofes.

Kerns Augen und die Haut seines Gesichts, all die Stellen, die eine Träne berühren konnte, sahen aus wie aufgescheuert. Seine Beine wackelig. Kaum in der Lage, den Handlauf des Geländers zu fassen.

»Ich möchte gern Anzeige erstatten«, sagte er.

Der Polizist hinter der Scheibe blickte auf und sah ihn an. Seine Kollegen im Raum hinter ihm, die Türe angelehnt, blieben stehen. Was sie flüsterten, konnte Kern nicht verstehen.

»Setzen Sie sich kurz«, sagte der Polizist und wies auf eine Stuhlgruppe. Zwischen jedem der Stühle ein kleiner Tisch und darauf eine Topfpflanze. Kern nickte, wie er es die letzten Stunden getan hatte, wenn jemand zu ihm sprach. Krankenschwestern, Ärzte, seine Frau, die Freunde von Thorsten, die das Kennzeichen des Wartburg aufgeschrieben hatten. Die zumindest versucht hatten, sich an eine Nummern- und Zahlenkombination zu erinnern; denn wer merkte sich schon jedes Kennzeichen jedes vorbeifahrenden Autos? Die ihn schließlich gedrängt hatten, zur Polizei zu gehen. Jetzt, so schnell wie möglich. Aber er wollte ja gar nicht. Die letzten Stunden, die Thorsten wahrscheinlich zu leben hatte, und er saß auf der Polizeiwache. Warten müssen, Fragen beantworten, sich fühlen wie der eigentliche Verbrecher. Der fuhr weiterhin durch die Gegend, angeblich hatte er nicht einmal abgebremst. Hatte auch nicht angehalten, um zu sehen, wen oder was er da überfahren hatte. Irgendwo stand das Auto dieses Vollidioten und hatte keinen rechten Frontscheinwerfer und keinen rechten Außenspiegel mehr. Und Kern musste hier sitzen und warten und konnte nichts anderes tun, als die gesunden Blätter zwischen all den vertrockneten dieser beschissenen Topfpflanzen zu zählen.

»Herr Kern?«

Er antwortete nicht.

Dann die Hand auf seiner Schulter: »Herr Kern, ich möchte gern mit Ihnen sprechen.« Er hatte nichts von dem verstanden, was der Arzt zu ihm gesagt hatte. Mundbewegung, Mimik, das konnte er sehen. Früher hatte er mal erkannt, ob die Leute wirklich traurig, wirklich betroffen waren. Oder ob sie diese Gefühle imitierten, indem sie die Haltung veränderten, zu Boden schauten und leise und mit langen Pausen sprachen. Bei diesem Arzt konnte er das nicht einschätzen.

»Herr Kern?«

Der Polizist stand mit hängenden Schultern da.

»Würden Sie mir bitte folgen?«

Kern setzte sich an einen Tisch, der Polizist ihm gegenüber. Ein Nussknacker, ein Räucherhäuschen, ein Tannenzweig.

Der Polizist legte seine Hände auf die Tischplatte. Erst beide nebeneinander, flach, dann bewegte er seine Finger, bevor er sie an seiner Hose abwischte und sie schließlich wie zum Gebet ineinander faltete. »Wie geht es Ihrem Sohn?«, fragte er.

»Ich geh gleich wieder zu ihm«, sagte Kern.

»Haben die Ärzte schon etwas sagen können?«

Kern blickte zu Boden. Auf die Schuhe und auf die heruntergerutschten, gummilosen Socken des Polizisten. Aus seiner Hosentasche holte er einen Zettel und legte ihn aufgefaltet auf die Tischplatte. Er hatte sich das Kennzeichen eingeprägt. Auswendig gelernt in all den Stunden. Eigentlich brauchte er diesen Zettel gar nicht. Aber ihn jetzt hier hinzulegen, vor den Polizisten, vor sich selbst. Das war dann nicht einfach eine Nummer, ausgeplappert wie alles andere. Das war wie eine Tatsache. Der einzige Wagen in der Nacht auf der Straße. An den Freunden von Thorsten vorbeigefahren. Thorsten allein auf der Straße, mit einigem Abstand, niemand direkt vor oder hinter ihm. Weißer Wartburg. Jetzt ohne Frontscheinwerfer und Außenspiegel. Das war kaum auszuhalten, den Zettel dort liegen zu sehen.

»Das ist ein Kamenzer Kennzeichen«, sagte der Polizist. Messerscharf. Jahrelange Ausbildung. Kern hätte ihm für diese Erkenntnis gern gratuliert.

»Ich möchte Anzeige erstatten wegen Fahrerflucht und versuchten Mordes«, sagte Kern.

Als wäre sein Vorgesetzter aufgetaucht, zuckte der Polizist zusammen und streckte seinen Rücken durch. Schweiß auf der Oberlippe. Glänzende Stirn. Jederzeit ein Stofftaschentuch zum Abwischen bereit. »Immer langsam«, sagte er, »zuerst einmal müssen wir den Fahrzeughalter ausfindig machen. In der Regel«, da stockte er, »ist das eine einfache Übung.«

»Wie lange?«

»Das kann ich nicht sagen.«

»Blättern Sie doch Ihre Karteikarten durch.«

»Herr Kern«, Pause, »selbst wenn wir den Fahrzeughalter finden sollten, ist das nachträglich gar nicht so einfach, Fahrerflucht nachzuweisen. Versuchten Mord schon mal gar nicht …«

»Thorsten liegt im Koma!«, rief Kern. »Sie werden ja wohl, in Kamenz, ein Kamenzer Auto finden, den Fahrer verhören und ihm nachweisen können, dass er vom Tatort geflüchtet ist. Es gibt doch Zeugen!«

»Soviel ich weiß«, sagte der Polizist, ruhig und leise und jedes einzelne Wort betonend, »hat es gar keine Zeugen des Unfalls gegeben.«

»Wie bitte?«

»Die Freunde Ihres Sohnes haben lediglich einen Wagen in der Nacht vorbeifahren sehen. Wenn ich das richtig rekonstruiere, ist dieses Auto zuerst an den Freunden vorbeigefahren, während weiter vorn, außer Sichtweite, Ihr Sohn lief. Als die Freunde Ihren Sohn schließlich auf der Straße liegend auffanden, war weit und breit kein Fahrzeug mehr zu sehen. Ihr Sohn könnte von jedem anderen Wagen angefahren worden sein. Zwischen dem Fahrzeug, das die Freunde passierte, und dem Unfallfahrzeug muss es keinen Zusammenhang geben.«

»Sie können das doch überprüfen. Wo ist denn das Problem?«

»Wieso soll es denn ein Problem geben?«

XXII

Jan ging noch einmal nach Deutschbaselitz. Stand am Ufer des Großteiches. Die Wolken über den vertrockneten Birken, die Blätter grau. Sie schwankten im Wind, raschelten. Das dünne, blasse Gras. Käfer, die sich an den Spitzen der Halme hielten. Alles bewegte sich mit den Wolken. Zog wie sie nach Osten. Er steckte seinen Finger in den Sand und drückte ihn hinein, tief, bis sich einzelne Körner unter seinem Nagel sammelten. Die Sonne auf seinen Schulterblättern. Es gab Tage wie diesen, da war er allein. Da gehörte ihm der ganze See. Diese riesige Seenplatte. Jedem Menschen sein eigenes Gewässer.

Am Horizont waren die Kühltürme des alten Kohlekraftwerkes Boxberg zu sehen. Noch vor Jahren waren weiße Wolken von dort zum Himmel gestiegen und hatten sich mit den anderen Wolken weit oben im Himmel gemischt. Kühlturmniederschlag, das war so ein Wort. Es hat Zeiten gegeben, als Kind, da glaubte er, dass es keine natürlichen Wolken gab. Dass jede Wolke, die er über dem Wohnblock im Wind treiben sah, allein oder als Masse, einem Kühlturm entstammte. Schwarze Kohle, weißer Rauch.

Bei der Touristeninformation beziehungsweise beim Baselitzmuseum beziehungsweise beim Stadtmuseum Deutschbaselitz war die Tür verschlossen. Im Erdgeschoss brannte jedoch Licht. Jan schaute durch eines der Fenster. Frau Koschmieder lag ausgestreckt auf dem Sofa und hatte ihre Beine in die Decke gehüllt. Der Fernseher lief, sie hatte Kopfhörer auf und aß ein Stück Kuchen direkt von der Pappe.

Er überlegte, an die Scheibe zu klopfen und ihr zu sagen, dass ihm die Bildbände und Kataloge von Baselitz gefielen. Diese Braun- und Sandtöne einer austrocknenden Landschaft. Das wenige Blau, als würden Himmel oder See hindurchschimmern. Er hätte Frau Koschmieder gern gefragt, ob er die Kataloge noch eine Weile behalten dürfte oder ob schon jemand gekommen war und sie eingefordert hatte. Aber wie er sie da so liegen sah, ein Lächeln auf ihren Lippen, ihr Auflachen, der Witz in ihren Kopfhörern leicht verzögert zum Fernsehbild, da dachte er sich, dass es wahrscheinlich egal war. Möglicherweise hatte sie längst vergessen, ihm die Bücher gegeben zu haben.

*

Jan erinnerte sich an die Sommer mit Mutter und Vater am Deutschbaselitzer Großteich. Sie bestanden aus dem immer gleichen Anblick: Vater am Straßenrand in T-Shirt und Gummistiefeln. Badehose im Rucksack. Mutter und Jan auf ihren Fahrrädern und holten ihn ab.

Jan lag auf einem Handtuch, kein Schatten ringsum. Er hörte, wie in einiger Entfernung immer wieder die Türen der Dixi-Klos zugeschlagen wurden. Auf einer Art verankertem Floß, einer Plattform, draußen auf dem See, sprangen Jugendliche ins Wasser oder warfen sich gegenseitig hinein. Die Mädchen kreischten, ihnen schien zu gefallen, wie die Jungs sie behandelten. Damals und eine ganze Weile dachte er, man müsste Mädchen nur schubsen und auf die Oberarme boxen, damit sie einen mochten.

Jan lag auf dem Bauch und steckte seine Finger in den Sand, bis er darin kühlere Stellen erreichte. Sein Nacken war längst verbrannt, er spürte das. Dann tippte ihm Mutter auf die Schulter. Er drehte sich um. Sie zeigte auf Vater, der mit offenem Mund schnarchte. Sie formte mit ihren Händen eine Schaufel, nahm Sand darin auf. Und dann sah es so aus, von dort, wo er lag, aus seiner Perspektive, als ließe sie den Sand in Vaters Mund rieseln.

»Komm mit«, sagte sie leise. Sie nahm seine Hand und hielt sie, wie wenn sie ihn vom Hort abholte. Sie gingen am Ufer entlang und kreuzten die Straße, wo der Campingplatz begann. Ansichtskarten in den Aufstellern verblasst. Die Aufsteller mit Gehwegplatten beschwert. All die Männer, durch deren dicke Bäuche die Badehosen am Bund wie umgekrempelt aussahen.

Sie beschleunigte ihren Schritt und zog ihn bald hinter sich her. »Mutti«, sagte er. »Langsamer. Bitte«, aber sie schien das nicht zu hören. Sie ging auf der Straße vornweg. Erst der Teer, noch heiß unter seinen Füßen, dann bald Steine, Geröll. Schließlich Sand. Ein schmaler Weg, fußbreit. Die Sträucher und Gräser waren dabei, ihn wieder in Besitz zu nehmen. Jan war es leid, hinterhergezogen zu werden. Dinge gezeigt zu bekommen, die er nicht kannte und zu denen niemand etwas sagte. Es war immer das Gleiche. Also blieb er stehen. Kurz fühlte es sich an, als würde Mutter ihm den Arm ausreißen. Sie war noch in Bewegung und bereit gewesen, weiterzulaufen, bis sie den Widerstand spürte.

»Noch ein kleines Stück«, sagte sie. »Ist nicht mehr weit. Wirklich.«

»Wo gehen wir hin?«, fragte Jan und entfernte sich einen Schritt von ihr.

»Ich will dir was zeigen, gleich da, hinter den Bäumen.«

Es war das erste Mal, dass er das fragte: »Warum?«

Sie zögerte. »Weil es schön ist.«

Wahrscheinlich hatte er all seinen Mut schon aufgebraucht, diesen kurzen Moment von Dagegenhalten, Nachfragen. Er nickte. Und lief hinter ihr her. Ihr Lächeln, immer wieder drehte sie sich nach ihm um. »Gleich hier«, sagte sie. »Gleich hinter den Büschen.«

Es war der gleiche See und trotzdem sah er ganz anders aus. Das Ufer mit den Badegästen weit entfernt. Das Kreischen der Mädchen kaum mehr hörbar. Wurzeln ragten ins Wasser. Der Wald, als würde er in den See wachsen. Mutter setzte sich auf den schmalen Streifen Sand und klopfte auf die Stelle neben sich. Ihre nackten Füße im Wasser. Seine neben ihren. Der Wind, der ihre Haare in sein Gesicht blies. Sie streichelte ihm über den Rücken, er konnte jeden einzelnen ihrer Finger spüren und an welchem ihrer Nägel sie gekaut hatte.

»Und?«, sagte sie, »ist doch schön, oder?«

Die Sonne stand hinter den Bäumen. Davor, im Wasser, die langen Schatten der Stämme, über denen die Mücken kreisten. »Ja«, sagte er.

Mutter legte ihren Kopf auf seine Schulter, mit ihren Zehen versuchte sie, seine zu kitzeln, aber er zog seine Füße weg. Sie versuchte es noch einmal, aber er zog sie erneut weg. Wieder und wieder, bis er aufstand und ins flache Wasser rannte. Mutter hinter ihm her. Erst schien sie ihn fangen zu wollen, aber dann lief sie an ihm vorbei und wie vor ihm weg. Er holte sie ein und sprang auf ihren Rücken. Kettete sich an sie. Zog sie nach unten und zu sich. Sie lachte. »Nicht meine Haare«, rief sie, »nicht meine Haare!« Sie spritzte ihm Wasser ins Gesicht und tauchte ihn unter. Irgendwann war auch sie unter Wasser. Sie ließen sich treiben, nebeneinanderher, Mutters Hand in seiner, mal im Schatten, den die Bäume warfen, mal in der Sonne. Am Horizont die Kühltürme der Kraftwerke, auf dem Wasser spiegelten sich ihre Wolken. Jan hielt ihre Hand. So schwebten sie.

Als Vater später fragte, wo sie gewesen seien, antwortete Mutter, noch bevor Jan den Mund hatte öffnen können: »Ein Eis essen.« Sie sah ihn an und berührte mit ihrem Zeigefinger ihre Lippen. Vater nickte. »Du warst ja eingeschlafen«, sagte sie, »selber schuld.« Dann streichelte sie ihm Sand aus dem Brusthaar.

XXIII

Kamenz, den 3. Oktober 1965

Lieber Georg,

ich rede mir ein, dass deine Briefe mich einfach nicht erreichen, obwohl ich immer noch bei Mutti und Vati wohne. Ich rede mir ein, dass du liest, was ich dir schreibe, dass also wenigstens meine Briefe bei dir ankommen. Heute und bei diesem Brief wäre das besonders wichtig.

Ich habe jemanden kennen gelernt und über diese Person erfahren, dass es möglich ist, durch ein Studium ins Ausland zu kommen. Der Ort ist mitunter an die jeweilige Qualifikation und Ausbildung geknüpft, nicht in jedem Land werden schließlich die gleichen Leute gebraucht, aber immerhin. Immerhin ein möglicher Weg, dachte ich. Es würde mich viel Mühe und Zeit kosten, aber es wäre sicherer als mein letztes Vorgehen zumindest.

Ich habe also neben der Arbeit ein vorbereitendes Fernstudium begonnen. Immer wieder musste ich nach Dresden, und du kannst mir glauben, dass das Lernen nach den Schichten die Hölle war. Ich bin oft am Schreibtisch eingeschlafen, wo Mutti mich dann gefunden hat. Sie hat mich zu wecken versucht und mich irgendwie ins Bett geleitet. Im Halbschlaf habe ich nichts davon mitbekommen, aber wach geworden bin ich oft in deinem Bett. Vom Schreibtisch aus ist es in dein Bett ja immer kürzer gewesen. Ich war mitunter so erschöpft, dass ich es gar nicht mitbekommen habe.

Mir war klar, dass ich, um für das Studium letztlich zugelassen zu werden, irgendwann in die Partei eintreten müsste. Ich habe mich immer gedrückt und gesagt, dass ich erst einmal studieren und dann entscheiden möchte, ob ich Mitglied sein will, damit mir niemand vorwerfen könne, ein Opportunist zu sein und dass ich der Partei nur beigetreten sei, um meinen persönlichen Vorteil daraus zu ziehen. Ich hatte gehofft, dadurch Zeit zu gewinnen. Georg, das war naiv.

Mir wurde unmissverständlich klargemacht, dass ich noch vor dem Studium in die Partei eintreten müsse, andernfalls würde man mich nicht zulassen. Ich habe lange darüber nachgedacht und auch mit Mutti und Vati darüber gesprochen und bin zu dem Punkt gekommen, dass ich das nicht kann. Es geht einfach nicht. Ich weiß, dass das schwach ist und dass ich mal ein Auge zukneifen könnte. Es wäre ja nicht für lange, irgendwann wäre ich ja zu dir gekommen. Aber dieses Mal-ein-Auge-Zudrücken, Mal-nicht-Hinsehen, Mal-Mitlaufen, auch wenn es nur ein kurzes Stück ist, das kann ich nicht. Dir ging es doch ganz genauso, als du dich für das Studium in West-Berlin entschieden hast. Du hast mir ja selbst gesagt, dass irgendwann einmal Schluss sein muss mit Ideologien und mit den Leuten, die sie unterstützen, aus welchem Antrieb auch immer.

Ich hoffe, du kannst das verstehen. Wenn es einer verstehen kann, dann du.

Ich muss jetzt auch zur Armee, durch das Fernstudium konnte ich auch das eine Weile hinauszögern, aber dieses Hinauszögern unterstützt der Betrieb jetzt nicht mehr. Und weißt du, mit welcher Begründung mir der betriebliche Parteisekretär jetzt das Studium verwehrt? Ich habe es mir schriftlich geben lassen, weil es so absurd klingt: »Infolge Ihrer ungenügenden politisch-ideologischen Reife …« Darauf musst du erstmal kommen!

Lieber Georg, was ich dir sagen will, ist: Ich werde erst einmal nicht zu dir kommen. Ich werde bleiben, vorerst, und vielleicht, irgendwann, einen neuen Weg finden. Ich will aber auch ehrlich zu dir sein und dir sagen, dass ich im Moment keine Lösung sehe. Zwei Ideen bin ich in den letzten Jahren hinterhergelaufen, und gerade fehlt mir die Fantasie und vor allem die Kraft, das noch einmal oder so ähnlich zu wiederholen. Hinzu kommt, dass Mutti und Vati älter und schwächer werden, ich denke, dass ich mich um sie in nächster Zeit kümmern muss.

Vielleicht finde ich einen neuen Weg, bitte gib mir Zeit. Bitte sei mir nicht böse. Bitte vergiss mich nicht.

Liebe Grüße
Dein Bruder

XXIV

Immer häufiger in den Nächten stand Kern auf. Wach hatte er gelegen und das Blinzeln der Augen seiner Frau neben sich zu hören geglaubt. Ihr gemeinsames Starren an die Zimmerdecke. Er richtete sich auf, nahm seinen Pullover vom Stuhl, streifte ihn sich über und verließ das Zimmer. Zigaretten konnte er so spät oder so früh am Tag nicht rauchen, also ließ er die Schachtel liegen. Er zog sich eine Hose über die Schlafanzughose. Schuhe, Handschuhe, Mütze, Schal, so ging er vor die Tür. Manchmal die Stimme seiner Frau im Ohr: »Geh nicht. Nicht schon wieder. Das bringt doch nichts.« Er drehte sich um, aber da stand sie nicht. Überhaupt konnte er sich nicht daran erinnern, sie in den letzten Wochen etwas sagen gehört zu haben.

Dass seine Haut diese Kälte ertragen konnte. Anders als in den Nächten davor fiel Schnee oder eine Art Eisregen, kleine Krümel, tiefgefroren. Und dazu der Wind. Als würde ihm jemand Sand ins Gesicht werfen. Er versuchte von Laterne zu Laterne und von Alleebaum zu Alleebaum zu gehen. An der Litfaßsäule, die an der Kreuzung der Hauptstraße stand, blieb er kurz stehen.

Die Männer der Vier-Uhr-Schicht liefen auf der gegenüberliegenden Straßenseite. Auch sie, als hätten sie Kopf und Hals zwischen ihre Schultern geklemmt. Sie gingen hintereinander her. Einer im Windschatten des anderen.

Der Plan war einfach, jede Nacht aufs Neue. Er würde an der Straße stehen, bis es hell wurde. Und wenn ein Auto vorbeifuhr, das nur einen Frontscheinwerfer hatte, würde er sich das Kennzeichen notieren. Außerdem von jedem Wagen, der nur einen Außenspiegel hatte. Und von jedem weißen Wartburg. Vielleicht stimmte die Zahlen- und Buchstabenfolge mit jener überein, die auf seinem Zettel stand. Dann könnte er wieder zur Polizei gehen.

Die Männer der Vier-Uhr-Schicht setzten sich auf die Stufen der Tischlerei. Ein, zwei sahen nach links und rechts. Vielleicht suchten sie ihn. Wunderten sich, dass er heute noch nicht zu ihnen gekommen war, wie in den Nächten davor, und sich nicht zu ihnen setzte, während sie nach und nach durch den Eingang zu ihren Werkbänken gingen. Der Schnee plattgetreten. Zigarettenstummel, Streichhölzer. Kleine Löcher in der Schneedecke, wo jemand hingespuckt hatte.

Wie viele Leute nachts durch die Gegend irrten. Die sich irgendwo hinsetzten, dazusetzten. Wie sie rochen, wie sie durch die halb geschlossenen Lider ihrer Augen blickten. Und er unter ihnen. Tagsüber erkannten sie ihn vielleicht als den Nachbarn, der dort drüben in dem Haus wohnte. Mit Frau und Sohn. Der Fahrlehrer, ach der! Aber nicht um diese Uhrzeit. Nicht mit Zettel und Stift.

Kern lehnte seinen Kopf an den Rauputz. Drinnen Stimmen und Sägegeräusche, sodass er das Auto auf dem Kopfsteinpflaster lange nicht hörte. Er sah nur zwei Lichtpunkte der Frontscheinwerfer. Einer heller als der andere. Er stand auf. Ein weißer Wagen, vielleicht ein Wartburg. Wirklich ein Wartburg. Im Vorbeifahren der Blick auf die Außenspiegel, beide vorhanden. Kamenzer Kennzeichen, das nicht mit dem auf seinem Zettel übereinstimmte.

Er sah dem Wagen eine Weile nach. Wie er sich langsam der Kreuzung näherte und abbremste und ohne zu blinken nach rechts abbog. Auf den Fahrer hatte er gar nicht geachtet, männlich, weiblich, alt, jung. Darüber ärgerte er sich jetzt. Irgendein Merkmal hätte er sich gern noch aufgeschrieben. Eine Mütze oder die Farbe eines möglichen Schals. Kissen auf der Rückbank, Aufkleber auf dem Armaturenbrett. Aber dass er nach rechts abgebogen war, das stand groß neben dem Kennzeichen auf seinem Zettel. Der Wartburg war Richtung Ortsausgang gefahren, wo der Tuchmacherteich war und ein paar Einfamilienhäuser standen. Irgendwann kamen Wohnblöcke der Genossenschaft. Dort auf den Parkplätzen standen die Autos wie auf dem Präsentierteller.

XXV

Kern wusste, dass einer seiner Nachbarn, zwei Häuser weiter, drei, wenn man den Bungalow des Offiziers als vollwertiges Haus betrachtete, als Rechtsanwalt arbeitete. Sie hatten sich bei den Arbeiten zur Erschließung der Grundstücke kennen gelernt. Grube ausheben, Rohre und Leitungen verlegen. Kern hatte neben ihm gestanden, als der Anwalt immer wieder mit der Spitzhacke ausholte, auf etwas Hartes im Boden schlug und sagte: »Das isn dickes Ding hier!« Ausholen, Draufschlagen, so ging das eine Weile, bis zufällig der leitende Genosse der Bauaufsicht vorbeikam: »Sind Sie denn total bescheuert? Sie hacken das ganze Wasserrohr auf!« Daraufhin mussten die Rohre geborgen und neu verlegt werden. Der Baufortschritt verzögerte sich um mehrere Wochen. Von diesem Tag an, aufgrund seiner Arbeitsleistung und weil er im Sommer auf der Baustelle braun geworden war, dazu sein schwarzes Kopf- und Brusthaar, hatte der Anwalt den Spitznamen »Rumänen-Mario«.

Wo die Kanzlei von Rumänen-Mario war und ob es überhaupt eine gab, wusste Kern nicht. Zwei Rechtsanwälte gab es in Kamenz, nie im Leben wäre er auf die Idee gekommen, einen aufzusuchen. Alles ließ sich ja irgendwie klären. Unter der Hand. Gern mit einer Flasche *Kreuz des Südens*, in pikanten Fällen mit *Goldwasser*.

Die Fingerkuppe seines rechten kleinen Fingers tauchte Kern in das Rouge-Döschen seiner Frau und verstrich die Pigmente auf seinen Augenringen. Mit den Handflächen schlug er sich gegen die Wangen, bis er glaubte, dass das Weiß seiner Haut einem Rosa gewichen war. Das wiederholte er, bevor er die Klingel des Rechtsanwaltes drückte. Auf dem Klingelschild stand »Rechtsanwalt«, als wäre das ein gültiger Name. So ein Mensch also. Kern fasste nach der Flasche, die er unter seiner Jacke unter den Arm geklemmt hatte. Er wäre am liebsten umgekehrt.

»Guten Tag, Herr Nachbar! Das ist ja eine Überraschung! Was kann ich für dich tun?« Rumänen-Mario schien ihn umarmen zu wollen, aber nahm dann die ausgestreckte Hand und ließ sie nicht mehr los. Kern konnte seine Hand gar nicht lösen, sosehr er sich auch bemühte. Abwechselnd ließ er sie locker und griff fester zu. Irgendwie signalisieren, dass das genügte, sich so lange die Hände zu schütteln.

»Ich hoffe, ich störe nicht. Ich wollte nur …«

»Quatsch, überhaupt nicht! Komm doch rein!«, sagte der Anwalt, hielt Kern die Tür auf und musterte ihn dabei. Der Blick einmal von oben nach unten. Vom mit Haarschuppen übersäten Hemdkragen zu den mit Vaseline eingefetteten Schuhen. Kern streifte sie sich von den Füßen, als Rumänen-Mario ihm auf den Rücken klopfte: »Wir haben uns ja ewig nicht gesehen! Hast du meine neue Frau eigentlich schon kennen gelernt? Die sitzt in der Stube vorm Fernseher, ich kann sie mal holen, wenn du willst.«

»Du, ich hab gar nicht so viel Zeit«, sagte Kern und hoffte, dass der Anwalt ihm das glauben würde. »Wir holen das auf jeden Fall nach, aber hast du jetzt nur mal fünf Minuten in einer ruhigen Ecke?«

»Klar, einfach dort die Tür rechts.« Dann ging er an Kern vorbei und den Flur entlang. »Ich hole uns nur noch schnell was zu trinken. Willst du Kaffee oder schon n Bierchen?«

»Nichts weiter, wirklich.«

Rumänen-Mario lachte aus irgendeinem Raum heraus, den Kern nicht sehen konnte. »Ich kann dich leider nicht hören«, sagte er. Schließlich das Geräusch von Flaschenklirren.

Der Flur war auf halber Höhe holzgetäfelt. Licht drang nur durch die Glaseinsätze der Zimmertüren. Eine Vase mit Kunstblumen auf einem Hocker neben der Garderobe.

In dem Raum entdeckte Kern zuerst das Telefon. Es war gar nicht zu übersehen. Als wäre der Schreibtisch nur dafür hergestellt worden. Eine Bühne, ein Podest. Und wieder alles mitten im Raum; Schreibtisch, ein Stuhl dahinter, einer davor. Blick auf die Spitzengardine, hinter der sich der Garten abzeichnete wie durch Pauspapier.

»Ich freu mich auf den Frühling, wenn der Rasen wieder grün ist und nicht mehr so eine braune Matsche.« Rumänen-Mario stellte zwei Bier auf den Tisch. Kleine Perlen

Kondenswasser an den Flaschen wie angehaucht. Und setzte sich.

Kern nickte.

»Aber was würde ich geben für nen Dünger, der nicht nach Scheiße riecht!« Während er lachte, holte er einen Flaschenöffner aus der Schublade seines Schreibtisches. »Prost erstmal.«

Nach einem Schluck stellte Kern das Bier wieder ab und holte die Flasche Nordhäuser unter seiner Jacke hervor. Leicht angewärmt, das Etikett an den Ecken und Kanten abgerieben. Er konnte sich nicht erinnern, wer ihm die Flasche damals geschenkt hatte. »Ich hab da mal was mitgebracht«, sagte Kern, »auf unser Wiedersehen, sozusagen.«

»Das wäre doch nicht nötig gewesen!« Der Anwalt nahm die Flasche entgegen, öffnete sie und roch daran. »Auch einen?«

»Nen kleinen vielleicht.«

»Kleine gibt's nicht.« Dann beugte er sich zu der Anrichte, die an der Wand stand, und öffnete die linke Tür. Im Halbdunkel, nebeneinander und mindestens in Zweierreihe, standen volle Nordhäuser. Er lächelte und sagte: »Für schlechte Zeiten, weißt du.« In zwei Gläser aus derselben Seite der Anrichte füllte er doppelt ein und stellte die Flasche schließlich zu den anderen.

Kern überlegte, ob er jetzt, am Nachmittag, lieber den Geschmack von Korn oder den Geschmack von Bier im Mund behalten wollte. Den Korn mit dem Bier runterspülen, oder umgekehrt. Er trank den Nordhäuser und hoffte, das Bier stehen lassen zu können.

Mit einem lauten Stöhnen knallte Rumänen-Mario das Schnapsglas auf die Tischplatte: »So, und jetzt sag mir mal, was dir auf dem Herzen liegt!«

Kern zögerte. »Ich komme sozusagen geschäftlich zu dir.«

»Na, umso besser!«

Kern legte den Zettel auf den Schreibtisch. Er war so oft gefaltet und geöffnet worden, dass entlang der Falze Risse entstanden waren. Wie bei seiner Frau, bei den Ärzten und Krankenschwestern, wie bei dem Polizisten versuchte Kern zu erkennen, was das Kennzeichen bei seinem Gegenüber auslöste. Augen und Mund, die leichteste Anspannung, die kleinste Veränderung. Und wie all diesen Personen erzählte er Rumänen-Mario, was Thorstens Freunde an diesem Abend gesehen hatten. Was sie nicht gesehen hatten. Was sie vermuteten. Dass der Polizist ihm offensichtlich nicht helfen wollte, dass das sein Eindruck war, sagte Kern jedoch nicht. Er wollte nicht paranoid wirken. Nicht dastehen wie jemand, der sich schon Dinge einbildete. Von da an war es ein kleiner Schritt zur Weltverschwörung. Solchen Leuten half man nicht. Über solche Leute lachte man.

Der Anwalt schob den Zettel zurück. Spitzte die Lippen. Nickte. Wirkte ernst. Betrunken schien er nicht zu sein. »Wir sind bei so was auf die Zusammenarbeit mit der Polizei angewiesen«, sagte er. »Wir müssen warten, bis die zu Ergebnissen gekommen sind. Was ich sagen will: Wir müssen uns gedulden, auch wenn es schwerfällt.«

»Kannst du denen nicht Druck machen?« Es fühlte sich seltsam an, ihm so bittend gegenüberzusitzen.

»Ich weiß, dass du den Vollidioten so schnell wie möglich fassen willst. Du hast das Kennzeichen, du hast mich an deiner Seite, wenn du das möchtest. Du bist also bestens aufgestellt. Ich verspreche dir, auch wenn sich das quälend lang anfühlen mag, dass wir das Arschloch kriegen werden.«

Ein paar Kraftausdrücke, ein bisschen Entschlossenheit, Verständnis, ob geheuchelt oder aufrichtig. Das wollte er hören. Kern lächelte ihn an.

»Wenn du möchtest, komme ich die Tage mal zu euch. Dann können wir in Ruhe und im Einzelnen besprechen, was wir tun können. Wäre das in Ordnung für dich?«

»Ja, gern.«

*

»Du hast was?« Seine Frau stand vor ihm. Die Jacke noch angezogen, gerade zurück aus dem Krankenhaus.

»Er hat gesagt, dass er uns helfen kann.«

»Wie will er uns denn helfen, wenn wir der Polizei keine Beweise vorlegen können?«

»Er kennt sich mit solchen Fällen aus. Wir müssen da nur hartnäckig bleiben.«

Sie ging einen Schritt auf ihn zu, nahm seine Hand und

strich über die Finger. Umrandete seine abgekauten Fingernägel. Kurz sah sie ihn an, lächelte und strich ihm das Rouge von den Augenringen. Sie tat das Gleiche bei sich selbst, jeden Tag. »Vielleicht kann er wirklich helfen«, sagte er leise. »Fragen kostet doch nichts.«

Sie nickte. »Versprich mir, dass du dich da nicht reinsteigerst, ja?«

»Ich verspreche es.«

»Und bitte versprich mir, dass du ab jetzt in den Nächten zu Hause bleibst.«

»Mach ich, ja.«

»Und dass du tagsüber nicht durch die Gegend streunerst und nach irgendwelchen Autos suchst. Davon wird Thorsten auch nicht gesund.«

Er nickte. Seine Wange an ihrer. Schuppige Winterhaut.

XXVI

Es hatte diese Anrufe von Manni gegeben. Mitten in der Nacht, als Mutter schon allein wohnte.

Jan nahm den Hörer ab: »Kannst du vorbeikommen?«, fragte Manni.

»Wie spät ist es denn?«

Er antwortete nicht.

»Kannst du das nicht heute machen?«, fragte Jan.

»Sieh zu!« Dann legte Manni auf.

Mannis Tanke war ein Kiosk, aber eher ein Toilettenhäuschen mit Ausschank. Es stand am Rande des kleinen Stadtparks. Eine Blumenuhr, die nicht mehr funktionierte, in Sichtweite. Im Frühling standen die Fliederbüsche und Rhododendren ringsum in voller Blüte. Neben dem Fenster für den Straßenverkauf gab es eine Tür und drinnen zwei Parkbänke, die sich gegenüberstanden.

Mutter schlief auf einer der beiden Bänke. Ein Mann, den Jan nicht kannte, hatte seinen Arm um sie gelegt. Während sie lag, hockte der Mann neben ihr auf dem Boden. Keine Socken in den Schuhen. Er atmete schwer und hielt sich an ihr fest. In dem Raum gab es keine Fenster. Keine Bilder. Nur Postkarten, mit Klebestreifen an der Wand befestigt, die seine Kunden an Manni geschickt hatten. Kuba war dabei, Vietnam, Rügen, der Harz, Dresden. Manni blickte kurz auf, lächelte nicht, sagte nichts. Er nickte in die Richtung, wo Mutter lag. Du dummes Arschloch, dachte Jan.

Er kniete sich vor sie hin, eine Hand auf ihrer Schulter. »Mutti«, sagte er leise. Ihr Mund war leicht geöffnet, er konnte riechen, dass sie sich übergeben hatte. Ihre Zähne gelb, die Lippen trocken und schmal. »Mutti.« Er streichelte ihr über den Kopf, dann über die Wange.

»Sieh zu«, sagte Manni.

Jan ignorierte ihn. Aber noch ein Wort, das nahm er sich vor, und er würde Manni seine bescheuerten Kümmerlingfläschchen in den Mund stopfen und dann dagegentreten. Abwechselnd mit jedem Fuß. Sodass Manni nicht mehr wissen würde, was Glas war und was Zahnbrocken, das da in seine Mundhöhle spießte.

Mutter öffnete ihre Augen einen Spaltbreit. Ihre suchende Pupille. Träge, wie vom Eiter verschmiert. »Wir müssen gehen«, sagte Jan. Sie leckte über ihre Lippen, und kurz dachte er, sie würde ihn nicht erkennen. »Okay«, sagte sie. Der Mann neben ihr stöhnte auf, als sie sich aufzurichten versuchte. Er schien ihr helfen zu wollen. Aber seine Hände wehrte sie ab.

»Du bist ein Arschloch, Manni«, sagte sie. Stehend, aber jede Spannung in den Beinen verloren.

»Ja, ja«, sagte der. »Bis morgen.«

Jan sah ihn an und dann zu dem Mann auf der Bank

und dann wieder zu Manni. Er schüttelte den Kopf. Wollte noch etwas sagen, aber verkniff es sich. Draußen hatte feiner Regen den Gehweg gefrieren lassen.

Vor Mutters Hauseingang sammelte sich Hundekot in Plastiktüten. Werbeprospekte, die ausgetragen werden sollten, hatten sich mit Wasser und Bier vollgesogen. Jan versuchte, Mutter zu halten, aber sie und er, sie rutschten beide immer wieder weg. Sie zog ihn nach vorn und kippte zur Seite. Er hielt sie enger und fester. Er griff in ihre Tasche und zog zwischen feuchten Taschentüchern den Schlüssel hervor.

Mutter hatte sich auf den Stapel Werbeprospekte und Gratiszeitschriften gesetzt. Das Licht der nackten Glühbirne vom Hauseingang flackerte auf ihrem Gesicht. Die schorfige Haut über ihren Wangenknochen. Die dünnen Haare, die in Strähnen über ihren Augen hingen. Jan sah noch, wie sie ihre Augen schloss und wie sie sich einfach zur Seite drehte, lang machte und vom Stapel rutschte und mit dem Kopf auf dem Boden aufschlug.

Er rannte zu ihr und kniete sich vor sie hin. Hielt ihren Kopf und versuchte, ihn aus der Pfütze zu drehen, in der sie zur Hälfte lag. »Lass mich ersaufen«, sagte sie und spuckte das Pfützenwasser aus, diese Mischung aus Schmelzwasser und Streusalz, Bier und Hundepisse. Sie lachte dabei und verschluckte sich. »Aber du kriegst mich nicht tot.«

Jan half ihr auf und setzte sie wieder auf den Stapel. Nur kurz, nur um endlich die Tür zu öffnen. Ihre Haare waren so nass und dunkel, dass er kein Blut erkennen konnte.

»Hast du mich gehört?«

»Ja, Mutti.«

Und sie wiederholte es und wurde leise dabei: »Ja, ja, du kriegst mich nicht tot.«

Als Kind hatte ihn gestört, wie sehr sie auf seine Kleidung geachtet hatte. Zwei Tage durfte er ein T-Shirt oder einen Pullover tragen, eine Hose maximal drei Tage. Danach, so Mutter, würden andere das riechen. Sobald er nach Hause kam, hatte er sich umzuziehen. Es gab Kleidung, mit der er zur Schule und überhaupt aus dem Haus gehen durfte. Und es gab Kleidung, die für drinnen bestimmt war, die die Nachbarn und Lehrer nicht sehen würden, nicht sehen durften. Kleidung, um die besseren Klamotten zu schonen. Vater, Mutter, er, sie kamen nach Hause und zogen sich um, als würde ihre Schicht beginnen. Sie falteten die gute Kleidung zusammen und legten sie auf einen Stuhl. Danach begegneten sie sich in schweißgetränkten, vergilbten Pullovern und zerrissenen Jogginghosen. Jan lachte über die Socken seines Vaters. Sie bedeckten weder Zehen noch Ballen. Es waren Zaubersocken, die von alleine stehen konnten, sobald Vater sie auszog.

Gleichzeitig stand im Wohnzimmer vor den beiden Fenstern immer der Wäscheständer mit der frisch gewaschenen Wäsche. Die ganze Wohnung roch nach Lenor. Sommertraum, Elfenbeinblüte, Orchidee. Die Düfte wechselten sich ab, je nach den Sonderaktionen bei Rossmann. Am liebsten hielt sich Jan deswegen im Wohnzimmer auf.

Auf dem Sofa ausgestreckt, das Fenster gekippt. Und der Wind bewegte die Gardinen und seine Schlüpfer.

Mutter hatte darauf geachtet, dass der Flur sauber war, für den Fall, dass der Postbote kam. Wenn sie keine Umschulung oder eine Maßnahme hatte, sagte sie den Leuten, dass sie gerade nicht arbeiten würde. Das fiel ihr leichter. Lieber das, sagte sie, als Hausfrau zu sein. Hausfrauen gab es nur im Westen.

Kurz vor ihrem Auszug hatte Jan in der Küche gesessen. Mutter lehnte an der Spüle, sie stand nie frei im Raum. Konnte sie gar nicht. Und sagte: »Ich bin all die Jahre sehr dumm gewesen.« Jan sah sie an, trank seinen Kaffee. Sie schien zu warten, dass er nachfragte.

»Diese ganzen Putzmittel, weißt du.«

Er nickte.

»Die braucht man gar nicht. Das ist alles Verarsche! Küche, Bad, Boden, Spüle, Waschbecken. Der ganze Scheiß! Da ist überall das Gleiche drin! Alles, was du brauchst, ist Scheuermilch.«

Jan setzte Mutter auf die Treppe, die hölzernen Stufen in der Mitte ausgetreten, während er die Wohnungstür öffnete. »Drücken!«, rief sie. »Richtig drücken!« Er stemmte sich dagegen und bekam sie einen Spaltbreit auf. Zwei Staubsauger lagen hinter der Tür auf dem Boden. Das flackernde Licht aus dem Hausflur. Kabel, Schläuche, Bürsten neben dem Gehäuse verteilt. Die Beutel aufgerissen und ausgekippt. Einige Flusen so hoch und dick, dass es wie ein Hochflorteppich aussah. Die Luft roch sauer.

Mutter lehnte sich an die Wand im Flur. Jan wollte das Licht einschalten, drückte auf den Schalter, kippte ihn hoch und runter.

»Lass es«, sagte sie.

Er sah sie an. Ihre Augenhöhlen, als könnten je zwei Augäpfel hineinpassen. Ihr schmaler Mund.

»Mutti«, sagte er leise.

»Sei still.«

Er hatte ihr so oft angeboten, sich an der Stromrechnung zu beteiligen.

Mutter legte sich in ihr Bett und zog die Decke nur über ihre Füße. Ihr Kopf, der keine Spannung mehr zu haben schien. Wie in einem Kinderzimmer stand ihr Bett längs an der Wand. Schmal und vom Sperrmüll. Die Matratze hatte sie aus dem Ehebett mitgenommen. Hatte sie durch das Treppenhaus und durch die ganze Stadt getragen. Immer wieder abgesetzt, immer wieder umgekippt. Vater, der ihr einfach nur nachschaute.

Durch die Straßenlaterne fiel ein Streifen Licht auf das Bett. Der Dreck auf der Scheibe ließ das Glas uneben wirken. Mutter atmete gleichmäßig. Hin und wieder verschluckte sie sich, hustete, drehte sich auf die Seite. Irgendwann öffnete sie ihren Mund und begann leise zu schnarchen. Jan kniete neben ihr. Auf dem Fußboden plattgetretene Zigarettenhülsen. Teilweise vollgesogen mit Underberg. Auf einem Stuhl entdeckte er ihre Klamotten. Wenn sie zu Manni ging, zog sie sich an, als würde sie zur Arbeit gehen oder ihn vom Hort abholen.

Jan stand auf. Vermutete, wo der saure Geruch herkam. In der Küche lagen dutzende Flaschen Scheuermilch über Spüle und Arbeitsfläche verteilt. Halb ausgelaufen auf dem Boden. Mutter hatte sie über Geschirr ausgeleert, das auf der Arbeitsfläche und in der Spüle mit all seinen Essensresten schimmelte. Sie hatte sie auch über die Schränke und über den Essenstisch geschüttet, über den Boden, ihre Hausschuhe, über den Aschenbecher auf dem Fensterbrett. Mitunter glänzte die Milch noch im wenigen Licht. Die meisten Flecken aber waren getrocknet. Weißgelbe Krusten. Kontinente, Hautflechten. Und darüber der Duft von Zitrone.

Er ging ins Bad. Auch dort bedeckte Scheuermilch den Boden. Wanne und Waschbecken waren matt davon. Er drehte am Wasserhahn und glaubte wenigstens ein Rauschen zu hören. Weit weg in den Rohren hinter den Wänden. Unter der Erde irgendeine Pumpe. Kein Tropfen. Nicht einmal der kühle Luftzug, der aus dem Hahn kam, bevor das Wasser floss. In langen Bahnen war die Scheuermilch über die Wandfliesen gesickert und ab der Hälfte, auf dem Weg zum Boden, erstarrt. Die leeren Flaschen lagen unter der Toilettenschüssel. Er wollte eine nehmen, aber sie klebten zusammen. Ein Spinnennetz aus Mutters dünnen Haaren, Urin und fester Scheuermilch. »Ich bin all die Jahre sehr dumm gewesen.« Er hatte es im Kopf, im Ohr. Wie sie vor ihm gestanden hatte. Nein, wollte er sagen. Du nicht.

XXVII

Kern saß daneben, als seine Frau mit der Strela Thorstens Haare abrasierte. Handtücher um den Kopf verteilt, sie hielt ihn wie den einer Puppe. Die Büschel, die auf die Krankenhausdecke gefallen waren, sammelte sie auf, legte sie zu den anderen auf das Handtuch und klopfte dieses schließlich über dem Papierkorb aus. Sie streichelte Thorsten über die Haare im Nacken. Borsten, nichts weiter. Und spürte, wie sie sich unter ihren Fingerkuppen gegen den Strich stellten. Lieber diesen Russenschnitt als Thorstens fettige Strähnen. Der klägliche Versuch, alle zwei Tage mit einem Waschlappen den Anschein frisch gewaschener Haare zu wahren. Thorsten würde das verstehen.

Sie hatten die Haustür gerade geschlossen. Straßenschuhe abgestellt, Hausschuhe angezogen. Als es an der Tür klingelte.

»Klar, komm rein«, sagte Kern und stellte dem Anwalt Gästeschlappen vor die Füße. »Mario, Sabine; Sabine, Mario. Aber ihr seid euch ja auch schon mal begegnet.«

Sie schüttelte dem Anwalt die Hand, als würde sie sich

über eine Grube beugen. »Freut mich.« Aber es war für alle zu hören, dass es sie Mühe kostete, das zu sagen.

»Darf ich dir vielleicht was zu trinken anbieten?«, fragte Kern.

Der Anwalt sah sich um und tippte auf die Mappe, die er mitgebracht hatte. »Erstmal nicht«, sagte er, und als wäre das sein Haus: »Wollen wir uns setzen?«

Im Wohnzimmer blieb er vor der Sofaecke stehen. Ein Blick zum Gemälde, bevor er sich setzte. Vor dem Fenster flogen Amseln um das Futterhäuschen. In den letzten Jahren waren es immer weniger geworden.

»Wie geht es Thorsten?«, fragte der Anwalt.

»Die Ärzte wissen langsam auch nicht mehr weiter«, sagte Kern. Seine Bewegung eine Mischung aus Achselzucken und Kopfschütteln.

Rumänen-Mario atmete hörbar aus. »Das tut mir leid«, sagte er. Wartete. Setzte an: »Günter, weißt du …«, stockte, versuchte es noch einmal: »Günter, ich hab mich mit dem Richter Maiwald getroffen und ihn gefragt, wie er zu dem Fall steht.«

»Und?«

»Für ihn ist die Sache klar. Es würde nie zu einem Urteil, einem Prozess oder allein zu einer Anklage kommen, weil es, logischerweise, keinen Angeklagten gibt. Es gibt ja nicht einmal einen Verdächtigen.«

»Dann soll die Polizei meinen Hinweisen nachgehen!« Kern hatte vorn auf der Sofakante gesessen, jetzt stand er.

»Das ist das Nächste«, sagte der Anwalt. Kein einziges

Mal sah er Kern an. »Ich habe bei der VP nochmal wegen dem Kennzeichen nachgehakt und mir wurde versichert, dass kein Kennzeichen, so wie du es notiert hast, im Bezirk registriert ist.«

»Und in einer anderen Kombination? Oder mit Buchstaben, die so ähnlich aussehen? Im Dunkeln auf die Schnelle kann man sich ja mal vergucken.«

»Wurde alles ausprobiert. Und streng genommen, muss man sagen, käme dann ja irgendwann jedes Kennzeichen in Frage.«

Kern stand am Fenster. Ein Blick über die Schulter, weil er ahnte, dass seine Frau im Flur stehen und zuhören könnte. »Also kommst du her, um mir zu sagen, dass sich die Sache erledigt hat?«

»Ich weiß zumindest nicht mehr, was ich noch tun könnte.«

Im Futterhäuschen schienen keine Körner mehr zu liegen; die Amseln von vorhin waren nicht mehr zu sehen. Der Garten wie bereinigt. Nur die Schneereste schmolzen und gefroren erneut. Die letzten Monate grau und wie angehalten. Manchmal schien es, als würde die Erde an Ort und Stelle verharren.

»Der Richter Maiwald hat noch angeboten, mit dir persönlich zu sprechen. Er meinte, dass man den Fall an die Öffentlichkeit tragen müsse.«

Kern hörte zu.

»Das, was Thorsten passiert ist, könnte ein abschreckendes Beispiel für alle sein. Fahrerflucht ist ein kapitales Verbrechen. Maiwald könnte einen Prozess führen. Keinen richtigen mit Angeklagten, eher für die Öffentlichkeit.«

»Und was haben wir davon?«

Mario antwortete nicht gleich. Schien selbst zu überlegen. »Wir sind auf eine gute Zusammenarbeit angewiesen«, sagte er. »Sowohl mit der Polizei als auch mit dem Gericht. Wir können uns nicht erlauben, auf Konfrontation zu setzen, wenn wir was erreichen wollen. Ein bisschen Kooperation, selbst gespielte, könnte uns helfen, ein tatsächliches Ermittlungsverfahren in Gang zu setzen.«

Da Kern nichts sagte, redete er weiter: »Du kannst es dir ja überlegen.« Er richtete sich auf und legte aus seiner Mappe einen Briefumschlag auf das Sofa. »Ich lasse dir ein paar Sachen hier. Da geht es um den Schauprozess und wie du, Sabine und Thorsten darin eingebunden werden könntet. Lies dir das in Ruhe durch und dann reden wir nochmal darüber. Es wäre ja nicht zu deinem Nachteil, Günter. Einen richtigen Prozess wird es aufgrund der mangelnden Beweise nicht geben, vielleicht ist so ein Schauprozess gut, um den Fahrerfluchtarsch aus der Reserve zu locken. Vielleicht kann man dadurch an sein Gewissen appellieren, sodass er sich freiwillig meldet und gesteht.«

»Vergiss es«, sagte Kern, »so was mach ich nicht.«

»Günter, bitte.«

»Nein!« Kern fiel es immer schwerer, ruhig zu bleiben. In der weiten Hose drückte er seine Knie durch und spannte die Oberschenkel an. Er versuchte, durchzuatmen, aber der Anwalt sollte weder hören noch sehen, wie sich sein Brustkorb hob und senkte.

Er ging einen Schritt auf den Anwalt zu: »Mario, ich sag dir das jetzt im Guten: Nimm das Zeug mit, oder ich schmeiße es dir um die Ohren! Ich lass mich doch nicht zum Schauspieler machen! Entweder ermitteln die wie normale Polizisten, Anwälte oder Richter oder was weiß ich und gehen meinen Hinweisen nach, oder die lassen es ganz sein. Aber so einen Volkserziehungsscheiß lass ich nicht mit mir machen! Was soll denn Thorsten darüber denken?«

Der Anwalt hielt Kerns Blicken stand. Wich nicht zurück, vor diesem dann doch breiten Körper, breiter und kräftiger als seiner jedenfalls war. Und sagte in aller Ruhe, was Kern beeindruckte: »Günter, ich weiß, dass du aufgebracht bist, ich wäre es auch. Aber selbst wenn du gegen den Vorschlag bist und ihn ablehnen möchtest, sind wir auf eine gute Zusammenarbeit mit dem Richter und der VP angewiesen. Öffne also den Brief, blättere ein bisschen die Seiten durch, damit man sieht, dass du ihn gelesen hast, und dann steckst du ihn mir die Tage einfach in den Briefkasten. Dann kann ich immerhin zum Maiwald gehen und sagen, dass du darüber nachgedacht hast. Eine Ausrede, um das alles abzusagen, finde ich schon. Einverstanden?«

Kern sah ihn an. Hinter dem Anwalt im Türrahmen stand Sabine und nickte.

»Einverstanden.«

XXVIII

Auf dem Dachboden hängten Kerns die Wäsche auf. Neben einer einzelnen Glühbirne erhellte nur das kleine Fenster an der Giebelseite die Dachkammer. Ein helles Rechteck schien auf die ochsenblutroten Dielen. Wanderte, aber gelangte jeden Tag aufs Neue nicht über seine bekannte Route hinaus.

Der alte Schrank von Kerns Mutter stand hier noch, ihr Hochzeitskleid darin. Der Hut seines Vaters mit der breiten Krempe. Er hatte ihn sich so tief ins Gesicht gezogen und den Kopf immer wie zur Trauer hängen lassen, dass der Schatten der Hutkrempe fast bis zum Kinn reichte. Ein Glasauge hatte er sich nie leisten können. Der Mann mit dem Arschloch im Gesicht. Das hatte Kern die Leute über seinen Vater sagen hören.

Kern nahm eine Hose und hängte sie über die Leine. Mit Sabine hatte er angefangen, Thorstens Kleiderschrank auszumisten. Sie sortierten Pullover, Nickis und Hosen aus, durch die man, so sagten sie es, hindurchschauen könne. Ein prüfender Blick auf den Stoff, der gegen das Fenster in Thorstens Zimmer gehalten wurde. War er zu dünn, oder gar löchrig, warf Kern alles auf den Haufen neben der Tür. Dort lagen auch die Socken, die mehr als zwei Mal gestopft worden waren. Der Rest wurde gewaschen. Trommel für Trommel. Und entweder einsortiert oder mit ins Krankenhaus genommen. Sabine war es schließlich zuerst aufgefallen. Die Tür zu Thorstens Zimmer war angelehnt gewesen. Sie wollte vorbeigehen und war dann doch stehen geblieben. Am Nachmittag, nach Kerns Schicht, machte sie ihn auch darauf aufmerksam. Die Wäscheaktion, so gut gemeint sie gewesen war; Thorstens Zimmer hatte jeden Eigengeruch verloren. In ihrem Haus war ein Gästezimmer entstanden. Auf Außenstehende musste es wirken, als rechneten sie längst nicht mehr damit, dass Thorsten irgendwann wieder nach Hause kommen würde.

Neben die Hose hängte Sabine einen Pullover. Ihre Finger berührten sich kurz im Klammerbeutel, aber sie sahen einander nicht an. Standen stumm nebeneinander, bückten sich, streckten sich nach der Leine, als würden sie zum Himmel beten. Wieder und wieder. Zwei automatische Gläubige. Kern stellte seinen rechten Fuß auf das helle Rechteck auf dem Boden und spürte die Wärme wenigstens dort.

Er blickte durch das Giebelfenster. Sah die Straße. Zählte die Autos, eins, zwei, drei, ein kleiner Laster. Und dann ein Wartburg. Kern öffnete das Fenster, so weit es ging, und versuchte, seinen Kopf hinauszustrecken. Der Wartburg, ein grau-weißer, fuhr an der Tischlerei vorbei und schien an der Abzweigung wieder rechts zu fahren. Kern rannte die Treppen hinab. Hinter ihm die Stimme seiner Frau:

»Günter? Günter?« Sie schrie ihm hinterher: »Wo willst du denn hin? Komm zurück! Günter, bitte, du hast es mir versprochen!« Er drehte sich nicht um, ging einfach weiter. »Günter, bitte!« Er konnte auch diesen Ton in ihrer Stimme nicht mehr hören. Dieses Flehen und Betteln, während sie mit Thorsten sprach, als könnte sie ihn dadurch aus dem Koma holen. Ihr Weinen in der Nacht. Wie sie sich wegdrehte, wenn er sie streicheln wollte. Seine und ihre Haare auf dem Boden, daraus hätten sie Wollknäule formen können. Und es würde der Tag kommen, an dem ihnen ihre Zähne ausfallen würden, weil die keine Kraft mehr hatten, all die Fingernägel zu kauen.

Kern ging am Tuchmacherteich vorbei. Seine Waden schmerzten vom schnellen Gehen. Seine Hacken stieß er in den Gehweg, als hätte der einen Eispanzer. Bei den Doppelhaushälften standen die Autos der Besitzer in Garagen, die konnte er unmöglich aufbrechen. Auch zu den Wohnblöcken gehörten Garagenzeilen, die Tore mal hellblau, mal dunkelblau gestrichen.

Langsam ging Kern an der Hecke entlang, hinter der während der Adventszeit mannshohe Schwibbögen standen. An dieser Stelle wurde für die umliegenden Wohnblöcke mit einem jugendlichen Trompeter, der von einem Balkon »Guten Abend, schön Abend« spielte, die Vorweihnachtszeit eingeläutet.

Einige der Garagentore standen offen. Andere waren angelehnt. Im Vorbeigehen versuchte Kern, hineinzublicken, aber erkannte nicht einmal, ob überhaupt etwas darin war.

Kinder spielten an der Rückseite der Garagen. Ihr Lachen, ihre Stimmen. Sie malten mit Kreide auf den Putz.

Die Stunden mit Georg im Wald. Schulfreunde hatten von Bunkern, tief unter der Erde mit meterdicken Mauern, erzählt. Oben der Eingang, kaum zu entdecken. Manchmal nur eine Tür, nicht breiter oder größer als ein Gullideckel. Laub lag darauf und Gräser wuchsen aus der Erde, die aus dem Laub geworden war. Unmöglich zu finden. Auf allen vieren kroch er mit Georg über den Waldboden. Die Mooskissen als Pause für die geschundenen Handflächen. Er hoffte darauf, den Eingang zu finden und zu rufen: »Georg, hier! Ich habe ihn!« Er wollte zeigen, dass es sich lohnte, ihn mitzunehmen, obwohl er jünger war.

Unter die Welt gelangen, die er kannte. Er hatte sich Rohrsysteme vorgestellt. Katakomben. Und immer wieder Schlitze in den Mauern und kleine Ausgucke, Schießscharten, durch die die richtige Welt, die Oberwelt, zu beobachten war. Georg und er hätten dort sitzen können und Grashalme rauchen. Sie hätten den Männern dabei zusehen können, wie sie die Straßengräben reinigten und die Ziegelsteine abklopften, die nach der Sprengung vom Rittergut übriggeblieben waren. Schweigend nebeneinander und angetrieben von einem Mann mit sonderbarer Sprache. Die Männer zuckten zusammen, wenn er schrie. Wie Schildkröten zogen sie ihre Köpfe ein. Es schien, als könnten sie ihren Hals vollständig zwischen den hochgezogenen Schultern verschwinden lassen. Das also war die neue Zeit. Das also war das neue Deutschland. Was auch immer die

Erwachsenen da untereinander ausmachten, welche Gebäude sie sprengten und neu aufbauten, welche Bücher sie verbrannten und neu verlegten, wer Lehrer sein durfte und wer nicht, wie sie das Land untereinander neu aufteilten. Unter der Erde, in diesen Bunkern, da war vielleicht Ruhe davor. Manchmal sah er Georg an und glaubte, dass es nicht mehr lange dauern und auch sie bei diesen Männern stehen würden. Betrunken, geschunden, stumm. Als wäre das ein Naturgesetz. Einen Bunker zu finden war wahrscheinlich die letzte Chance, alledem zu entgehen.

Kern hatte die Garagen hinter sich gelassen. Ganz leise aus einem Radio »Am Abend mancher Tage«. Der Geruch von Motoröl. Die Kinder immer noch in der Nähe. Wenn er weiterging, würde er vor dem Block stehen. Balkone mit Blickschutz, zusammengeklappte Sonnenschirme, die an den Wänden lehnten. Es war Nachmittag und kaum mehr jemand auf Arbeit. Zwangsläufig würden es die Leute hier mitbekommen, wie er langsam von Auto zu Auto ging, die vor dem Block wie aufgereiht waren.

Er steckte seine Hände in die Taschen und senkte den Kopf. Sein Blick aber wanderte hin und her. Stielaugen würde man davon bekommen, hatte seine Mutter dazu gesagt. Ein weißgraues Dach entdeckte er zwischen den hellblauen und hellgrünen. Eine Frau ging gerade die Stufen zur Haustür hinauf. Ein Mann schloss seinen Wagen ab. Kinder auf ihren Fahrrädern. Fernsehstimmen, Radiowerbung, Hundegebell. Umdrehen, später wiederkommen. In der Nacht, in der Dunkelheit. In dem Moment sah er, dass die Farbe des rechten Außenspiegels nicht zur restlichen Lackierung passte. Kern ging um den Wartburg herum. Prüfte die Scheinwerfer und die Stoßstange. Die Hände weiterhin in den Taschen. Noch eine Runde und noch eine. Am linken Frontscheinwerfer hatten sich Moos oder Flechten in dem schmalen Spalt zwischen den Bauteilen gebildet. Beim rechten Scheinwerfer fehlten sie. »Entschuldigung?« Kern blieb stehen und legte seine Hand auf der Motorhaube ab. Warm, der Motor wahrscheinlich gerade erst abgestellt. »Entschuldigung, was machen Sie da mit meinem Auto? Verschwinden Sie von meinem Wagen, oder ich rufe die Polizei!« Vielleicht war er das.

Kern drehte sich um. Der Mann schien nicht älter als er zu sein. Gleicher Haarschnitt. Er stand vor einer Traube Kinder, die an ihren Fahrrädern lehnten.

»Haben Sie ein Problem mit meinem Auto?«

»Warum ist Ihr Außenspiegel in einer anderen Farbe lackiert?« Kern stellte sich breitbeinig auf. Der Mann sollte sehen, dass er keine Angst hatte.

»Das geht Sie einen Scheißdreck an!«

Ein paar der Kinder lachten auf. Andere hielten sich grinsend mit den Händen die Münder zu. Aus geöffneten Fenstern lehnten Männer und Frauen. Ihre weißen, fleischigen Arme abgelegt.

»Und der Frontscheinwerfer?«, fragte Kern. »Und Ihr Kennzeichen? Das haben Sie noch nicht so lange, oder?«

Der Mann kam näher. »Keine Sorge«, sagte er, »die Polizei bringt Sie gleich ins Heim zurück.«

Kern hielt die Position. Jetzt nicht zurückweichen. Nicht provozieren lassen. »Ich nehme an«, sagte er, »Sie werden die Polizisten mit Ihrem eigenen Telefon anrufen.«

Der Mann rührte sich nicht. Seine Bewegungen und seine Mimik wie eingefroren. Da war er, der Tiefschlag. Der Mann schluckte, schien zu überlegen. Drehte sich nach der Einfahrt und der Straße um.

»Noch«, sagte er und klang jetzt leiser, »sind sie nicht da. Sie können noch abhauen.«

Kern verstand nicht.

»Wenn Sie jetzt gehen, zeige ich Sie nicht an.«

Kern kniff die Augen zusammen. Der Schweiß an seinen Handflächen. Der Puls, den er an seinen Schläfen spürte, wie ein permanentes Klopfen mit den Fingerknöcheln.

»Na los«, sagte der Mann.

Kern versuchte sich an die Aussagen von Thorstens Freunden zu erinnern, an Alter und Statur des Mannes hinter dem Steuer. Und warum Außenspiegel und Scheinwerfer ändern, wenn man das ganze Auto austauschen konnte? Oder den ganzen Wagen umlackieren? Dass der Mann ein Telefon hatte, konnte reiner Zufall sein. Möglicherweise stand er ja einem Notarzt gegenüber. Er war es doch, der sich das Kennzeichen und den weißgrauen Wartburg in den Kopf gesetzt hatte und ihm hinterherrannte wie ein Hund. Diese entwürdigenden Auftritte bei der Polizei. Der Anwalt. Man konnte ja kaputt daran gehen, hinter allem einen Zusammenhang zu sehen, einen übergeordneten Plan. Verschwörung, Intrige. Er war kurz davor gewesen, dem Wagen den Auspuff zu verstopfen oder die beiden Außenspiegel abzutreten. Frontscheibe einschlagen. Reifen zerstechen. Alles schon überlegt. Er hätte dem Mann die Fresse eingeschlagen, vor den Nachbarn und den Kindern. Und er hätte ihn vor sich liegen lassen, winselnd, das eigene Blut erbrechend, und hätte noch zwei, drei Mal nachgetreten, fest in die Magengrube und gegen den Brustkorb. Dieser Bastard, dieser elendige Bastard.

Jetzt blickte er zur Straße und in das Gesicht des Mannes. Der lächelte und nickte und sagte noch einmal: »Na los.«

Kern atmete tief durch. Dann ging er ein paar Schritte rückwärts. Langsam und jeden Fuß einzeln abrollend. Schließlich immer schneller, bis er sich umdrehte und rannte. An den Hecken, Garagen und Kellereingängen entlang. Kinderlachen und die ewigen Radios im Hintergrund. Seine Füße knickten um, als er den Feldweg erreichte. Er stolperte, aber hielt sich auf den Beinen. Hauptsache, er war nicht an der Hauptstraße zu sehen. Die Abendluft in seinem Gesicht. Die untergehende Sonne. Neben all den Fragen, die er sich gestellt hatte und stellte, fragte er sich nicht, ob der Mann wirklich die Polizei gerufen hatte oder ob alles ein Trick gewesen war.

XXIX

Jan war zu spät. Als er ins Foyer kam, sah er noch die Abdrücke im Teppich.

Er nahm die Treppe und übersprang die letzten Stufen. Unten angekommen, drückte er sein Ohr gegen Kretsches Tür, aber hörte nichts. Die Umkleide betrat er so leise wie möglich. Als wollte er nachts, nach einem Alptraum, zu Mutter und Vater ins Schlafzimmer, aber sie nicht wecken. Und dann neben dem Bett stehen, nicht bewegen, vielleicht mal ein Räuspern wagen und warten, dass Vater plötzlich aufschreckte und ihn entdeckte. Er hat es nie geschafft, Vater oder Mutter einfach zu rütteln und zu sagen, was passiert war, was er geträumt hatte. Sie zu berühren in ihrem Schlafzimmer, überhaupt, dass sie da vor ihm lagen, irgendwie ging das nicht.

In der Umkleide der Axe-Alaska-Duft. Die Tür zum Behandlungsraum war angelehnt. Kretsche hatte einen Hocker neben den Rollstuhl gestellt und drückte sein Knie gegen den Rücken des Alten. Er tat das langsam, Zentimeter für Zentimeter und so konzentriert, als wollte er eindringen. Der Alte im Unterhemd. Sein leises Stöhnen. Die Jalousie heute nicht heruntergelassen, dafür die Sonne, gefühlt seit Wochen, hinter Wolken.

Der Alte beugte sich nach vorn, umklammerte mit seinen Händen die Waden. Sein Kopf fast zwischen den Knien. Dann richtete er sich wieder auf und breitete die Arme aus. Der gestürzte Adler. Kretsche nahm die Arme, beugte sie, streckte sie. Nahm auch die Hände zwischen seine, ballte sie zur Faust. Dann, wie auf Kommando, ließ er von dem Alten ab. Sagte noch etwas, das Jan nicht verstehen konnte. Während Kretsche den Hocker und die Keile nahm, ging Jan einen Schritt zurück. Er stellte sich hinter die Tür. Wenn Kretsche sie ganz öffnen würde, könnte er Jan nicht sehen, so sein Kalkül. Jan wartete und hielt die Luft an.

Kretsches Schritte, die näherkamen. Die Kunstlederschlappen, die Tennissocken. Er stieß die Tür auf, kurz vor Jans Kopf bremste sie sich aus. Jan stellte sich vor, wie Kretsche in den Raum blickte, an die Stelle, wo er eigentlich stand, und zögerte. Sich vielleicht wunderte. Vielleicht war ihm das aber auch egal, wahrscheinlich sogar, denn er ging und schloss die Tür der Umkleide hinter sich.

Der Alte hatte sich zum Fenster gedreht. Er ließ seinen Kopf kreisen und dann die linke und die rechte Schulter, als wäre er ein Pferd, das nach dem Rennen noch Runden lief, sich auslief, um zur Ruhe zu kommen. Als er damit aufhörte und seine Arme vor der Brust verschränkte, durchatmete, ging Jan auf ihn zu. Fester Schritt. Kein Wort.

Der Alte drehte seinen Kopf nach ihm um und ließ es

wortlos geschehen, dass Jan den Rollstuhl an den Griffen packte, umdrehte und Richtung Umkleide schob. Die Reifen auf dem blauen Linoleumboden. Jan überlegte, wie er es schaffen konnte, dem Alten die Schuhe besonders schnell anzuziehen. Das Hemd nur überwerfen. Einen Vorwand suchen, sich früher zu verabschieden. Der Alte hatte es ja auch ohne seine Hilfe in die Umkleide und aus den Schuhen geschafft.

Jan schaltete das Licht an. Er lockerte die Schnürsenkel. In die weißen Einlegesohlen waren schwarze Sockenfussel wie eingeflochten. Er kniete sich vor den Alten, nahm dessen rechten Fuß.

»Du hast dich lange nicht gemeldet«, sagte der Alte.

Keine Antwort.

»Hast du etwas herausfinden können?«

Keine Reaktion. Jetzt der linke Fuß.

Jan stand auf und stellte sich vor das Regal, das Hemd des Alten schon in der Hand. Aber legte es zurück. »Ich muss leider schon gehen«, sagte er. »Schaffen Sie den Rest alleine?«

Der Alte beobachtete ihn aus dem Augenwinkel. Die Hände auf den Lehnen, der Kopf wie fixiert, als müsste er zwangsweise in die Richtung sehen, in die der Rollstuhl ausgerichtet war. »Das kriege ich hin«, sagte er schließlich.

Im Flur atmete Jan durch. Dankbar, dass der Alte nicht noch einmal gefragt hatte, wann sie sich wiedersehen würden. Dass er nicht noch einmal wissen wollte, ob und was Jan eventuell gelesen haben könnte. Jan würde Vorwände suchen müssen und irgendwie den Dienst tauschen. Vor allem aber, da war er sich sicher, wollte er den Alten wieder behandeln wie das, was er war: ein Mann, über den er nichts wusste.

Er öffnete die Tür zum Treppenhaus, als er einen Knall hörte. Er drehte sich um und blickte zu Kretsches Tür, die geschlossen blieb.

»Hilfe!« Ganz leise.

Der Alte lag auf dem Boden. Das Hemd in der Hand. Der Rollstuhl umgekippt. »Herr Kern, alles in Ordnung?« Jan beugte sich zu ihm herunter. Blut sah er keines. Er griff nach den Armen des Alten und umklammerte schließlich dessen Oberkörper wie bei einer Umarmung. Er versuchte, den Alten hochzuheben, aber schaffte es nicht. »Ich hole Hilfe«, sagte er.

In diesem Moment griff der Alte nach seinen Armen. »Warten Sie«, sagte Jan, »ich helfe Ihnen gleich«, und dachte, dass es noch darum gehen würde. Der Alte zog ihn wieder nach unten. Jetzt auch Schulter und Hals im Griff. Beide auf dem Boden. »Hören Sie auf!«, rief Jan. »Aufhören!«

Mit beiden Händen umfasste der Alte Jans Hals und begann zuzudrücken. Fester und fester. Jan rang nach Luft und riss seinen Mund auf, als könnte er dadurch an mehr Sauerstoff gelangen. »Kretsche!«, rief er, »Hilfe!« Sein Sehfeld, das kleiner zu werden schien. Das Gesicht des Alten verschwommen, kurzzeitig schwarz. Verzogener, zusammengepresster Mund. Eine angestrengte Fratze. Mit seinen

Händen versuchte er die des Alten zu lösen. Griff nach einzelnen Fingern. Versuchte, sie zu überdehnen, zu brechen. Es gelang ihm nicht. Kaum mehr Kraft, um nach Hilfe zu rufen. »Deine Familie«, schrie der Alte, »deine Familie ist der Grund für die ganze Scheiße und für alles, was passiert ist!«, und drückte fester zu. »Leute wie ihr!«, schrie er immer wieder, »Leute wie ihr!«

Jan ließ von den Händen ab und schlug nach dem Gesicht, das er gerade noch erkennen konnte. So gut es noch ging, mit so viel Kraft, wie er noch hatte, schlug er zu. Die Faust geballt, die Nase getroffen. Ein Knacken. Er holte noch einmal aus und traf die Schläfe. Dann das Kinn. Der Alte keuchte und ließ seine Hände locker. Jans Gefühl, sich kleinen Finger und Ringfinger gebrochen zu haben. Sosehr er es versuchte, sie ließen sich nicht mehr zur Faust formen.

Der Alte schlug mit der flachen Hand auf Jans Ohr. Nochmal und nochmal. Irgendwann nur noch Mundbewegungen und kein Ton. Ein anhaltendes Piepen, das lauter zu werden schien. Sein nochmaliges Ausholen, jetzt mit der Faust. Da rammte Jan ihm sein Knie in die Bauchhöhle. Der Alte hustete, würgte. Nochmal zur Sicherheit. Dann ließ der Alte von ihm ab und Jan konnte sich erst zur Seite drehen und schließlich aufstehen. Durchatmen. Taumelnd ging er in den Flur.

Er drehte sich nach dem Alten um. Zusammengekrümmt, in seiner eigenen Kotze. Sah dessen Mundbewegungen, vielleicht schrie er immer noch. Rief nach ihm, nach Hilfe, Beschimpfungen, keine Ahnung. Jan ging den Gang entlang zum alten Wasserbecken. Schritt für Schritt. Jeder wie in Zeitlupe. Dort drückte er den Notfallschalter, der sofort rot zu leuchten begann. Er drückte nochmal und nochmal, einfach, um sicherzugehen. Dann ging er die Stufen hinunter ins Becken und legte sich zwischen die Hüllen der Gymnastikbälle.

XXX

Jan wusste nie viel über die DDR. Er war ein Baby, als die Mauer fiel. Auf seinem Ausweis aber stand, dass er in einem anderen Land geboren war. Vater sagte ihm, dass er niemandem seinen Ausweis zeigen und niemandem verraten solle, wo das Gebäude stand und welcher Art es war, in dem er als Kind gelebt hatte. Bei Bewerbungsgesprächen, im Urlaub und wenn er aus irgendwelchen Gründen im Westen sein sollte, einigten er und Jan sich darauf, dass Jan sagte: »Ich komme aus Herleshausen. Hessen.« Zonenrandgebiet. Ein Zugeständnis an seine tatsächliche Herkunft. Vater hätte ihn hingegen lieber aus einer Gemeinde in Franken oder Baden kommen sehen.

Obwohl Vater sich sein Sächsisch abtrainiert hatte, schien er nie ernsthaft darüber nachgedacht zu haben, in den Westen zu ziehen oder gar seinen Beruf als Teichwirt in Deutschbaselitz aufzugeben. Als ginge es vor allem darum, Fremden keine Anhaltspunkte auf die eigene Biografie zu geben. Vater schien zu trösten, dass der Anteil, den die DDR-Zeit in seinem Leben einnahm, mit fortschreitendem Alter immer geringer wurde. Er würde nur alt genug werden müssen und dieser Teil seiner Biografie würde auf die Größe von Fliegenkot zusammenschrumpfen.

Ein untergegangener Staat, eine gescheiterte Idee, deren Anhänger er ja zwangsläufig gewesen war, qua Geburt. Darüber war sich die Welt einig. Der Westen. Also versuchte Vater, seine Spuren zu verwischen. Manchmal zog er einen Reisigbesen hinter sich her, manchmal einen Bulldozer.

Vom Küchenfenster aus hatte Jan dabei zugesehen, wie Vater Müllsäcke erst aus dem Keller holte und sie dann in die schwarze Tonne stopfte. Zu viel Müll für die zwei Tonnen. Er zog die Tonnen hervor und klemmte die übrigen Säcke dahinter. Jedoch waren sie so breit, dass die Tonnen nun mitten im Müllkäfig standen. Er drehte sich danach um, winkte ab, schloss die Tür zum Käfig und rüttelte daran.

In der Wohnung angekommen, stellte er sich neben Jan ans Küchenfenster. Er sagte: »Morgen wird der Müll geholt.« Jan wusste nicht, was daran besonders sein sollte, aber Vater lächelte und ging durch die Wohnung, als hätte er endlich bei diesem Gewinnspiel gewonnen, bei dem er einmal die Woche Codes von Kronkorken auf einer Internetseite eintippte, dass es etwas Gutes sein musste, etwas ganz Außergewöhnliches.

Am nächsten Tag, Jan kam gerade von der Schule, standen die Mülltonnen am Bordstein. Ein Deckel war aufgeklappt, die Tonne leer. Die Müllabfuhr musste schon da gewesen sein. Die Säcke aber, die nicht in die Tonnen gepasst hatten, waren nicht abgeholt worden. Kleidung lag auf dem

Gehweg verteilt. Ein Pokal lag im Gras bei den Briefkästen. Papier flog durch die Luft. Kinderzeichnungen. Ausgerissene Seiten aus Schulheften und Büchern. Und dann sah er Vater, der über den Boden kroch und alles einzusammeln versuchte. Der sich den Krempel unter die Arme klemmte. Hüpfte, wenn ein Blatt geflogen kam. »Geh rein«, rief er ihm zu. »Verschwinde hier!« Und oben auf dem Dach standen die Nachbarskinder an der Kante. Marcell und Tino, zwei, die auch im Block wohnten, unter ihnen. Sie lachten. Krümmten sich. Gegenüber in den Blöcken lehnten sich Männer im Unterhemd aus den Fenstern. Frauen mit Zigarette im Mund. Jugendliche mit Maschinenhaarschnitt.

Jan stand schon am Eingang, als Tino einen der blauen Müllsacke wie einen Skalp fasste und über die Dachkante hielt. »Nein!«, rief Vater. »Bitte nicht!« Auf den Knien, die Handflächen aneinandergepresst. Aber Tino öffnete den Sack und schüttete ihn aus. Schuhe fielen zu Boden. Bücher. Eine Urkunde. Ein rotes und ein blaues Tuch. Vater versuchte ein Plüschtier zu fangen und dann ein Bündel Briefe, zusammengehalten von einem Stoffband. Auf Wiese und Straße, überall verteilt die Dinge, die er wegschmeißen wollte und jetzt auf einmal auffing und aufsammelte, als wären sie ihm die kostbarsten Gegenstände. »Aufhören!«, rief er. »Bitte! Hört auf!« Der Beifall vom Dach, die grinsenden Gesichter hinter den Fensterscheiben ringsum.

Vater saß auf der Wiese. Krummer Rücken, hängender Kopf. Sein rotes Gesicht. Tränen in seinen Augen. Vater sah ihn an und sagte nichts. Schüttelte seinen Kopf, als würde der Wind ihn erfassen. Einzelne Papiere schleiften über den Asphalt und blieben am Bordstein hängen. Vater hob seine Hände, ganz kurz nur, und ließ sie wieder sinken. Schlaff landeten sie im Gras. Als wollte er ihm sagen: »Warum bist du nicht reingegangen? Ich hatte es dir doch gesagt.« Oder: »Tut mir leid, dass du das sehen musstest.«

XXXI

Kern war der Erste, der nach Hause kam. Er sah zu den Fenstern. Versuchte zu erkennen, ob sich eine der Gardinen bewegte oder ein Blatt der Zimmerpflanzen. Ob da ein Schatten war im Gegenlicht des Sonnenscheins auf der zweiten Etage. Er dachte an die Kisten, die sie in den Keller geräumt hatten. Überlegte, ob sie die Dinge darin noch einmal brauchen würden oder ob es nicht sinnvoller wäre, sie im Keller zu lassen. Man wusste ja nie.

Kern ging auf das Haus zu. Zögerte. Betrachtete die Gehwegplatten unter sich, als könnte er daran schon erkennen, dass jemand ins Haus gelangt war. Die Vorstellung, auf dem gleichen Fleck zu stehen. Die gleiche Türklinke anzufassen. Die Frage, ob sie sich die Füße abgetreten hatten. Völlig bekloppt. Mit so was hielt er sich auf.

Die Schuhe an der Kellertür waren nicht verschoben worden. Kern trat leise auf. Er bewegte sich, als wäre er der Einbrecher. In den einzelnen Räumen konnte er nicht erkennen, ob etwas verändert worden war. Das Geschirr stand vom Frühstück ungewaschen neben der Spüle. Die Kissen auf dem Sofa lagen zusammengedrückt vom Fernsehabend. »Der Jäger« hing, wie er immer hing, ein bisschen schief, weil Georg bei den Rahmenleisten der Leinwand gespart hatte und die sich mit der Zeit verzogen hatten. Nichts also, das bewegt worden schien. Streng genommen gab es auch kaum mehr etwas, das sich hätte bewegen lassen.

Gestern hatte er seinen Schlüssel nicht finden können. Den ganzen Schlüsselbund. Haustür, Keller, Garage, Spind. Vielleicht nur ein Zufall. Er meldete den Vorfall seinem Chef, da er sich sicher gewesen war, ihn bis zum Betreten der Fahrschule noch bei sich gehabt zu haben. Er ging auch zum Fundbüro, wo nichts für ihn abgegeben worden war. Dann setzte er sich nach Feierabend vor die Haustür und wartete auf seine Frau. Wie ein Schuljunge saß er da. Mit den Gedanken auf allen Wegen, die Bewegungen seiner Hände, die Orte, die getroffenen Personen; alles rekonstruierend. Abwartend, Ärger zu bekommen. Wie er sich über die Lücken seiner Erinnerung ärgerte, die natürlich entscheidenden Lücken. Wie er einen Fehler suchte und nicht finden konnte. Er bat Sabine darum, ein paar Dinge wegzuräumen, vorsorglich, er hätte da eine Vermutung. Sie sah ihn an, lange, viel zu lange, und sagte nichts, aber er konnte sich ja denken, was sie von ihm hielt.

Also räumten sie am Abend die Wohnung auf. Sie beseitigten alle Andenken von der Kommode im Wohnzimmer: die hölzerne Spardose in Form eines Fernsehers aus Prag und den Nussknacker aus dem Erzgebirge, der dort das ganze Jahr über stehen durfte. Sie nahmen Bücher aus den Regalen und verpackten sie in Kisten, die sie in den Keller trugen. Aufschrift: »Gesammelte Pionierabzeichen«. Kern ging jede Wette ein, dass sie dort nicht reinschauen würden. Er und seine Frau öffneten noch drei, vier Flaschen Bier. Sie stellten das Radio laut, bevor sie es ebenfalls in den Keller räumten. Klebestreifen mit Filzstiftbeschriftung: »Defekt«. Sie entfernten die Fotobücher und jedes Notizheft. Jeden Kalender. Sogar die Hefte mit den Würfeldiktaten aus Thorstens Grundschulzeit.

Leicht von rechts nach links schwankend, gingen sie die Räume ab. Nur noch Möbel in den Zimmern. Als würden sie in einem Einrichtungskatalog leben. Selbst die Schränke und Kommoden fast leer. Kern fiel noch eine Sache ein, die er erledigen wollte. Er ging in den Keller und holte einen neuen Fußabtreter und tauschte ihn gegen den alten aus. Außerdem stellte er seine Hausschuhe so vor die Haustür, dass sie verschoben werden mussten, sobald jemand das Haus betreten wollte. Am nächsten Tag, so der Plan, würden die Kerns am Morgen das Haus über die Kellertreppe verlassen.

Das Gemälde seines Bruders ließ Kern über dem Sofa hängen. Er konnte sich nicht vorstellen, dass ein Bild von Baselitz bei der Stasi Aufmerksamkeit erwecken könnte.

Am nächsten Tag saß er vor der Fahrschule. Vor zwölf rauchte er eigentlich nicht, aber da machte er dieses Mal eine Ausnahme. Auf einer der Parkbänke beim Marktplatz lag ein junger Offiziersanwärter, den der alte Wirt gerade aus dem *Goldenen Stern* geschmissen hatte. Eine Frau mit

Kinderwagen lief an ihm vorbei. Ein kurzer Blick auf das rote, aufgedunsene Gesicht. Sie hatte schöne Beine. Den Wagen mit dem Kind ließ sie stehen, als sie beim Bäcker Semmeln kaufte.

Irgendwann kam der Chef und lief gerade auf ihn zu. »Na«, sagte er, ohne zu grüßen, »immer noch nicht gefunden?«

»Ich weiß nicht, wo ich noch suchen soll«, sagte Kern.

Der Chef stellte sich vor ihm auf. Als Kern ihn ansah, klopfte er gegen die Tasche seiner Jacke. Kramte darin und zog einen Schlüsselbund hervor.

»Kannst froh sein, dass ich mit offenen Augen durchs Leben gehe«, sagte er und ließ Kern wie einen Hund nach dem Schlüssel schnappen. Zuerst ein Griff ins Leere. Er schien seine Freude daran zu haben.

»Wo war der?«, fragte Kern.

»Unter deinen Prüfungsbögen. Musst mal zum Augenarzt, was?« Er lächelte. »Nicht, dass das noch deine Fahrtüchtigkeit einschränkt.«

Er hatte sich den Schlüssel genau angesehen. Tat es auch jetzt wieder, als er im Flur stand und ihn nur noch die Zwischentür vom Hauseingang trennte. Vielleicht war in irgendeiner Kerbe noch Vaseline zu finden oder sonst irgendein Trennmittel. Ein Ölfilm, Kontrastfarbe. Vielleicht waren sie ja doch so dumm und plump. Nie im Leben hatte er den Schlüssel auf seinem Schreibtisch liegen gelassen. Noch nie war das passiert. Aber wie er da so stand, im Halbdunkel, die Augen zusammengekniffen, die Bodenkälte unter seinen Sohlen, längst nicht mehr die gleiche Kraft in den Armen wie früher, von der Leber ganz zu schweigen. Vielleicht wurde er langsam schusselig. Älter sowieso, senil hoffentlich nie. Das Schlimmste an alledem: dass es einfach nicht mehr möglich war, an Zufälle zu glauben.

Zuerst sah er die Schuhe. Minimal, aber doch verrückt. Dann die Abdrücke auf dem neuen Fußabtreter der Eingangstür. Ein einzelner Splittstein hatte sich zwischen den Borsten verfangen. Jemand musste Schuhe mit einem tiefen Sohlenprofil getragen haben.

XXXII

Kern öffnete die Haustür, rieb das Steinchen zwischen seinen Fingerkuppen und warf es schließlich in die Rabatte. Das ganze Jahr über wurden sie ausgestreut, im Winter gegen das Glatteis oder sinnlos in zu hohen Schnee gerieselt. Und erst im Frühjahr kamen unter all dem mittlerweile schwarz gewordenen Schnee dann auch noch die Steinchen zum Vorschein. Im Sommer schließlich wurde der Splitt auf den Teer der Straßen gestreut, der nach und nach, im Juli und August, durch anhaltenden Sonnenschein und hohe Temperaturen so weich geworden war, dass jeder Autoreifen die Steinchen hineindrücken konnte. Es wurde immer nur mehr. Keine Erinnerung daran, dass irgendjemand auch nur einen Bruchteil von all dem Schotter mal wieder eingesammelt hätte. Die Person, die in das Haus gekommen war, konnte von überall hergekommen sein.

Er überlegte. War er es nicht sogar selbst gewesen? War er zwischenzeitlich nach Hause gegangen? Hatte er dabei vergessen, dass er Schuhe und Fußmatte zuvor sorgfältig arrangiert hatte? Oder Sabine? In der Mittagspause, weil sie noch Unterlagen für den nächsten Unterricht brauchte?

Hatte auch sie die Abmachung vergessen, die Kellertür als Ein- und Ausgang zu verwenden? Gab es noch Ersatzschlüssel bei irgendwelchen Nachbarn? War Thorsten zurückgekehrt? War Thorsten überhaupt jemals weg gewesen? Irgendwann, das wusste er, würde ihn das kaputt machen.

Er sah zu der Stelle im Beet, wo er das Bröckchen Granit jetzt vermutete. Was ihm stattdessen auffiel, hinter dem Gartenzaun, über die Straße, an der Tischlerei, war das reparierte Fenster in der zweiten Etage.

Vor Jahren war das Fenster beziehungsweise waren die beiden Scheiben nachts aus dem Rahmen auf die Straße gefallen und seitdem nicht ersetzt worden. Für einen normalen Arbeitsplatz war der Raum daher vor allem im Winter kaum nutzbar gewesen. Irgendjemand schien in der Folge entschieden zu haben, oder es hatte sich so ergeben, dass in diesem Raum fortan geraucht werden durfte. Kern hatte sich an die kleinen Wolken von Zigarettenrauch, die aus dem Raum stiegen, mit der Zeit gewöhnt. Kurz ein ausgestreckter Arm und eine Hand, die einen Stummel auf die Straße fallen ließ. Ein gewohntes Bild.

Was Kern nun stattdessen sah, waren die Arbeiter, die vor der Tischlerwerkstatt saßen. Sie hatten sich an die Mauer gelehnt. Saßen auf dem Bordstein. Zogen die Beine ein, sobald ein Auto kam. Zigarettenqualm wie aus tausend kleinen Schloten. Er ging über die Straße und auf den Eingang zu. Dann sprach er wahllos die Gruppe an:

»Warum haben sie euch vor die Tür gesetzt?«

Ein paar Arbeiter pressten ihre Finger auf die Lippen. Die Augen verdreht, ein angedeuteter Blick nach oben. Einer sagte:

»Auf einmal war das Fenster repariert, keine Ahnung.«

Ein anderer: »Achtundzwanzig Tage, sagt der Chef, dann ist der Raum wieder nutzbar. So lange dürfen wir dort nicht rein.«

Ein weiterer: »Wir schauen uns das mal an, notfalls gibt's nen Aufstand. Der kann uns ja nicht einfach auf die Straße setzen zum Rauchen.«

»Und ihr habt keine Ahnung, was da los ist?«, fragte Kern.

Keine Antwort. Auf der obersten Treppenstufe richtete sich jemand auf. Ein junger Mann, sandfarbenes Gesicht. Holzspäne, Leim, Zigarettenrauch, Kern glaubte ihn aus der Fahrschule zu kennen, ein ehemaliger Schüler, Martin vielleicht. »Herr Kern«, sagte er und stellte sich ein wenig abseits. Er sprach leise: »Da gehen neuerdings Leute ein und aus, mit denen wollen wir nichts zu tun haben. Und Sie sicher auch nicht.«

*

Sabine ging durch die Wohnung. Kern hinter ihr wie ein Kind, nachdem es sein Zimmer aufräumen musste. »Siehst du«, wollte er sagen und auf den Fußabtreter zeigen, »und dort drüben«, »da!«.

»Und du glaubst wirklich, dass jemand hier war?«, fragte sie und sah ihn an.

Kern zuckte mit den Achseln. Ein Gefühl, wollte er sagen, so eine blöde Ahnung. Er war einem Wartburg hinterhergerannt, hätte fast einen Mann verprügelt. So weit hatte ihn sein Gefühl gebracht. Ich weiß es nicht, dachte er. Ich weiß es einfach nicht.

»Ich glaube«, sagte sie, »wir müssen dringend mal raus. Wollen wir am Wochenende mal einen Ausflug machen?«, fragte sie. »Oder mal wieder einen langen Spaziergang um die Teiche?« Die alte Schule besuchen. Mit etwas Glück einen Seeadler sehen. Aber bei der Wasserqualität gab es ja kaum mehr Fische, wovon sollten sich die Kormorane und Seeadler also ernähren.

»Du hast die Fußmatte doch auch gesehen«, sagte Kern. »Glaubst du, da kommt jemand ins Haus und dann passiert nichts?«

»Was soll denn passieren, Günter?«

Ihre starren Augen. Die Lippen zu einem Strich zusammengepresst. Er hoffte, dass sie nicht von »Einbildung« sprechen würde. Dass sie auf dieses Wort verzichtete. Deswegen hatte er ihr auch nicht von der Begegnung mit dem Wartburg-Fahrer berichtet und dass Georg noch immer nicht geantwortet hatte.

»Kannst du mir einen Gefallen tun?«, fragte er.

Sie seufzte, aber nickte schließlich.

»Können wir uns die nächsten vier Wochen nur bei laufender Waschmaschine unterhalten?«

XXXIII

Jan wurde mit dem Gefühl wach, dass jemand mit der Fingerspitze seinen Kehlkopf eindrückte. Lauwarme Kühlakkus lagen neben dem Bett. Kein Rauschen oder Piepen, wenn er neben seinem Ohr mit den Fingern schnipste. Er ging zum Fenster und steckte seine Nase in den Spalt des gekippten Fensters. Ein- und Ausatmen der Nachtluft. Überhaupt atmen. Wieder das Gefühl bekommen, dass die Lungenflügel noch arbeiteten und der Hals nicht verstopft war. Ein Blick aufs Handy. Er hatte einen Anruf der Polizei erwartet, einen der Krankenhausleitung, einen von Karolina.

Wie der Alte ihn gepackt und nach unten gezogen hatte. Welche Kraft in dessen Armen steckte. Jan hatte ja auch nicht glauben können, dass der Alte all die Umzugskartons selbst getragen hatte. Von einem Krüppel verprügelt, von einem Rollstuhlfahrer zusammengeschlagen. Er fragte sich, ob jemand den Alten gefunden und wieder aufgerichtet hatte. Ihm vielleicht sogar geholfen, die vollgekotzten Klamotten auszuziehen und sich abzuduschen. »Deine Familie ist der Grund für die ganze Scheiße hier.« Was auch immer das bedeuten sollte.

Jan ging die Treppen hinauf und sah durch den Glaseinsatz in der Tür blaues Licht. Vater lag in der dunklen Stube auf dem Sofa. Oberkörper frei und Unterhose. Seine Brustwarzen unter den Haaren versteckt wie Spinnennester.

Jan schaltete den Fernseher aus und öffnete leise das Fenster. Vater bekam Hustenanfälle bei zu trockener Luft. Eine Decke lag zu seinen Füßen, die breitete er aus, legte sie über Vaters Körper. Die schmalen Schultern. Der behaarte Nacken. Der Bauch, rund und wie neben ihn gelegt. Solange die Brust über den Bauch ragt, ist man gesund, Vaters Spruch.

»Ist Teichwirt geworden«, hatte ein ehemaliger Arbeitskollege mal über Vater gesagt. »Und wollte so gerne Menschenfänger sein.«

»Deine Familie ist der Grund für die ganze Scheiße hier.« Seine Familie.

Er sah Mutter, wie sie in ihrer Küche saß. Ein einziger Stuhl am Tisch. Zwischen die Seiten der Werbeprospekte hatte sie Zettel wie in ein Lexikon gelegt. Sie beobachtete Jan dabei, wie der mit dem Staubsauger ihr Kopfkissen absaugte, ihre Bettdecke und ihre Matratze. In den ersten Jahren, als es ihr noch besser ging, war es ihm vorgekommen, als hätte permanent Staub über all ihren Sachen gelegen. Krümel und Flusen, kleine Steine, Erde. Eine Kruste, von der er glaubte, sie einfach anheben und abnehmen zu können wie den geschmolzenen Käse eines Kartoffelauflaufs. Sie sagte etwas, aber er konnte sie nicht verstehen. Er schaltete den Staubsauger aus und fragte, was sie gesagt hatte.

»Nichts.« Dann sah er wieder, wie sich ihr Mund bewegte. Wieder schaltete er den Staubsauger aus. »Nichts.« So ging das hin und her, ohne dass sie das zu bemerken schien.

Einmal saß sie vor Mannis Kiosk und weinte. Vorher Mannis Anruf bei Jan: »Deine Mutter«, dann legte er auf. Sie saß auf dem Bordstein, Füße auf dem Asphalt, den Kopf auf ihren Knien wie abgelegt. Jan setzte sich neben sie und so nah heran, dass er durch ihren Anorak die Wärme spüren konnte.

»Ich will nicht mehr«, sagte sie leise.

Sie legte ihren Kopf auf seine Schulter. Zog den Rotz in ihrer Nase hoch. Wischte sich mit dem Ärmel Tränen von Lippen und Wangen. Dann sagte sie es noch einmal: »Jan, ich will nicht mehr.«

Er dachte, dass Manni sie wieder vollgeschnauzt und betrunken gemacht hatte. So sagte sie das. Oder dass sie gestolpert war und sich wieder das Knie verdreht hatte. Er konnte sich nicht vorstellen, dass sie damit ihr Leben oder sonst etwas meinte. Deswegen antwortete er einfach: »Okay.«

Er sah Vater, wie er mit hüfthohen Gummistiefeln im Wasser stand und ihm zuwinkte. Kein Ufer, nur eine Betonumfassung, bröselig, grau wie der Himmel darüber. Im trüben Wasser kreisten die Karpfen um Vaters Beine. Sichtbar waren sie nur kurz unterhalb der Wasseroberfläche. Ihre weißen Bäuche und Münder. Sie erinnerten ihn an Maden im dunklen Pflaumenfleisch.

Hin und wieder holte er Vater von der Arbeit ab. Dann liefen sie nebeneinander im Straßengraben. Raus aus

Deutschbaselitz auf den Kirchturm von Kamenz zu. Sie liefen durch das, was vom Neubaugebiet übrig geblieben war, und an den Baustellen der Einfamilienhäuser vorbei.

»Alaska-Seelachs«, sagte Vater mal. »Der bricht mir noch den Hals. Die ganzen Scheißkühltruhen sind voll damit. Was ist denn so schlecht am Karpfen? Warum will denn niemand mehr Karpfen essen?«

Vater besaß eine grüne Geldkassette, die voll war mit abgegriffenen Briefumschlägen. Einmal im Monat ging er zur Sparkasse, holte seinen Lohn und verteilte ihn in die verschiedenen Umschläge. »Tankgeld«, stand darauf, »Lebensmittel«, »Getränke«. Einen gab es, auf dem stand »Winter«; darin sammelte er das Jahr über Geld für einen neuen Mantel. Wie kalt der Winter ausfallen würde, konnte er ja nicht wissen. Falls er das Geld aus dem Umschlag nicht benötigt hatte, steckte er es im März spätestens in einen Umschlag mit der Aufschrift »Urlaub«.

*

Mutter, Vater. Für Jan waren sie Raumfahrer. Schwebten in einer Zwischenwelt, ihrem Ausgangspunkt entrissen. Während sie schwebten, hatte sich die Welt schon ein Dutzend Mal weitergedreht. Sie sahen dabei zu, streckten die Hände aus. Versuchten, vor- oder zurückzukommen. Hoch, runter. Aber wo sie sich befanden, gab es keine dieser Richtungen im Raum. Und Jan stand auf der Erde und richtete sein Fernglas auf sie.

XXXIV

Eines Tages tauchte in der Fahrschule eine Frau auf. Mitte zwanzig, fast ein bisschen zu alt für den Führerschein. Vielleicht benötigte sie ihn für die Arbeit, oder um ihre Eltern zu besuchen.

»Na, hoffentlich haben Sie Ihr Auto nicht genauso spät beantragt, wie Sie jetzt Ihren Führerschein machen«, sagte Kern, »sonst wird das in diesem Leben nichts mehr mit dem Autofahren.« Das waren so seine Witze. Auch beliebt war dieser: »Haben Sie sich schon für eines der Fahrschulautos entschieden?« Wichtig dabei war, sie so lange wie möglich zappeln zu lassen. Ihre ungläubigen Blicke, diese Skepsis und dann das beherzte Lachen, nachdem er sich durch ein Grinsen verraten hatte. Sie füllte den Anmeldebogen aus: Renate Nabel, wohnhaft in der Goethestraße, alleinstehend.

Der Chef stand neben Kern am Schreibtisch und rauchte. Ein Blick, vornübergebeugt, in den Schulungsraum. An der Wand hingen ein zerbeultes Baustellenschild und die Tabelle der aktuellen Oberligasaison, es sah schon wieder so aus, als würde die Berliner Dynamo Meister werden. »Hübsches kleines Ding«, sagte der Chef. Bislang war es immer so gelaufen, dass er die Hübschen für seine praktischen Unterrichtsstunden reservierte. Er erzählte längst keine ausgeleierten Witze mehr, sondern fasste die Frauen im Auto einfach an. Hände am Schaltknüppel berühren, Oberschenkel streifen beim Handbremselösen. So was eben. Aber wie er geheult hatte, als seine Frau sich wegen einer Affäre mit einem Arbeitskollegen von ihm hatte scheiden lassen.

Renate Nabel setzte sich in die erste Stuhlreihe. Boxer-Jeans, die Beine übergeschlagen. Und schrieb jedes Wort, das Kern sagte, in einen Notizblock. Kern hatte mit der Zeit ein Auge für die unterschiedlichen Charaktere bekommen. Es gab immer die Jungs, die sich, endlich befreit von konventionellen Lehrern, völlig ungehemmt aufspielten. Aufmüpfig, Widerworte, Lachen im Kollektiv, aber trotzdem zutiefst bemüht, endlich die Simme ganz offiziell fahren zu dürfen. Für die war der Theorieunterricht eine Qual, was sich als Trumpf perfekt ausspielen ließ. Kern hielt Renate Nabel für ein klassisches Strebermädchen. Überambitioniert, den Bleistift immer einsatzbereit. Manches brauchte man nun wirklich nicht zu notieren. Aber er hatte alles schon gesehen, vom Nicht-Mitschreiben bis zum Alles-Notieren. Einen Zusammenhang zum Bestehen oder Nicht-Bestehen gab es, seiner Meinung nach, nicht.

Nach der ersten Unterrichtsstunde stellte er sich vor die Tür und verabschiedete die Teilnehmerinnen und Teilnehmer. Händeschütteln, in der anderen Hand, zwischen den Fingern, die Zigarette. Er rauchte viel in letzter Zeit. Auch

Renate wünschte ihm einen schönen Abend, eine gute Nacht, schüttelte seine Hand und ging an ihm vorbei über die Straße in die Dämmerung.

»Noch ein Bier?«, fragte der Chef.

»Können wir machen.«

Im *Goldenen Stern* trafen sich die Offiziersanwärter, Offiziere und alle anderen, die irgendetwas mit der Kaserne und der Offiziersschule der NVA zu tun hatten. Die Lokalität auf dem Marktplatz war gegenüber dem Rathaus und, als wäre das in einer Nacht-und-Nebel-Aktion veranlasst worden, war der *Stern* die einzige Gaststätte und Trinkhalle mit abgeflachtem Bordstein am Gehweg. Vor den *Lessingstuben* oder dem *Goldenen Hirsch* stürzten die Leute viel häufiger.

Kern beobachtete die Kondenswassertropfen an seinem Glas. Der Bierdeckel war schon von den Bieren seiner Vorgänger völlig durchnässt. Mehr Lappen als Pappe. Mehr Wasserringe als Tischplatte.

»Geht's deinem Sohn?«

»Gut.« Kern hatte ihn die letzten Tage nicht besucht. War entweder hier gelandet oder hatte sich ein Bier in der Fahrschule geöffnet. Ob er sich neben das Bett setzte oder hier saß, vielleicht machte das gar keinen Unterschied.

»Und deine Frau?«

»Besser.« Kern und sie waren vom Reden während des Waschvorganges zum Garnichtmehrreden übergegangen. Er wusste genau, dass sie ihn für einen Spinner hielt. Einen Versager, der erst nicht studieren durfte, der nicht einmal mit einem Anwalt ordentlich umgehen konnte, von Polizisten und Ärzten ganz zu schweigen, und immer und immer wieder daran scheiterte, endlich ausreisen zu dürfen. Würde Thorsten im Westen auch noch im Koma liegen, Günter? Gesagt hatte sie das nie, aber sie dachte es, musste es ja denken. Wie er es hasste, vor der Haustür zu stehen. Dieser Moment, kurz bevor er den Schlüssel im Schloss umdrehte. Wenn sie ihn wenigstens einmal ordentlich anschreien würde. Ihm eine Ohrfeige geben, wie er sie Thorsten gern geben würde, wenn die anderen Patienten nicht im Zimmer wären.

»Kannst immer zu mir kommen, wenn was ist«, sagte der Chef.

Im hinteren Teil des Raumes, wo hinter einer Tür ein Gang zu den Toiletten führte, lachten junge Männer laut auf. Die alten Offiziere drehten sich nach ihnen um. Ihre Hemdknöpfe bis zum Saum des Unterhemdes geöffnet. Immerzu ein Stofftaschentuch griffbereit, um die Schweißtropfen von der Stirn zu wischen. Manchmal schwitzten sie so stark, dass es aussah, als hätte ihnen zuvor jemand einen Schneeball an den Kopf geworfen. Nur ein paar der jungen Männer wurden still. Andere schienen sich von den Fettstirnen nicht beeindrucken zu lassen.

»Nehmen Sie mal Haltung an!«, rief ein Alter. In einer fließenden Bewegung versuchte er sich aufzurichten und dabei gleichzeitig seinen Stuhl nach hinten zu schieben. Scheiterte aber daran.

»Weißt du, was mir immer hilft?«, sagte der Chef.

Kern sah ihn an. Bewegte nur die Augen, sonst nichts.

»Ich bin ja so ein Gartenfreund. Da kann ich wirklich Stunden verbringen.«

Der alte Offizier stützte sich am Tisch ab. Die Tischkanten wie Haltegriffe. Er schwankte und versuchte, mit einer Hand nach den Knöpfen seines Hemdes zu tasten, aber griff permanent daneben. »Lass die doch«, sagte der andere Genosse.

»Also, wenn du willst«, sagte der Chef weiter, »kann ich dir nen ordentlichen Garten mit Datsche besorgen. Ich kenn da paar gute Leute.«

Im Hintergrund weiterhin »Lass die doch«, »Lass die doch«, gleicher Tonfall, gleiche Geschwindigkeit.

»Euer Garten liegt doch so im Schatten, da wächst doch nichts.«

»Stimmt schon.«

Der Chef lächelte. »Musst nur sagen«, sagte er, »dann kümmere ich mich darum.«

Er griff nach Kerns Handgelenk und drückte zu. »Und ich mach dir nen Vorschlag«, sagte er. »Du kriegst das neue Mädel für die Praxisstunden.«

»Hör auf«, sagte Kern und meinte das wirklich so. Als ob ihm Harzfeuer-Tomaten oder eine junge Frau helfen konnten.

»Ich biete dir das nur einmal an«, sagte der Chef. »Und wenn ich ehrlich bin, auch das letzte Mal. Irgendwann ist Schluss mit den Privilegien.« Er lachte auf, prostete Kern zu und nahm einen großen Schluck.

Kern nickte, wie er es als junger Mann getan hatte, als seine Mutter ihm an Geburtstagen oder zu Weihnachten Geld schenken wollte.

»Mutti, wirklich, ich bin doch erwachsen, ich brauche das nicht.«

»Komm schon, Günter.«

»Nimm es doch für dich oder mach mal einen Ausflug mit Vati.«

»Du brauchst es dringender als wir, Günter.«

Er konnte das nicht gewinnen. »Na gut«, sagte Kern, »danke.«

»Na siehst du!«, rief der Chef. Und dann wieder dieses Patschen auf Kerns Handgelenk. »Das ist mein Günter! Das ist mein Günter!«

XXXV

Nach Mutters Tod gingen Vater und Jan gelegentlich spazieren. Vater zog sich seine Schuhe an, die Jacke in der Faust, so wartete er im Flur. Seine Schuhe waren schwer, neben den Gummistiefeln besaß er nur Paare mit abriebfester Sohle. Vater trug ein frisch gewaschenes Hemd. Zu Jans Vordietürgarderobe gehörten nur ein T-Shirt und eine Jeans.

Ihre Route verlief gleich, bis auf ein paar saisonale Abwandlungen. Wege über Wiesen oder am Waldrand waren im Herbst und im Frühjahr nicht immer passierbar. Schuhe und Hosenbeine hätten darunter gelitten. Sie liefen zwischen den Neubaublocks an Kinderspielplätzen und dem kleinen Heizkraftwerk vorbei. Gehwegplatten hatten sich übereinandergeschoben wie Kontinente. In seiner Erinnerung sah Jan sie von Balkonen und den Dächern der Blöcke auf Autos mit Westkennzeichen fliegen. Er und die Nachbarskinder auf dem Dach. Eine Betonplatte nach der anderen. Der Beifall der Nachbarn.

Rentner liefen mit ihren Rollatoren auf der Straße, und wann immer ein Auto kam, fuhr es geduldig hinterher, bis es in der Ausbuchtung für die Bushaltestelle überholen konnte. Vater neben ihm, den Kopf erhoben. Während dieser Spaziergänge redeten sie kaum miteinander. Manchmal deutete Vater mit dem Finger auf etwas, ohne ihm zu erklären, was er meinte. Ein Auto, eine umgefallene Mülltonne, ein Hakenkreuz am Briefkasten. Der Offizier mit der heruntergelassenen Hose.

Nach den Blöcken kam das Kaufland und hinter der Kreuzung das Dänische Bettenlager. Dahinter begann die Welt der Einfamilienhäuser. Auf Jan wirkten diese Häuser, so bunt angemalt, mit den niedrigen, blassen Hecken, wie ein Ferienort. Die Autos in den Einfahrten, die Regentonnen, die Beeteinfassungen aus Beton. Immer wieder hatte er mitbekommen, dass Familien aus den Blöcken hierhergezogen waren und jetzt hinter Gardinen mit farbigen Akzenten lebten. »Farbige Akzente«, in allen möglichen Werbeprospekten von Tchibo bis zum Dänischen Bettenlager tauchte die Wortkombination auf, es schien wie eine Art Codewort zu sein: Nur arme Schlucker leben in einer Billo-Welt aus quietschbuntem Plastik, wer das nötige Geld hat, setzt hingegen lediglich auf farbige Akzente. Die Umzugswagen waren also voll mit Gardinen mit kleinen hellgrünen Quadraten darauf, oder mit Bestecksets mit farbigen Griffen, passenden Tellern mit farbigem Rand und Buchenoptik-Schränken und -Betten mit Aluminiumzierleisten. Der Wohnort veränderte sich, die Einrichtung veränderte sich, und irgendwie veränderten sich auch die Menschen. Die Kinder gingen nicht mehr auf die Schule im

Neubaugebiet, sondern »in der Stadt«. Sie saßen auf einmal nicht mehr vor der alten Kaufhalle mit den Kindern aus den Blöcken wie noch zuvor. Die Eltern fuhren nach Dresden zum Arbeiten, Mutter und Vater in je eigenen Autos, alleine hin, alleine zurück, unterwegs von Sonnenaufgang bis Sonnenuntergang, versteinerte Gesichter hinter Kunstlederlenkrädern. Vielleicht hielten sie sich jetzt für etwas Besseres. Sie kreisten um einen anderen Stern.

Vater und Jan liefen an den Vorgärten vorbei. Noch war alles einsichtig. Die Häuser und Rasenflächen noch keine zwei Jahre alt. Ein Grundstück gab es, an dem Vater stehen blieb. Er schien beruhigt, wenn das »Bauland zu verkaufen«-Schild noch stand. Dieses Grundstück war das letzte, das noch zu kaufen war. Alle anderen waren schon bebaut worden. Es lag an der Straße, links ein Einfamilienhaus, viel zu groß für sein Grundstück, rechts die Zufahrt zum Dänischen Bettenlager und dessen Laderampe. Wie auch immer Vater sich ein Haus auf diesem Grundstück vorstellte, es würde kein Zimmer geben, das nicht irgendwie vom Neonlicht der Lkw-Auffahrt beleuchtet wäre.

Der Vorteil des Wohnblockes war, dass er emporragte. Dass er sich von der Straße löste. So eng diese Kästen auch beieinanderstanden, Jan, Vater und Mutter wohnten oben, ihr Raum bemaß sich nicht nach dem Abstand zweier Häuser zueinander, sondern nach dem Raum von unten bis zum vierten Stock. Hier waren die Autos leiser, die Kinder, die Schreie der jugendlichen Paare in der Nacht auf dem Bordstein. Die Mülltonnen in ihren Käfigen.

Wenn Vater am Computer saß, der sich im Flur, direkt hinter der Eingangstür auf einem Computerschreibtisch befand, hatte er immer einen Reiter mit Grundstücksannoncen offen. Scrollte hoch und runter. Er tat das so oft, dass er alles auswendig können musste. Dabei brauchte er nichts zu verstecken. Jan hatte die Dating-Seiten, auf denen er eigentlich unterwegs war, längst bemerkt.

An manchen Abenden ging Vater aus, ohne sich zu verabschieden. Wenn Jan danach ins Bad ging, konnte er riechen, dass Vater sein Parfum verwendet hatte. Jan glaubte sogar, es im Flur riechen zu können und dass Vater es sich dort auf seine Schuhe gesprüht hatte. Vater, der letzte Fischer. Er schien zu glauben, dass alle Menschen den Tümpel, aus dem er täglich kroch, riechen konnten.

*

Die Frau, die Vater über eines der Internetportale kennen lernte, zog mit ihm und Jan schließlich in das Einfamilienhaus in der Einfamilienhaussiedlung. Sie hieß Petra. Sie wollte unbedingt eine Katze haben.

»Ich will keine Tiere im Haus«, sagte Vater. Seine Stimme laut und deutlich.

»Auch keinen Hund, nein. Das ist mein Haus!«

Jan erwischte Petra dabei, wie sie im Garten Futternäpfe aufstellte. Sie lächelte ihm zu und wandte sich ab. Sie griff nach altem Laub, braun und matschig, und legte es um die Näpfe. Drei, vier Stück mussten es gewesen sein. Genau konnte er das nicht erkennen. Aus dem Fenster blickend, konnte er nur diese seltsamen Laubhaufen sehen. Im Garten wie markierte Tretminen verteilt.

Nach einiger Zeit hielt Petra eine Katze auf dem Arm. Sie ließ sich von ihr streicheln. Hatte sogar die Augen geschlossen dabei. Schnurrte womöglich. Kam immer wieder.

Petras Taktik war so erfolgreich, dass eines Tages die Nachbarin vor der Tür stand. Sie hatte sogar ihre kleine Tochter dabei, die sich hinter ihr an ihr Hosenbein klammerte. Die Augen der Tochter waren rot unterlaufen. Ständig wischte sie sich mit dem Jackenärmel den Rotz unter der Nase weg.

Die Nachbarin gab Petra einen Briefumschlag: »Wenn sie schon die ganze Zeit bei euch ist, könnt ihr euch auch um die Impfungen kümmern«, sagte sie.

Von diesem Tag an war das Petras Katze.

XXXVI

Kern konnte die banalsten Dinge erzählen. Rechts vor links, grüner Pfeil. Renate schrieb alles auf und lächelte, wenn sie von ihrem Heft aufblickte. Wusste immer Bescheid.

Selbst durch die angelehnte Tür konnte Kern den Chef sehen. Der saß im Vorraum am Schreibtisch und hatte eigentlich nichts zu tun. Beinahe eine halbe Stunde vor den Unterrichtseinheiten stand der Chef oft schon vor der Tür und wartete auf die ersten Schülerinnen und Schüler. Die hilflosen Gesprächsversuche vor und nach dem Unterricht. Irgendwie über Fußball und Musik unterhalten. Ab einem gewissen Zeitpunkt kamen die Schülerinnen und Schüler in einer großen Gruppe. Sie trafen sich in einer Seitenstraße und gingen dann gemeinsam zur Fahrschule. Heringe und Schwalben organisierten sich auch in Schwärmen, dann war es für die Jäger schwerer, sich auf ein einzelnes Tier zu fokussieren.

Leise regnete es gegen die Scheibe. Das orangefarbene Licht der Straßenlaternen spiegelte sich in den Tropfen, die nicht sofort am Fenster zu Rinnsalen verliefen. Außer der Fahrschule gab es nichts im Haus. Niemand wohnte in den

Etagen darüber. Bei besonders starkem Regen bröselte Putz auf die Straße, und mit den Jahren war eine abgebrochene Regenrinne zu einer Art Wasserspeier geworden. Da, wo der Wasserspeier den Regen auf den Gehweg leitete, waren die Pflastersteine unterhöhlt worden. Ein Teil des Fußweges war abgerutscht.

»Frau Nabel, haben Sie einen Schirm dabei?« Der Chef war zielstrebig auf sie zugegangen.

»Äh, nein«, sagte sie, ihre Jacke zuknöpfend, »aber ich brauche auch keinen.«

»Herr Kern kann Sie gern nach Hause fahren.« Ein Blick durch den Raum zu Kern, der an der Tür stand und die anderen verabschiedete. Er wollte gerade etwas sagen, aber der Chef war schneller: »Sie sind unsere beste Schülerin, wenn Sie krank werden, leidet ja die ganze Gruppe.«

Renate sah den Chef und dann Kern an: »Also, ich …«

»Nur keine Scheu!«

Ein paar der Jungs aus der hinteren Reihe riefen dazwischen: »Dann wollen wir aber auch gefahren werden!«

»Ihr könnt euch erstmal bisschen Anstand zulegen«, rief der Chef zurück.

Renate wandte sich an Kern: »Ich möchte Ihnen da keine Umstände machen.«

Wieder wollte Kern etwas sagen, wieder ging der Chef dazwischen: »Tun Sie nicht, wirklich. Das machen wir immer mal wieder bei so einem Scheißwetter.« Wie er Kern dabei zuzwinkerte.

Der alte Moskwitsch stand in der Garage im Hinterhof.

Davor die Betonplatten aufgebrochen. Bevor Kern den Wagen aus der Garage fuhr, wischte er Krümel vom Beifahrersitz, sicher, dass Renate es nicht sah. Der Zigarettenrauch, die abgewetzten Sitze. Die Kofferraumklappe, die sich nicht mehr gut schließen ließ und während der Fahrt, vor allem über Kopfsteinpflaster, wiederholt aufsprang.

»Tut mir leid«, sagte er.

Renate schloss die Tür und klemmte ihre Hände zwischen die Oberschenkel. »Alles gut«, sagte sie, »wir sind ja beide nicht so richtig aus der Situation rausgekommen.«

Der Regen auf der Scheibe, dem Dach und der Motorhaube, dieses leise, anhaltende Klopfen. Drinnen und draußen. Selten war das so deutlich.

»Sie können auch jetzt noch aussteigen und laufen«, sagte Kern. Er lächelte sie von der Seite an.

Sie drehte sich zu ihm. Ihre Lachfalten im Licht der Hinterhofleuchte. »Ach«, sagte sie, »wenn wir schon mal sitzen. Sonst haben Sie den alten Russen ja ganz umsonst aus der Garage geholt.«

Langsam fuhr Kern über den Bordstein. Lauschte. Anscheinend hatte die Klappe gehalten. Im *Stern* brannte Licht, hinter den Gardinen Umrisse von Männern mit Schulterklappen. Heute schien niemand auf dem Gehweg zu liegen. Niemand, der sich an der Häuserwand abstützte oder an der Straße saß, den Rücken gekrümmt, den Kopf fast zwischen den Knien.

»Sie müssen mir noch sagen, wo ich Sie hinfahren soll«, sagte Kern.

»Goethestraße.«

»Oh.« Er überlegte, ob er ihr gegenüber mal eine abfällige Bemerkung gemacht hatte. Eigentlich nahm er sich grundsätzlich vor den Schülern zurück.

»Nicht woran Sie denken«, sagte Renate. »Im oberen Teil, beim Stadtbad.«

»Ich dachte schon.«

»Nein, mit den Leuten habe ich nichts zu tun.« Dabei lächelte sie wieder.

Sie fuhren am Lessingmuseum, am Lessingplatz und an der Lessingschule vorbei. Der Regen schien den Rauch der Schornsteine zurück und zwischen die Häuser auf die Straße zu drücken. Renate blickte rechts und Kern links aus dem Fenster, als der Moskwitsch die alten Stadtvillen passierte. So viele Offiziere wie einst lebten dort nicht mehr. Mittlerweile waren sie in Wohnungen im Neubaugebiet gezogen oder hatten einen Bungalow am Bonzenberg erhalten. Alles besser als ein Haus mit Kohleheizung und Etagenklo, Kern konnte das gut nachvollziehen.

»Hier ist es«, sagte Renate und zeigte auf einen dreigeschossigen Ziegelbau. So nah, wie der Güterbahnhof war, musste das ein Haus der Bahngenossenschaft sein. Kern parkte den Wagen am Straßenrand. Den Blinker eingeschaltet. Im Rückspiegel konnte er sehen, dass die Kofferraumklappe aufgegangen war.

»Sie können hier nicht wenden«, sagte Renate. »Am besten …«

»Ich weiß«, sagte Kern, »ich hab hier mal gearbeitet.«

»Im Stadtbad?« Sie konnte das gut mit dem Sticheln. Dieses Grinsen.

»Bei der Bahn«, sagte Kern.

»Und dann sind Sie Fahrlehrer geworden.«

Er nickte.

»Na, dann haben wir doch für die nächste Fahrt endlich ein Gesprächsthema.« Sie hielt ihm ihre Hand entgegen, er schüttelte sie, »Gute Nacht«, »Gute Nacht«, dann stieg sie aus und schloss die Tür.

Er versuchte, sie im Rückspiegel zu sehen. Durch die beschlagenen Scheiben, von Regentropfen verhangen. Ihre helle Jeans im Licht des Blinkers, ihr Gesicht wie durch einen langsamen Blitz eines Fotoapparates beleuchtet und wieder dunkel. Mit einem lauten Knall, einem einzigen Schlag, schloss sie die Kofferraumklappe. Er wusste, dass sie wieder aufspringen würde. Noch ein Knall und noch einer. Dann tauchte sie neben seinem Fenster auf und wischte mit der Handfläche die Tropfen von der Scheibe. Ihr Gesicht war so nah am Glas, dass ihr Atem sichtbar war. »Ich glaube«, sagte sie, »ich hab das Auto kaputt gemacht.«

So laut hatte er lange nicht mehr gelacht.

XXXVII

Über Politik hatte Jan mit Mutter oder Vater nie gesprochen. Vor allem nicht darüber, welche Partei sie wählten und mit welchen Politikern sie sympathisierten. Als er noch ein Kind war, hörte er Vater lediglich sagen: »Die CDU ist gut für die Wirtschaft.« Daraus schloss er, dass er sie wählte. Mutter tat es ihm wahrscheinlich gleich.

Vor Jahren, als die SPD noch Mitglieder hatte, lief er zufällig bei einer Kundgebung vorbei. Eine Kranzniederlegung, Gedenkveranstaltung, keine Ahnung. Er stellte sich dazu. Rote Schals über schwarzen Wintermänteln. Die Gesichter zerfurcht, tiefe Falten bei den Männern und Frauen, als wäre ein sorgenvolles Gesicht Voraussetzung für den Parteibeitritt.

Am Abend saß er mit Vater am Küchentisch. Er schmierte seine Schnitte auf dem Teller, den Mutter und Vater im Set kurz nach der Wende im Quelle-Katalog bestellt hatten.

»Warum warst du dort?«, fragte Vater.

Jan sah ihn fragend an. »Was meinst du?«

»Willst du dort eintreten, oder was?«

Möglicherweise hatte ihm ein ehemaliger Kollege gesagt, dass Jan bei den SPD-Leuten gestanden hatte. »Ich bin dort nur zufällig vorbeigekommen«, sagte er.

»Und da dachtest du, du müsstest die ganze Zeit dortbleiben?«

»Wieso denn die ganze Zeit? Was ist denn dein Problem?«

Da schlug Vater mit der flachen Hand auf den Tisch, dass sein Teller samt Brotscheibe zu kreiseln begann, stand auf und verließ die Küche. Jan lief ihm hinterher. In der Stube setzte Vater sich vor die Heizung. Die Bierflaschen über seinem Kopf aufgereiht. Mit seinen Händen rieb er sich die Augen. Sein Gesicht wandte er von Jan ab.

»Vati?«

Jan setzte sich zu ihm auf den Boden. Die Heizung hatte Vaters Körper erwärmt. Er zog seinen Arm weg, dann sah Vater ihn an. Starrte, seine Augen tief in den Höhlen.

»Du fällst mir nicht in den Rücken. Du nicht auch noch«, sagte er.

Jan wusste nicht, was er antworten sollte.

»Wenn du ein Roter wirst, kannst du gehen.«

Jan versuchte, ihn zu berühren. Seine Hand auf den Arm oder die Schulter zu legen. Irgendwie Nähe herzustellen. Er dachte, Vater würde das in diesem Moment brauchen.

»Lass mich in Ruhe«, sagte er. »Geh!«

Lange Zeit glaubte Jan, dieser Moment, dieses »Du-fällst-mir-nicht-in-den-Rücken« hätten konkret etwas mit der SPD zu tun. Einmal standen sie an der Aldi-Kasse und jemand beschwerte sich über die gestiegenen Zigarettenpreise. Da sagte Vater: »Sie können ja ne Ich-AG gründen.« Leises Lachen in der Schlange. Oder er sah einen Flaschensammler: »Warum gründet der keine Ich-AG?«

Nicht zu wissen, ob man lachen oder weinen sollte, das schien für Vater mit dem Wort »Ich-AG« konkret und benennbar zu werden. Hin und wieder traf er ehemalige Arbeitskollegen, entweder war Jan dabei oder Vater erzählte davon im Nachhinein am Abendbrottisch. Obwohl die meisten von ihnen arbeitslos waren und längst keine Fischer mehr, sprach er von ihnen wie von sich: »Wir sind Fischer«, sagte er. »Das interessiert die vielleicht nicht, aber wir sind Fischer. Das ganze beschissene Land haben wir ernährt, und jetzt sollen wir Hausmeisterfirmen gründen, oder was? Computer reparieren? Den Grünstreifen pflegen? Ich sag dir mal was«, dabei wandte er sich an seine alten Arbeitskollegen. Nur er war noch geblieben, nur er wurde so laut. Auf sie musste das völlig unverhältnismäßig wirken, »wenn mir mal jemand ins Gesicht sagt, ich soll ne Ich-AG gründen oder an einer Maßnahme teilnehmen, oder was auch immer, dann schlag ich dem die Fresse ein!«

Jan war damals etwa zehn Jahre alt, aber er bemerkte die Widersprüche. Vater fuhr niemals Zug, aber die Privatisierung der Bahn kritisierte er. Das Gleiche bei der Post, obwohl er im Jahr, wenn überhaupt, maximal ein, zwei Briefe versandte.

Vater sprach von sich als Arbeiter. Weil er mit den Händen arbeitete, weil er sich dreckig machte. Weil er stank und seinen Körper mit jedem weiteren Tag abnutzte. So sagte er das. Aber das sei in Ordnung, immerhin wurde er dafür bezahlt. Arbeiter sein, das hieß ehrlich sein, maßvoll. Er sagte das immer im Singular. »Die Arbeiter«, im Plural, das klang hingegen nach einer Klasse. Nach Backsteinvierteln vor der Stadt, im Hintergrund rauchende Schlote. Die kleine Wohnung voll mit Kindern, von denen die Hälfte auch arbeitete. Nach Dampfmaschine und Webstuhl, viel Alkohol und einem frühen Tod. Niemals hochkommen. Oder es klang nach roter Fahne und dahinter singenden Menschenmassen. Nach einem eigenen Staat. Nichts davon schien er sein zu wollen. »Die Arbeiter«, das war eine Zuschreibung. »Der Arbeiter«, das war er selbst.

Er brauchte keine Arbeiterpartei und schon gar keine, die ihm das Letzte, nämlich die Selbstzuschreibung und den Stolz, nehmen wollte, indem sie sagte, wer Bergmann war oder Schmied, oder Malermeister oder eben Teichwirt, der könne jetzt auch Dienstleister werden, vielleicht in die Pflege gehen, Hausmeister, Hauptsache erst einmal Ich-AG.

Vater sympathisierte mit der CDU. Denen ging es um Wirtschaft und um Geld. Und Geld betraf alle, nicht nur eine bestimmte Gruppe oder Klasse von Menschen. Was für die Reichen gut war, dachte er, war auch für ihn gut. Steuern sparen, Geld anlegen. Vater kaufte sich Aktienpakete übers Internet, über die am Abend vor der Tagesschau in den Börsennachrichten gesprochen worden war. Neben seinen Dating- und Immobilien-Seiten waren auch diese Reiter im Browser geöffnet. Er abonnierte die *Wirtschafts-*

Woche und las sie so aufmerksam, als wäre auf den Seiten und zwischen den Zeilen irgendein Code versteckt. Und diesen Code zu finden, zu entschlüsseln und zu verstehen, das würde ihn endgültig aus der Gruppe der Plural-Arbeiter lösen.

Jan leitete es sich so her: Als Vater hörte, dass er bei den SPD-Leuten gestanden und zugehört hatte, musste er geglaubt haben, er wollte ihn verraten. Er, sein Sohn, würde alle seine Anstrengungen zunichtemachen. Er kam und drückte ihn in die alte Rolle zurück, die er ohnehin nie anzunehmen bereit gewesen war. Er hatte zwar 2008 einen Großteil seines ersparten Geldes verloren. Die Finanzierung des Hauses stand auf der Kippe. Er hätte allen Grund gehabt, jede Partei abzulehnen. Den Staat, das ganze System. Aber noch hielt sein Vertrauen. Immer noch glaubte er daran, aus eigener Kraft und aus eigenem Antrieb heraus einen Aufstieg zu schaffen und sich dort anzusiedeln, wo er sich immer sah: im Mittelstand. »Um mich muss sich niemand kümmern. Ich habe das alles alleine geschafft. Ich brauche weder deine Hilfe noch die vom Staat oder sonst wem.« Vater musste geglaubt haben, Jan würde ihm das absprechen wollen, wegnehmen. Oder schlimmer noch, dass er sich mit ihm solidarisieren wollte. Ihn unterstützen, bekräftigen. Die ganzen Plural-Arbeiter benötigten ja vor allem deswegen eine sogenannte Arbeiterpartei, weil sie zu schwach waren. Das war Vaters Begründung.

Lange dachte Jan darüber nach. Über Vaters unbedingten Willen, raus aus den Blöcken zu kommen. Warum er so reagiert hatte. An die Heizung gelehnt, sein warmer Körper. Wie er sich von ihm abgewendet und dann angesehen hatte. Wann immer er daran dachte, schob Jan all die kleinen Bilder hin und her: Vater vor seinen ehemaligen Kollegen. Vater nach dem Besuch bei seinem Berater in der Sparkasse. Vater beim Spatenstich auf dem neu erworbenen Grundstück.

Jan erklärte sich Vaters Reaktion vor allem über dessen Herkunft und Milieu. An Vater zu denken, ohne seine finanziellen Umstände einzubeziehen, war für Jan lange unmöglich gewesen. Dass Vater ganz persönliche Gründe hatte, aus den Blöcken zu fliehen und diese elendige rote Fahne abzulehnen und alle zu verfluchen, die dahinter herliefen oder hergelaufen waren, das erschloss sich ihm erst später.

XXXVIII

1990 saß Kern in seinem ersten eigenen Auto, einem weinroten Ford Escort. Es dämmerte. Die Felder links und rechts schon abgeerntet. Erstes Laub, das auf die Straße fiel. Er kam aus dem *Lindenhof* bei Elstra. Mal woanders ein Bier trinken. Dunkle Flecken auf der Straße, wo der Teer geflickt worden war. Kleine Erhebungen, dumpfes Auf und Ab. In einiger Entfernung verlassene Gehöfte. Holzzäune in der Erde wie schiefe Zähne. Pferde, die auf einer Koppel Fallobst fraßen. Dann die Dachspitzen der ersten Häuser am Ortseingang schon sichtbar. Die letzten Bäume der Allee. Dort lenkte Kern, nachdem er beschleunigt hatte, den Wagen von der Fahrbahn, gegen einen Baumstamm und starb an Ort und Stelle.

XXXIX

»Also«, sagte Kern. Der Motor lief und war warm genug. Ein kalter Moskwitsch, das konnte für Fahranfänger eine Qual sein. Wie auf Kommando stiegen er und Renate gleichzeitig aus, begegneten sich am Kühlergrill, wo er sie anlächelte und sie zurücklächelte, und stiegen wieder ein. Er auf der Beifahrerseite, sie auf der Fahrerseite. Sitz verstellen, Rückspiegel, Seitenspiegel.

Um die Mittagszeit war das Neubaugebiet wie ausgestorben. Morgens brachen die Arbeiterinnen und Arbeiter auf und brachten ihre Kinder in den Kindergarten oder den Frühhort. Erst am Nachmittag, als alle nach Hause kamen, wie nach einem kollektiven Feierabend, waren die Parklücken wieder belegt. Saßen die Jugendlichen vor den Hauseingängen, gingen die Alten ihre Runden zur Kaufhalle, hangelten die Kinder auf dem Wäscheplatz an den Gestellen für die Leinen. Aber bis dahin, den Vormittag und Mittag über, war Ruhe. Eine Ruhe, wie man sie sonst höchstens beim Pilzesuchen haben konnte, wenn man weit genug von der nächsten Straße entfernt war und keinen Trabbi und keine Simson hörte. Elendige Zweitakter.

Das Neubaugebiet, die reinste Teststrecke. Keine Ampeln, nur Schrittgeschwindigkeit. Kleine Anhöhen, ausreichend Parkbuchten. Bis zum Nachmittag nirgends ein Auto, das beschädigt werden konnte. Die Bäume zu jung, als dass sie ein gefährliches Hindernis darstellen konnten.

»Also«, sagte Kern wieder.

Renate umfasste das Lenkrad. Ihre rechte Hand legte sie auf dem Schaltknüppel ab. Dann zog sie sie wieder zurück. »Mir ist eingefallen, dass du mir noch die Geschichte erzählen musst, wie du bei der Fahrschule gelandet bist.«

Dieses »du«. Wie eine neue Mitarbeiterin stand Renate in der Tür und verabschiedete den Chef. Die Hand zum Gruß gehoben, wenige Schritte, dann verschwand er im *Stern*. Sie schloss die Tür hinter ihm ab und stellte mit Kern die Stühle zusammen. Den Wagen nutzten sie nicht mehr, stattdessen hatte Kern zwei Regenschirme neben den Schreibtisch gelegt. Er hatte sich bisher nicht vorstellen können, freiwillig länger als unbedingt notwendig in der Fahrschule zu sein. Das Verabschieden, das Durchfegen, das Stühlezusammenstellen, alles hätte jetzt länger und noch länger dauern können. Und vielleicht ging es Renate ja auch so. Vielleicht täuschte sein Eindruck ihn nicht, dass hier zwei die Gardinen zuzogen, die sich nicht trennen wollten.

»Darf ich mir was wünschen?«, sagte sie.

Er nickte.

»Hör bitte auf, mich Frau Nabel zu nennen.«

Kern lächelte sie an. Mittlerweile konnte er das wie sie.

»Und auch nicht Fräulein Nabel«, sagte sie.

Und dann diese Umarmung. Anorak, Pullover, Unterhemd dazwischen. Mehr Polster als Mensch. Und dennoch das Gefühl, ihre Wärme zu spüren. Ihr Brustkorb und ihr Bauch an seinem. Das erste Mal der Duft ihrer Haut an dieser einen Stelle im Nacken, den er nie vergessen sollte.

Eine Frau lehnte sich aus dem Fenster. Ihr angesteckter Dutt nur halbherzig befestigt. Sie blickte über die Parkbuchten und Wäscheplätze und schien den alten Moskwitsch entdeckt zu haben.

»Wir stehen auf einer kleinen Anhöhe«, sagte Kern, »du kannst ihn auch einfach erstmal rollen lassen.«

»Ich weiß.«

»Oder wir tauschen die Plätze und ich weise dich nochmal ein.«

»Nein.«

Die Frau stützte sich auf einen zusammengerollten Pullover zwischen Fensterbrett und Fensterrahmen. Die Gardine vor ihr Gesicht gezogen.

»Na gut«, sagte Renate, »zeigs mir nochmal.«

Also öffneten sie und Kern die Türen. Vor dem Kühlergrill die kurze Begegnung. Kern lächelte, Renate lächelte zurück. Aber dieses Mal, kurz bevor sie an ihm vorbeigegangen war, hielt er sie am Arm fest. Er zog sie zu sich, nah an sich heran. Wieder all die Schichten Stoff über ihrer Haut, Wattemensch, Daunenmensch. Und küsste sie.

Er hatte sie gefragt, wo sie geboren war, in Kamenz. Wo aufgewachsen, in Kamenz. Wo zur Schule gegangen, wo eine Ausbildung begonnen. Trotzdem waren sie sich nie begegnet. Hatte er sie nie gesehen.

Sie setzten sich wieder, schlossen die Türen. Renate sagte nichts, bewegte sich nicht, schien nicht einmal zu atmen. Der niedrige Schornstein des Fernwärmekraftwerkes hinter der Kaufhalle sichtbar. All die Rohre, die von dort zu den Blöcken und zu anderen Stadtteilen abzweigten. Freigelegte Adern. Überbrückten die Straßen, verdeckten die Autos. Immer wieder sah Kern Kinder ihre Ohren an die Rohre drücken, als wäre die Wärme im Inneren auf ihrem Weg in die Heizkörper der Wohnungen irgendwie hörbar.

»Mein Vater war Lehrer«, sagte Kern. Irgendwie wollte er ablenken und versuchen, Renate eine Regung zu entlocken. Diese Stille durchbrechen. »Du hättest ihn sehen sollen, als ihm gesagt wurde, dass er nicht mehr arbeiten dürfe.«

Keine Reaktion.

»Ich dachte immer«, setzte er wieder an, »dass es Berufe geben muss, in denen Politik keine Rolle spielt. Wo es egal ist, wen du wählst. Es geht ja erstmal ums Geldverdienen, Familieernähren und so weiter. Und wenn sich der Wind mal dreht, wirst du nicht gleich rausgeschmissen.« Er stellte den Motor aus. »Mir war klar, dass das bei Lehrern oder in der Verwaltung oder bei Polizisten so sein könnte, also wollte ich etwas Normales machen und ging zur Güterabfertigung der Reichsbahn. Und dann habe ich dort die Wandzeitungen gesehen und die Zuständigen für diese Wandzeitungen, und ich wurde gefragt, wie ich zu dieser oder jener Sache stehen würde, ob ich Teil der Betriebskampfgruppe werden wolle und ob ich in die Partei eintreten will, und irgendwann war das nicht einmal mehr eine Frage.«

»Und das ist jetzt besser?«, fragte Renate.

»Naja, statt einer Wandzeitung haben wir den Spielplan von der Oberliga.« Ein kleiner Witz. Versuchen, sie zum Lachen zu bringen.

»Ich glaube, ich gehe lieber nach Hause«, sagte sie. Sie öffnete die Tür. Ein Bein auf der Straße, ihr Gesicht schon von ihm abgewendet.

»Warte«, wollte er rufen und sie wieder festhalten. Hauptsache festhalten.

»Wann sehen wir uns wieder?«, fragte er.

»Wann hast du denn Zeit?«

»Immer.« Er hatte schneller geantwortet, als er es wollte. Dringlicher, bettelnder. Hoffentlich wirkte er nicht lächerlich auf sie. Noch ein Fahrlehrer, der sich in seine junge Fahrschülerin verguckt hatte.

»Das mit dem Anfahren hat ja noch nicht so gut geklappt«, sagte sie. »Vielleicht können wir das ja morgen nochmal versuchen.«

Sie drehte sich noch einmal um, bevor sie, dem Fußweg folgend, zwischen zwei Blöcken verschwand. Nur ein kurzer Blick über die Schulter, aber der genügte ja schon. Manchmal war es ja genau das. Dieses »Ich sehe dich«, dieses »Ich weiß, dass du das bist« und hoffentlich dieses »Ich finde das schön«.

XL

Eines Abends, als Jan nicht einschlafen konnte, stieg er aus dem Bett und öffnete leise die Tür seines Kinderzimmers. Im Flur flackerte das blaue Fernsehlicht durch die Glasscheibe der Stubentür. Filmmusik, eine Männerstimme. Noch bevor er die Klinke zum Wohnzimmer runtergedrückt hatte, sagte Vater: »Geh ins Bett.«

»Ich kann nicht schlafen«, sagte Jan. »Nur kurz, bitte.«

Dann Mutters Stimme: »Zehn Minuten.«

Mutter und Vater saßen auf dem Sofa, jeder in seiner Ecke. Mutter hielt ein Kissen umklammert. Sie legte es weg und nahm stattdessen Jan in den Arm. Im Fernsehen lief ein Film, wie er hieß oder worum genau es ging, wusste er nicht mehr. Was Jan sah, war vor allem grau: graue Häuser und Zimmer, Autos, Essen. Sogar Menschen auf eine ganz eigentümliche Art und Weise. Das war kein Schwarz-Weiß-Film, aber die Haut der Personen sah fahl aus. Als hätte jemand mit einer Pinzette alle Pigmente herausgezogen. Und wie sie redeten und wie sie dabei schauten.

»Was ist das?«, fragte er.

Ohne den Kopf vom Bildschirm abzuwenden, sagte Vater: »Ein Märchenfilm.«

Und Mutter sagte: »Bei dem anderen Film ist Werbung.« Als müsste sie sich rechtfertigen. Ein paar Minuten schauten sie noch den grauen Film, dann schaltete Vater zurück zu Sat.1, wo gerade »Titanic« lief.

*

Jan hat nie herausfinden können, wie der Film hieß, den Mutter und Vater damals schauten und von dem er damals schon wusste, dass er mit einem Märchenfilm nach seinem Verständnis nichts zu tun hatte. Da war niemand gewesen, der zaubern konnte, fliegen oder lustige Kostüme trug. Es hatte nicht einmal sprechende Gegenstände gegeben.

»Ich habe kein Problem damit, dass sie uns ihr System aufgedrückt haben«, sagte Vater mal. »Aber ich lasse mir von einem Wessi nicht meine Geschichte erzählen.«

Filme, Bücher oder Dokumentationen über die DDR waren vor allem Filme, Bücher oder Dokumentationen über die Stasi. Darin tauchten auf: Stasi-Opfer und Stasi-Täter. Keine Abstufungen, keine Zwischentöne in diesen sonst so grauen, blassen, fahlen Kulissen und Gesichtern. Erzählt vom Westen über deren Sende- und Filmförderanstalten. Vater und Mutter hatten keine Möglichkeit, dagegenzuhalten. Sie besaßen kein Sprachrohr. Sie schalteten um.

Zwei große Narrative hat der Westen über Mutter und Vater gesponnen. Das erste, beginnend nach dem Mauerfall, dauerte bis in die 2010er-Jahre an und lautete: *Deine Eltern sind rückständige Höhlenmenschen, die in ihrem Leben noch nie eine Banane in der Hand gehalten, aber für die Stasi gearbeitet haben. Trifft Letzteres nicht zu, waren sie Opfer der Stasi.* Dieses Narrativ wurde abgelöst, etwa ab 2014, von einem neuen, das noch immer andauerte und besagte: *Deine Eltern sind nach der Wende arbeitslos geworden, waren frustriert und wütend und wurden deswegen rechtsextrem.* Kinder, denen man ihr Spielzeug weggenommen hatte. Bemitleidenswerte, traurige Gestalten.

Mutter hat diese Erzählung über sich nicht mehr mitbekommen. Vater kränkte sie mehr als die erste. Erst kam das Mitleid, dann geheuchelte Hilfsangebote. Ausgestreckte Arme, zur Unterstützung hingehalten, die eigentlich ausgestreckte Zeigefinger waren. *Lebensleistung anerkennen*, das war so ein Beispiel, so eine Phrase, die sich der Westen ausgedacht hatte.

»Muss ich da jetzt zum Amt und krieg da einen Stempel für?«, sagte Vater.

»Nur, wenn du deine Lebensleistungsurkunde mitbringst«, sagte Jan. Sie lachten und stießen mit den Landskron-Bieren an.

»Da muss ich mal in meiner Lebensleistungszeugnismappe suchen.«

So ging das hin und her. Lachen oder weinen, die ewige Frage.

XLI

Kern stand in den Nächten jetzt oft am Fenster. Manchmal stundenlang. Er ließ die Autos vorbeifahren und blickte ihnen nicht mehr nach. Die Hand seiner Frau im Nacken, wie sie langsam und gleichmäßig über seine Haare strich. Er bemerkte sie erst, als sie davon abließ, sich abwandte und ins Bett ging. An manchen Tagen kam sie gar nicht mehr aus dem Schlafzimmer. Sie ging nach der Arbeit direkt nach oben und legte sich auf das Bett. Ein Bücherstapel auf dem Nachttisch, den sie nie anrührte. Wenn Kern sich neben sie legte, sagte sie manchmal leise, wie im Traum: »Hat sich Georg gemeldet?«

Auf dem Dachboden fand er noch Zeichnungen von ihm. Grundschulmalereien und die Porträts der Klassenkameraden. Außerdem erste kleine Landschaftsbilder auf Karton und auf dünne Bretter gemalt, einige mit den ersten Ölfarben, an die Georg damals herangekommen war. Kern sah sie sich an und hielt sie gegen das Licht. Mit der Fingerkuppe strich er über die dickeren Farbschichten. In Berlin, als sie sich das letzte Mal gesehen hatten, hatte Georg zu ihm gesagt, dass er und Ewald kein Geld für Ölfarben hätten. Also gingen sie nachts durch die Ateliers der Kommilitonen und kratzten dort vom Boden die festgetrockneten Farbreste. Zerstoßen und mit Leinöl vermischt, ließ sich mit diesen Resten sogar wieder malen. Zwanzig Jahre war das her. Zwanzig Jahre, in denen Georg Vater geworden und raus aus Berlin gezogen sein könnte. Zwanzig Jahre, in denen er sich hätte scheiden lassen und wieder neu verheiraten können. Überhaupt heiraten. Vielleicht waren ihm die Haare zu einer Halbglatze ausgefallen, vielleicht waren sie grau oder noch so dicht und struppig wie bei Vater, bei dem sie wie festgeklebt schienen.

Er stellte sich vor, die Zeichnungen zu zerreißen. Wie er die Bretter an die Wand lehnte und dann mit dem Fuß dagegentrat, bis er das Gefühl hatte, die in Öl getränkten Holzsplitter würden sich durch seine Hausschuhe und Socken direkt in seine Haut bohren. Zumindest spürte er sie wie Kieselsteine unter seinen Sohlen.

Das Licht der Dachbodenlampe auf dem Papier zwischen seinen Fingern. Ein bisschen Druck, das würde schon genügen. Wenn Georg wenigstens wütend wäre, wenn er wenigstens schreiben würde, dass das ein Fehler war, immer noch dort zu sein, in dieser Stadt, in diesem Land. Wie kannst du nur so ruhig dort warten und hoffen, dass es besser wird? So dumm hätte ich dich nicht eingeschätzt! Mensch, Günter, was ist denn aus dir geworden?

Aber Georg schrieb das nicht. Antwortete nicht. Gar nichts. Kein einziger Brief. Egal, wie sehr Kern flehte. Egal, wie wenig Unterstützung er mittlerweile erbat. Er konnte sich nicht einmal mehr vorstellen, wie Georg Wörter und Sätze verwendete. In seinem Kopf klang das immer noch wie die Stimme eines jungen Mannes, der billigen Alkohol im Atelier trank und bis in die Nächte hinein zu viel Pfeife rauchte. Zwanzig Jahre. Zwanzig beschissene Jahre.

Rumänen-Mario hatte ihn angesprochen, über den Gartenzaun hinweg. Hatte gesagt, dass er auf ein Interview mit Baselitz gestoßen war. Ob in der Zeitung oder im Radio, es konnte sich ja nur um Medien aus dem Westen handeln, wollte er nicht sagen. Eierte rum, sagte irgendwas vom Hörensagen und von Gerüchten, weshalb Kern ihn abwimmeln wollte. »Ich wusste gar nicht, dass sie deinen Bruder damals von der Hochschule geschmissen haben.«

»Hat er das gesagt?«

»Wegen sogenannter gesellschaftspolitischer Unreife, ja. Und dass er deswegen nicht nur von der Hochschule, sondern ja sozusagen auch aus der DDR rausgeflogen ist.« Dann sah Mario ihn an, als wartete er auf eine Reaktion. Auf eine Bestätigung, ein Abwinken, auf einen Wutausbruch vielleicht. Georg der Avantgardist, der Systemgegner. Zu rebellisch, zu aufrührerisch, unzähmbar. Wie leicht sich so was sagen ließ, von außen und nach so vielen Jahren ohne irgendeinen Kontakt. Und wie gut das klingen musste für all die Sammler und Galeristen, so einen Querkopf zu kennen und zu vertreten. Kern drehte sich einfach um und ging ins Haus. Georg hatte doch gar keine Ahnung, was all das wirklich bedeutete.

Kern legte die Zeichnungen in die Mappe zurück. Kurz

überlegte er, ob es richtig war, sie nicht zerstört zu haben. Wie einfach das wäre, so ein bisschen Papier und dünnes Holz. Er würde die Mappe Thorsten überreichen. Eines Tages. Und ihm sagen, dass er die Zeichnungen verkaufen solle. So viel Geld machen wie nur irgendwie möglich. Alles verscherbeln, sich endlich lösen. Es gab ja ohnehin nur noch diese Papiere und Bretter und das Gemälde über dem Sofa. Vielleicht war das richtig, sich einzugestehen, dass es Georg schon längst nicht mehr gab.

»Hat Georg geantwortet? Hat er gesagt, dass er uns helfen kann?«

Kern zog die Bettdecke bis zum Kinn und drehte sich zur Seite. »Nein.«

XLII

Kerns Chef zum Beispiel trug den Tarnnamen *IM Obst*. Er stahl den Haustürschlüssel von Kern, der entweder im unverschlossenen Spind lag oder auf dem Schreibtisch. An jenem Tag lag er auf dem Schreibtisch. Kern machte gerade Pause und hatte sich auf zwei nebeneinandergestellte Stühle aus dem Schulungsraum gelegt. Er überlegte sich den Vorwand, zur Post gehen zu müssen, falls Kern aufwachen oder falls Kern fragen sollte, wo er gerade gewesen war. Er nahm den Schlüssel so leise es irgendwie ging. Nach seinem Gefühl baumelte jedes Stück Metall der Stadt Kamenz an diesem Schlüsselbund. In einer Seitenstraße beim *Goldenen Stern* übergab er den Schlüsselbund einem Mann, den er nicht kannte. Er zündete sich eine Zigarette an, aber verschluckte sich an seinem nikotingetränkten Speichel. Seine Hände waren so schwitzig, dass er sich einbildete, sie würden nasse Flecken auf seiner Hose hinterlassen. Morgen den Schlüssel wieder an Kern zu überreichen, zu sagen, dass er ihn gefunden habe, wo genau eigentlich?, würde er den ganzen Abend noch üben müssen.

Welche Männer und wie viele daraufhin das Haus betraten, war nirgendwo notiert. Während dieser Aktion, die zur sogenannten *OPK Ausbilder* gehörte, entstanden die Fotografien, die das Haus der Kerns wie eine Musterwarenausstellung aussehen ließen. Verdächtiges, welcher Art auch immer, wurde nicht gefunden. Die einzelnen Zimmer waren wie leergeräumt. Einzig das Gemälde »Der Jäger« wurde notiert und in einen Grundriss des Wohnzimmers übernommen. Der Erfolg von Baselitz im Westen wurde genau verfolgt.

Die Abhöranlage, die Kern im Haus vermutete, war im Raucherraum der Tischlerei untergebracht worden. Weiter als sechshundert Meter durften die entsprechenden Geräte nicht voneinander entfernt sein. Sieben Wochen wurde der Raum zur Abhörung verwendet, danach durften die Arbeiter ihn wieder betreten.

XLIII

Kern lief durch die Stadt. Bog in Straßen, die er kannte. Versuchte, durch die Gardinen zu blicken, hinter denen noch Licht brannte. Zwischen den Ästen der Hecke des Stadtbades war das Becken zu erkennen. Das Wasser schwarz wie Öl. Er stellte sich vor das dreigeschossige Backsteinhaus und versuchte, im Licht der einzigen Straßenlaterne die Klingelschilder zu lesen. Für Renates Wohnung gab es offenbar keine Klingel, also musste er bei der Hausvorsteherin läuten. In Kittelschürze, scheinbar nichts darunter, öffnete sie das Fenster im Erdgeschoss.

»Was wolln Sie?«

»Ich möchte zu Renate Nabel.«

»Wohnt hier nicht.«

»Das Fräulein, das im Dachgeschoss wohnt?«

Sie musterte ihn. »Wer sind Sie überhaupt?«, fragte sie.

»Kern«, sagte er und überlegte sich etwas. »Ihr Arbeitskollege.«

»Vom Glaswerk?«

Er zögertc. Sah sie an. »Ja, genau.«

In einigen Zimmern wurde es hell, auf einmal schien

der Gehweg beleuchtet. Entferntes Waggonrollen wie ein Gewitter.

»Frau Nabel ist wohl zurzeit außer Haus«, sagte die Vorsteherin und schloss das Fenster. Kern rief nach ihr: »Entschuldigung?«, »Hallo!«, »Hören Sie mich?« Auch in anderen Wohnungen, selbst im Haus gegenüber, wurde nun Licht gemacht. Er duckte sich und zog den Kopf zwischen die Schultern, als wäre er ein entfliehender Häftling, gerade ertappt. Festgezurrt an Ort und Stelle. Er wollte sich wegdrehen und gehen, als Renate vor die Haustür trat.

»Günter? Was machst du hier?« Sie stand in einer Art Kittel vor ihm. Die Brusttasche vollgestopft mit Taschentüchern.

»Ich hab dich gesucht«, sagte er.

»Was willst du denn hier mitten in der Nacht?«

Er blickte zu Boden, wo Kastanien vom Herbst in den Betonrillen steckten. »Ich kann nicht mehr zu Hause sein«, sagte er, »es geht einfach nicht.«

Er ging einen Schritt auf sie zu. Hoffte, dass sie ihm entgegenkommen würde. Aber sie blieb stehen und drehte sich nach den offenen Fenstern um, schien Geräusche und die Stimmen der Nachbarn zu hören.

»Du kannst nicht einfach hier vorbeikommen und erwarten, dass ich da bin und du zu mir kannst«, sagte sie. Dann streckte sie ihren Zeigefinger aus, die Arme an den Seiten wie bei einem Nussknacker, und berührte Kerns Daumennagel. Es fühlte sich an, als wären all sein Blut, alle seine Nervenbahnen an diesem einen Punkt konzentriert.

»Ich überlege mir was, versprochen.«

Er nickte.

»Und jetzt geh, bitte«, sagte sie.

»Und wohin?«

»Nach Hause«, sagte sie, »zu deiner Frau.«

Sie verzog ihren Mund zu dem Versuch eines Lächelns, drehte sich um und ging.

Kern blickte ihr nach. Splittsteine, die sich in den weichen Sohlen ihrer Schuhe verhakten. Das Hin- und Herschwingen ihres Kittels. Sich von allem lösen, vielleicht sah das genauso aus.

XLIV

Rumänen-Mario zum Beispiel trug den Tarnnamen *IM Lessing*. Er hatte sich bereit erklärt, zu Kern ein *freundschaftliches Verhältnis* aufzubauen und ihn während der Fahndung nach dem fahrerflüchtigen Wartburgbesitzer zu beruhigen und ihm zur Seite zu stehen. Eine Akte über den Unfall wurde jedoch nie angelegt, eine Strafverfolgung hatte es zu keinem Zeitpunkt gegeben. Rumänen-Mario und Richter Maiwald hatten sich getroffen, allerdings besprachen sie nicht den Fall Kern, sondern erörterten die Möglichkeit, mal wieder an Tickets für ein Dynamo-Heimspiel zu gelangen.

Als sich Kern bei seinem Chef über die Möglichkeit eines Tauschgeschäftes erkundigte, war es der Anwalt, der anschließend den Verkauf des Gemäldes »Der Jäger« organisierte. Über Ost-Berlin wurde »Der Jäger« in den Westen geschleust und dort westdeutschen und internationalen Kunsthändlern angeboten. Als Verkäufer trat die DDR auf. »Der Jäger« wurde zur Devisenbeschaffung verkauft, wie viel Geld damit verdient wurde, war nirgends vermerkt. Das Gemälde tauchte nie wieder auf.

Rumänen-Mario, *IM Lessing,* verlor nach der Wiedervereinigung aufgrund der Zusammenarbeit mit der Stasi seine Zulassung, als Anwalt weiterhin im Freistaat Sachsen zu arbeiten. Er kaufte sich daraufhin ein Haus im Vogtland, nahe der thüringischen Landesgrenze, und pendelte jeden Tag ein, zwei Kilometer zu seiner neu eröffneten Anwaltskanzlei auf thüringischem Territorium, wo es ihm erlaubt war, weiterhin und wieder als Anwalt zu arbeiten.

XLV

Rauchend lehnte Renate gegen den Moskwitsch. Kern beobachtete sie vom Beifahrersitz aus. Die Sonne schien durch die Windschutzscheibe und fühlte sich so warm wie im Sommer an, aber die Äste und Sträucher waren immer noch kahl.

Sie stieg neben ihm in den Wagen. Erstmal geradeaus, die übliche Strecke, raus aus der Stadt. Sie fuhren am Milch- und am Seifenladen vorbei, an der kleinen Shell-Tankstelle, die zwischen den Kriegen gebaut worden war. Das Radio blieb ausgeschaltet. Hinter der Kreuzung die Flachdächer der Wohnblöcke.

»Willst du mir nicht sagen, was los ist?«, fragte sie.

Kern blickte starr durch die Windschutzscheibe. »Ich will dich da nicht mit reinziehen«, sagte er.

»Ist irgendwas passiert?«

Keine Antwort.

»Mit deinen Eltern, oder auf Arbeit. Kann ich irgendwas tun?«

»Nichts ist passiert!« Er war laut geworden, kurz darauf war es still im Wagen. Junge Bäume am Wegesrand. Kinder auf einem Spielplatz, die aussahen, als hätten sie sich ins Klettergerüst gewebt.

»Tut mir leid«, sagte er. Und dann, leise: »Ich will das nicht an dir auslassen.« Er sah sie von der Seite an und dann aus dem Fenster. »Hier bitte rechts, dann gleich links.« Dabei musste er lächeln und Renate auch.

»Das ist schön, wenn du lächelst«, sagte sie.

Sie stoppte den Wagen am Fahrbahnrand. Setzte den Blinker, ließ das Auto, das hinter ihr gefahren war, überholen. Erst dann stieg sie aus und ging um den Wagen. Sie öffnete die Beifahrertür und setzte sich neben ihn. Beide auf dem Beifahrersitz. Die Wärme ihrer Oberschenkel. Ihre Jacke, die roch, als wäre sie in feuchtes Holz gewickelt. Kern streichelte ihr über die Wange und legte seinen Kopf in ihren Nacken. Diese eine Stelle. Wie konnte ein Mensch nur so gut riechen?

»Willst du einfach weiterfahren?«, fragte er leise. »Du fährst, ich sitze neben dir, und dann schauen wir, wo wir ankommen?«

Ein Auto fuhr hupend an ihnen vorbei. Kern zeigte ihm den Stinkefinger. Amseln, die in dem schmalen Streifen Straßenrandgrün nach Ästen suchten.

»Ich habe einen Ort für uns«, sagte Renate. »Wo wir allein sein können, auch über Nacht.«

Dann stand sie auf, ging wieder um das Auto, setzte sich hinter das Lenkrad und startete den Wagen.

Die Kleingartenanlage, die Renate ihm zeigte, lag am Stadtrand. Glasfabrik und Güterbahnhof in Sichtweite. Der

Deutschbaselitzer Großteich hinter den Kiefernwipfeln. In der Ferne stiegen Rauchwolken der Kraftwerke in die Luft. Senftenberg, Boxberg, Hoyerswerda, Schwarze Pumpe. Kern versuchte, diese ausgeschabte Gegend, die am Horizont begann, zu meiden. All die Löcher und Gruben, verbunden durch Förderbänder, die zu den Heizkesseln und Brikettfabriken führten, als hätte jemand Spinnenbeine auf eine Landkarte gelegt. Ruß statt Schnee, der Regen meistens sauer.

Er sah Renate von der Seite an, als sie den Moskwitsch auf dem Parkplatz vor der Hecke abstellte. Der Parkplatz leer, die Hecke kahl.

»Was willst du hier?«, fragte er.

»Hab ich doch gesagt!«

Sie nahm ihn an der Hand und führte ihn zu ihrer Parzelle. Das Tor hing nur noch in einer Angel. Jemand hatte die Betonplatten, die auf dem Weg zwischen den Beeten gelegen hatten, weggenommen. Die Erde war dort plattgedrückt. Wo zuvor die Rillen zwischen den Platten gewesen waren, verliefen jetzt Stege. Ein Karomuster über den Boden verteilt. Hinter umgeknickten Säulenapfelbäumen stand eine Holzlaube.

»Das muss es sein«, sagte Renate und stemmte sich gegen das Tor. Kern half ihr, indem er es aus der Angel hob und neben den Maschendrahtzaun lehnte. In der Laube stand ein Sofa, auf das sie sich setzten.

»Wie stellst du dir das vor?«

»Vielleicht«, sagte Renate, »kannst du mit deinen Stunden ein bisschen runtergehen. Ich rede auch mal mit meiner Chefin, da lässt sich bestimmt was machen.«

»Und wie soll ich das machen? So nebenbei? Neben meiner Frau und Thorsten und finanziell?« Er strich über den Stoff des Sofas. Kratzte mit seinem Fingernagel eine eingetrocknete Fliege weg. »Keine Ahnung, wie du dir das vorstellst.«

Renate lehnte ihren Kopf an seine Schulter. Von der Frühlingssonne aufgewärmte Luft kam durch den Spalt der angelehnten Tür.

»Wie bist du überhaupt an den Garten rangekommen?«, fragte er, jetzt leiser und ruhiger.

»Bekannte.«

»Welche Bekannten?«

»Kennst du nicht.«

Mit ihren Fingerspitzen fuhr sie ihm über Hals und Nacken. Griff mit der ganzen Hand in die Haare am Hinterkopf, wo sie noch dicht waren. Aber so sanft, als wäre es das erste Mal, als gäbe es da immer noch etwas zu entdecken.

»Lass mich das hier machen«, sagte sie. »Ich hab keine Verpflichtungen. Ich bringe das hier auf Vordermann, im Sommer ist das ein Paradies.« Ihre Finger auf seinem Rücken, die Wirbelsäule auf und ab. »Und du kommst, wenn es passt, wenn du Zeit hast, wenn du denkst, dass du raus musst und Abstand brauchst. Das hier ist unser Ort. Ich bin immer für dich da, Günter.«

XLVI

Den Sommer verbrachten sie in der Laube. Renate hatte Bodenplatten verlegt und die Beete begradigt. Hatte sogar Muttererde und Kuhmist auftreiben können. Woher, wollte sie nicht sagen. Sie verschnitt die Apfelbäume und strich die Laube neu. Beige, das war die Farbe, die gerade verfügbar war. Auf das Loch im Dach legte sie ein paar Bretter, aber sobald es möglich war, würde sie Dachpappe und Bodendielen austauschen müssen. Einen Sommerregen konnten die Emaileimer auffangen, aber der bevorstehende Herbst könnte der Laube den Rest geben. Bis dahin saß Renate unter dem ausrangierten Sonnenschirm. Die Löcher im Stoff, durch die die Sonne auf ihre Haut schien. Helle Punkte.

An den Wochenenden blieb sie über Nacht in der Laube. Sie stellte ein Radio neben das Sofa und drehte es zum Einschlafen leise. Die Stimmen der Nachbarn ringsum. Wenn sie morgens Brötchen holte, winkten sie ihr über die Hecken hinweg zu. Bei Schwienke, einem Mann mit gelben Augen, durfte sie die Toilette benutzen.

Sie schmierte für sich und Kern je zwei Brötchen,

wickelte sie in Stanniolpapier und wartete auf dem Parkplatz, bis das Fahrschulauto vorfuhr. *Überlandfahrt.* Kern trug die Badehose schon drunter.

Es gab Tage im Sommer, da war der Strand beim Campingplatz am Großteich überfüllt wie der bei Warnemünde. All die Leute aus Hoyerswerda und Spremberg, die sehen wollten, wie ein See aussah, aus dem vorher nicht Kohle oder Granit gefördert worden waren. Es gab ein paar Steinbrüche in der Gegend von Kamenz und bei den Sorben ein Freibad, aber nichts mit einem solchen Strand. Es gab Geschichten über Welse, groß wie Delfine, und einige darunter, die durch unterirdisch austretende Dämpfe und den sauren Regen mutiert waren und Arme ausgebildet hatten. Damit griffen sie nach vorbeischwimmenden Kindern, rissen sie in die Tiefe und verschluckten sie im Ganzen. Anderen Welsen waren Beine gewachsen, bei Vollmond kamen sie an Land. Um nicht auszutrocknen, tränkten sie sich im Blut von am Strand knutschenden Jugendlichen.

Manchmal aber schien es, als hätten Renate und Kern den Großteich ganz für sich allein. Morgens und in den Abendstunden vor allem. Wenn nur die Angler da waren und die Dauercamper noch schliefen oder schon beim Abendbrot saßen. Der Strand, die feinen Sandkörner. Und wenn Nebel aufstieg und sich am Ufer verfing, sah es aus, als reichte das Wasser bis an den Horizont. »Das ist unser Meer«, sagte Kern. Renate neben ihm auf dem Handtuch eingeschlafen. Beide nackt.

Über ihnen ein Dach aus Kiefernwipfeln. Unter ihnen

ein schmaler Streifen Sand. Grasbüschel, die sich mit den Jahren ausgebreitet hatten, den Strand wie verhüllten, als wollten sie den Eindruck einer Wiese erwecken. Kern hatte sie einfach ausgerissen. Und das Handtuch über dieses Gemisch aus Sand und Wurzelflechten ausgebreitet. Wasser, das fast seine Füße berührte. Mit jeder Welle konnte er es spüren, als wäre es kalter Wind. Auf Renates Armen landeten Mücken, die er wegzupusten versuchte.

Als er seinen Kopf auf ihren Bauch legte, wurde sie wach. »Was machst du da?« Sie richtete sich auf. Schob ihn weg.

»Ich …«

»Nicht auf meinen Bauch!«

»Tut mir leid, entschuldige bitte.«

Sie drehte sich auf die Seite. Die Augen geschlossen. Und dann sagte sie, als wäre es das Normalste der Welt: »Ich bin nämlich schwanger, weißt du.«

XLVII

Renate Nabels Tarnname zum Beispiel lautete *IM Margarete.* Über eine Abhöranlage hinaus sollte sichergestellt werden, dass Kern den Überwachungsmaßnahmen nicht entgehen konnte. Vor allem aber sollte er eine Bezugsperson haben, der gegenüber er sich öffnen konnte. Er sollte diese Bezugsperson außerhalb seines Familien- und Freundeskreises finden. Er sollte sich Renate Nabel anvertrauen und sich bestenfalls in sie verlieben. Aufgrund dieser Affäre sollte er nicht mehr den Wunsch haben, in den Westen überzusiedeln, und nicht weiter an einer möglichen Flucht arbeiten. Auf diese Weise würde es, so der Plan, vielleicht auch gelingen, dass Kern den Kontakt zu seinem Bruder abbrach und er ein geordnetes, ruhiges Leben als Staatsbürger ohne Auffälligkeiten führen würde.

Gewünschte Nebeneffekte dieser Aktion wären gewesen, dass Sabine Kern, sollte sie von der Affäre erfahren, sich scheiden ließ und dass Kern schließlich endgültig sozial isoliert gewesen wäre. Seine einzige Bezugsperson, nachdem auch seine Verwandten mit ihm gebrochen hätten, wäre die *IM Margarete* gewesen, die weiterhin unter dem Einfluss der Staatssicherheit gestanden hätte. Renate Nabel war natürlich nicht ihr richtiger Name, und den Führerschein hatte sie längst gemacht.

XLVIII

Kern fuhr durch die Stadt. Den Kofferraum hatte er von innen mit Seilen fixiert, sodass er nicht mehr zu öffnen war. Leicht war das nicht gewesen, aber jetzt funktionierte es. Ein Schüler neben ihm, eine Schülerin. Manchmal vergaß er es während der Fahrt. Beim Linksabbiegen konnte er ihn oder sie von der Seite anschauen, ohne dass es auffällig war. Die Namen merkte er sich nicht mehr. Die Gesichter ohnehin nicht. Renate war die Einzige gewesen, die er zu Hause vor der Tür abgesetzt hatte. Wenn ein Schüler oder eine Schülerin ihn jetzt danach fragte, weil der Weg zu lang war bis zur Fahrschule, weil es schneite, weil weil weil, dann sagte er, dass das aus versicherungsrechtlichen Gründen nicht ginge. Niemand hatte je widersprochen. Diese Jugend. Damit durfte er gar nicht erst anfangen.

Er fuhr aus der Stadt in Richtung Wittichenau. Als in der Allee kein Auto zu sehen war, sagte er: »Fahren Sie bitte rechts ran.« Er stieg aus und zündete sich eine Zigarette an. Er blies den Rauch in Richtung des Feldes, aber der Wind trug ihn zur Straße. Der Weizen kurz vor der Ernte. Er dachte an die erste Nacht. Renates Augen geschlossen, richtig zusammengekniffen, als er sie berührte. Ihr Kopf wie abgewandt. Lange danach hatte er sich noch gefragt, warum ihre Küsse so zögerlich gewirkt hatten. Warum sie ihre Zähne dabei zusammengebissen hatte. Ihr Kiefer angespannt wie eine Bärenfalle.

»Herr Kern, darf ich auch aussteigen?«

»Nein.«

Sie hatte dagelegen und sich nicht bewegt. »Alles in Ordnung?«, hatte er gefragt. »Mach weiter«, ihre Antwort. Wenn er neben ihr im Auto saß und seine Hand auf ihren Oberschenkel legte, blickte sie manchmal durch die Windschutzscheibe, als wäre er gar nicht da. Aber die Laube, die Tage und Nächte am See. Das Kind in ihrem Bauch. Wie schnell das passiert war.

»Herr Kern, darf ich die Fahrstunde fortsetzen?«

»Einen Moment noch.«

Er warf seine Zigarette auf die Straße. Der Stummel rollte in den Graben und qualmte noch zwischen vertrockneten Zweigen. Georg, der auf dem Boden und dort auf der Wolldecke neben ihm lag. Der so seltsam seufzte, bevor er einschlief. Kein Schnarchen, eher ein langes, hörbares Ausatmen.

»Georg, bist du noch wach?«

Die Fotos, die er von Georg gemacht hatte und die noch nicht entwickelt waren, als er nach Berlin zog, waren ganz unten im Rucksack gewesen. Unter dem Mischbrot und den Kamenzer Würstchen, unter der Wechselunterwäsche und den kurzen Hemden, die Mutter geflickt hatte. Am Tag seiner Abfahrt nahm er die Fotos und legte sie in einem Briefumschlag unter einen Bücherstapel auf Georgs Schreibtisch. Er stellte sich vor, wie Georg sie finden würde. Wie er die Eichen und den See darauf wiedererkennen würde. Die Fahrräder im Hintergrund von alten Schulfreunden. Georg würde jedes einzelne betrachten und vielleicht darüber lachen, wie seine Körperhaltung war. Wie er schwitzte, wie er rauchte, wie er unbedingt versuchte, ein Künstler zu sein, was auch immer das bedeutete. Und vielleicht würde er sich dran erinnern, wie die Fotos entstanden waren und wen er da stehen sah, als er zur Kamera blickte. Einen Bruder zu haben, was konnte es Schöneres geben?

»Was hat er denn dafür getan, dass du oder deine Mutter oder dein Vater zu ihm kommen konntet?«, hatte Renate gefragt. »Er hätte doch eine Familienzusammenführung anregen können. Stattdessen antwortet er nicht einmal auf deine Briefe, deine Anstrengungen kriegt er gar nicht mit. Was mit Thorsten passiert ist, scheint ihn auch nicht zu interessieren.« Sie sah ihn an: »Kannst du mir sagen, wo Georg jetzt ist? Kannst du mir sagen, was er dir noch bedeutet? Kannst du mir sagen«, und das traf ihn am härtesten, »ob du so einen Bruder in deinem Leben noch haben möchtest?«

Er stand auf und machte einen Schritt über die aufgeweichte Stelle im Boden, keine Ahnung, ob die Bodenbretter das Schlafsofa und die kleine Anrichte überhaupt noch tragen konnten. Er war fast am Gartentor, als Renate hinter ihm herlief. »Es tut mir leid, Günter«, sagte sie, »ich wollte dir nicht wehtun. Tut mir leid, wenn ich was Falsches gesagt habe. Dein Bruder geht mich nichts an, ich will mich da nicht einmischen.«

»Alles gut«, sagte er und lächelte sie an. »Ich wollte nur kurz zum Auto gehen.«

»Kommst du zurück?«

»Natürlich.«

Sie stand noch am Tor, als er zurückkam. Die Sprache verschlagen. Suchte seinen Blick. Aber Kern wollte darauf nicht eingehen, erst einmal genießen. Er legte vier Rollen Dachpappe vor ihr ab. VEB-Ausbauelemente Gera. Ging zum Moskwitsch und holte noch weitere vier Rollen von der Rückbank. »Du bist doch verrückt, Günter«, sagte sie. »Wo hast du die her? Günter?« Sie hielt ihn am Arm fest und zog ihn zu sich. Ringsum die Haarschöpfe der Nachbarn über der Hecke. Die Schwalben im Sturzflug unmittelbar darüber, es würde bald regnen. Kern grinste. Er genoss es. »Ich hab eben meine Kontakte spielen lassen«, sagte er. »Jetzt haben wir eine trockene Laube für mindestens die nächsten zehn Jahre.«

*

Sie hatten sich wieder im *Stern* getroffen. Die Vorhänge der Fahrschule zugezogen, die Tür verschlossen, der Moskwitsch in seiner Garage. Jeder drückte noch eine Zigarette am Bordstein aus, bevor sie hineingingen.

»Ich weiß, das ist jetzt schon ne Weile her«, sagte Kern,

»aber vielleicht erinnerst du dich. Wir hatten mal über einen Garten von dir gesprochen.«

Der Chef zog die Papierrosette vom Bierglas. »Da hättest du schneller sein müssen«, sagte er, »den hat mittlerweile jemand anderes bekommen.«

»Es geht mir auch gar nicht direkt um den Garten. Ich dachte nur, wenn du sozusagen nen Garten auf Halde hast, dann bestimmt auch andere Sachen.«

»Du hast ja ein Bild von mir«, sagte der Chef, hob sein Bierglas, tat, als würde er mit der Luft anstoßen, und trank schließlich.

Der Chef wusste alles, Renate und Kern waren sich darüber im Klaren. Er fragte nicht mehr nach, wenn er die Einträge im Fahrtenbuch sah und wie viele Stunden Kern mit *Überlandfahrten* verbracht hatte, gemessen daran, wie wenig Schüler und Schülerinnen derzeit die Fahrschule besuchten. Einmal saß Kern am Schreibtisch, als der Chef ihm ein einzelnes langes Haar auf den Notizblock legte. »Besser, du lässt es hier oder im Auto, als dass du es mit nach Hause nimmst«, sagte er. Kern reagierte gar nicht darauf. Einmal sagte er, dass er ein bisschen mehr Dank erwarten würde, immerhin sei das ja alles auf seine Initiative zurückzuführen und dass er, Gentleman wie er war, ihm, Kern, den Vortritt gelassen habe. Hunde, die bellen, beißen nicht, war Renates Haltung dazu. Sollte der Chef doch bisschen prahlen. Sich aufspielen. Sollte er doch plappern. Es war nur logisch, dass Renate so dachte, sie hatte ja auch nichts zu verlieren.

»Ich wollte dich fragen, ob du vielleicht an Dachpappe rankommst«, sagte Kern.

Der Chef blickte auf, die Hände am Bierglas, in der Kneipe oder in der Gaststätte schien er nie so recht zu wissen, wohin damit. »Wofür brauchst du denn Dachpappe, wenn du gar keinen Schuppen oder ne Gartenlaube hast?«

Auch Kern schob sein Bierglas hin und her. Strich Krümel von der Tischdecke, die er sich einbildete.

»Und euer Dach ist doch mit Ziegeln gedeckt«, sagte der Chef. »Oder lieg ich da falsch?«

»Nein, stimmt schon«, sagte Kern. Überlegte. Er hatte sich vorgestellt, Freunde als Grund vorzuschieben, Rumänen-Mario vielleicht oder andere Nachbarn, für die er nachfragte. Er starrte zum Kellner, der, an den Tresen gelehnt, an irgendeinem Fleck auf seiner Schürze rieb.

»Schon gut, Günter, ist doch dein Ding, was du damit machst. Selbst wenn du damit die Wände tapezieren willst, geht mich das nichts an.« Dann wieder ein Schluck aus dem Glas, ein Seufzer, als wäre das Bier wirklich eine Erfrischung. »Ich höre mich mal um, versprechen kann ich dir aber nichts«, sagte er.

Kern atmete durch. Es jetzt sagen und nicht mehr zurücknehmen können. Anlauf nehmen. »Ich kann dir was geben dafür.«

Der Chef sagte nichts. Sah ihn nur an.

»Also für, sagen wir vielleicht, zehn Rollen …«

»… zehn Rollen!«

»Dafür würde ich dir ein Gemälde geben.«

XLIX

Auf dem Gemälde »Der Jäger« war ein Jäger nur insofern zu erkennen gewesen, als die Figur grüne Kleidung zu tragen schien. Im Hintergrund angedeutete Bäume oder Baumstämme. Graue Balken, auch waagerecht, wie umgestürzte oder gestapelte Buchen. Vereinzelt Schnee auf den Ästen. Der Hund, der den Jäger begleitete, hatte nur eine Schnauze und zwei Füße. Die fragmentierten Körper waren hier schon angelegt gewesen, »Der Jäger« war wie eine Studie für die Gemälde, die noch kommen sollten und das Motiv wieder aufgriffen: »Waldarbeiter«, »Zwei Meissener Waldarbeiter« oder »Meissener Waldarbeiter«.

Georg und Günter hatten einen Jäger gekannt, den Jäger Dobisch, ein Freund des Vaters. Der hatte einen Bauch und bewegte seinen Oberkörper und seine Arme so roboterhaft, als würde er jederzeit mehrere Pullover übereinander tragen. In der Jackentasche eine Zigarre von kubanischen Vertragsarbeitern. Grauer Bart. Die Zunge, die beim Reden die Zähne berührte. In der Adventszeit lud der Jäger Dobisch Freunde und Bekannte aus den Dörfern ringsum zu einem gemütlichen Beisammensein ein. Das bestand darin, in der Laube im Halbkreis zu sitzen. Der Tochter von Dobisch beim Trompetespielen zuzuhören. Zu klatschen, nach drei Liedern. Und, nachdem sie gegangen war und die Tür hinter sich geschlossen hatte, zu trinken. Georg und Günter waren mit je sechzehn Jahren das erste Mal dort und betrunken gewesen.

Es gab eine Anekdote über den Jäger Dobisch. Erzählt von ihm selbst. So zugetragen angeblich vor einigen Jahren, um die Weihnachtszeit. Dobisch und seine Kollegen, die für die Wälder zuständig waren, fuhren in jenen Tagen und Wochen besonders häufig in den Wald. Warteten. Schnaps in der Tasche. Gewehr im Anschlag. Baumdiebe waren dreist, das wussten sie alle.

Dobisch entdeckte einen Mann, der verdächtig langsam zwischen jungen Kiefern umherschlich. Am Nachmittag hatte es zu schneien begonnen, die dunkle Jacke des Mannes war ihm sofort aufgefallen. Er ging auf den Mann zu, der einen Hund bei sich hatte und in seiner rechten Hand eine Axt trug, die er jetzt hinter seinem Rücken versteckte. Eindeutiges Indiz. Für Dobisch war die Sache klar.

»Was machen Sie hier?«, fragte er.

Der Mann begann zu stammeln: »Ich«, sagte er. »Ich, ähm, also.« Suchender Blick, der irgendwann auf seinem Hund ruhen blieb. Ein Mischling, der ihm bis zur Hüfte reichte. »Mein Hund ist krank«, sagte er und zeigte nun auch seine Axt bereitwillig. »Sehr krank. Das ist sozusagen unser letzter Spaziergang, wenn Sie verstehen. Ich möchte ihm die Qualen ersparen.« Er deutete mit der Axt auf das

Tier, das auf Dobisch einen gesunden Eindruck machte. Dichtes Fell, klare Augen, keine seltsamen Geräusche. Mit so was kannte er sich ja aus.

»Was hat er denn?« Er kniete sich hin, streichelte dem Hund über den Kopf.

»Tumor.«

»Aha, wo denn?«

»Im, im Hirn, direkt hinterm Auge. Er kann kaum mehr was sehen.«

Dobisch richtete sich auf, nahm sein Gewehr und zielte auf den Hund. »Ich kann ihn für Sie erschießen, wenn Sie wollen«, sagte er. »Das mit einer Axt zu machen, ist umständlich und bereitet dem Tier Schmerzen, wenn Sie nicht richtig treffen oder die Schneide stumpf ist.«

Er hoffte, der Mann würde nun von seiner Geschichte abweichen und zugeben, dass er tatsächlich wegen eines Weihnachtsbaumes hier war. Noch hatte er keinen gefällt, wenn Dobisch das richtig einschätzte. Sie könnten die Sache also einfach auf sich beruhen lassen. Es war unnötig, an dieser Tumorlüge festzuhalten. Der Hund atmete ruhig, blickte sein Herrchen und Dobisch abwechselnd an, als verstand er, was gerade passierte. Dobisch hatte das Gewehr noch immer auf ihn gerichtet. Wartete. Hoffte. Wind wehte Schnee von den Astspitzen.

»Das wäre toll, wenn Sie das machen könnten«, sagte der Mann.

»Wirklich?«

»Ja, wirklich. Ich glaube, ich kann das nicht mit der Axt.«

»Aber Sie wollten doch …«

»Sie haben Recht, ich würde ihn vielleicht nur unnötig quälen.«

Also drückte Dobisch ab. Er und der Mann erschraken. Die Kugel hatte den Kopf des Hundes einmal durchdrungen. Schädelreste und Hirnmasse klebten auf dem leicht überfrorenen Boden. Das Blut vermischte sich mit dem Schnee, ließ ihn schmelzen, rann an die Stämme der jungen Kiefern. Der Hund nur noch Resthals und Körper.

»Vielen Dank«, sagte der Mann und schüttelte Dobisch die Hand. Er ging an ihm vorbei und davon, ohne noch einmal zu Boden zu blicken.

L

Es gab Tage, da schienen sie alles Mögliche in den Öfen zu verheizen. Da war der Rauch aus den Schornsteinen des Kraftwerkes so dick, dass die Sonne kaum hindurchdringen konnte. Der Himmel schwarz und dann die Sonne. Ein Punkt, nur ganz schwach. Diese Tage konnten wie Vollmondnächte wirken.

Kern stand auf dem Dach. Beide Füße auf Brettern, um das Gewicht zu verlagern. Kurze Hose, den Brenner in der Hand, eine Sonnenbrille brauchte er heute nicht. Viel zu lange stand er schon da oben, langsam begannen ihn die Blicke der Nachbarn zu nerven. Wie sie während des Gießens ihrer Nelken die Köpfe nach ihm reckten. Nachdem sie die Tür des Plumpsklos hinter sich zufallen ließen, selbst während sie im Liegestuhl saßen und scheinbar ihre Augen geschlossen hatten. Er hatte Lust, ihnen zuzuwinken, manchmal half das am besten, die Erfahrung hatte er auch mit all den Fensterbankbeobachtern gemacht.

Renate stand unten, eine Hand vor den Augen. Mit der anderen hielt sie sich den Bauch, obwohl da noch nichts zu sehen war. »Willst du nicht mal Pause machen?«

»Eine Bahn noch«, sagte Kern. Der Geruch geschmolzenen Teers in der Luft. Es war wie im Sommer, wenn im Neubaugebiet die Sonne die Betonplatten der Straße erhitzte. Die Gräser in den Rillen braun oder schon verbrannt. Und in allen Teernähten zwischen den Platten waren Schuhabdrücke und als wäre jemand in schwarze Farbe getreten, überall Tapsen auf dem Gehweg. So kleine Spuren und trotzdem roch alles nach Teer.

Kern stieg vom Dach und trank aus der Flasche, die Renate ihm hingestellt hatte. Sie saß in der Laube auf dem Sofa und hielt ein Kissen umklammert.

»Bin gleich fertig«, sagte Kern, »aber vielleicht ist es wirklich besser, wenn du mal kurz weggehst oder dir die Nase zuhältst.«

Renate antwortete nicht. In der Laube flog eine Wespe gegen die Scheibe. Sie verfing sich in der Gardine und schien darüber wild zu werden.

»Ist alles in Ordnung?«, fragte er.

»Ich weiß nicht«, sagte sie, »ich wollte dir das schon eher sagen, aber ich wusste nicht, wie.«

»Was denn? Sag es doch einfach.«

Die Wespe flog durch den Raum und knallte bald wieder gegen die Scheibe, als hätte jemand mit dem Fingernagel dagegengeschnippt. Dann war Ruhe.

»Das Kind«, sagte Renate.

»Was ist damit?«

Renates Finger unruhig auf dem Kissen. »Ich hab dir nie gesagt, ob es von dir …« Mehr musste sie gar nicht sagen.

Kern sah sie an. »Was soll das denn heißen? Wieso kommst du denn jetzt damit an?«

Die Haare über ihren Ohren, die immer so abstanden und verwuschelt waren, als würde sie schlecht schlafen. Die Stelle im Nacken. Er konnte sich nicht daran erinnern, jemals so weiche Haut wie ihre berührt zu haben.

»Renate?«

Keine Antwort.

»Du kannst doch nicht mit so einem Thema anfangen und dann nichts sagen.«

Die Sonne schien durch eine Lücke der Rauchwolken. Ihre Wärme ließ die Dachbalken knacken.

»Liebst du mich eigentlich?«, fragte er leise.

»Ja.«

Aber dieses Zögern. Diese Pause. Als hätte sie zwei, drei Mal tief durchgeatmet.

»Und du willst das hier?«

Wieder keine Antwort.

Er richtete sich auf und goss sich ein Glas Wasser ein. Mit dem Handrücken wischte er sich den Schweiß von der Stirn.

»Du auch?« Er hielt ihr die Flasche hin.

»Nein, danke.« Dann senkte sie wieder den Kopf und schwieg.

Als sie das Kissen zur Seite legte, sah Kern die Schweißflecke unter ihren Brüsten auf dem Nickistoff.

»Ich war mir nicht sicher«, setzte sie an.

»Mit mir?«

Sie nickte.

»Aber dann auf einmal doch, oder wie?«

»Ich … Ja.«

»Und dann schüttelst du diese Laube aus dem Ärmel und sagst mir, dass du schwanger bist. Wieso kommst du denn jetzt mit dem Thema an? Was soll das denn bedeuten? Kannst du mir das mal sagen?«

Keine Antwort.

»Ich hab sogar Dachpappe besorgt und dafür das Einzige, was ich von meinem Bruder noch hatte, eingetauscht. Gegen ein paar Rollen beschissene Teerpappe! Für dich!«

»Das hättest du doch nicht machen müssen.«

Er lehnte sich an den Türrahmen, suchte ihre Augen, aber sie erwiderte seinen Blick nicht.

»Ich habe mich entschieden, mit dir zusammen zu sein«, sagte er. »Hier. Mit unserem Kind.«

»Du hast keine Ahnung«, sagte Renate.

»Wie bitte?«

Sie schüttelte den Kopf.

Er stellte das Glas ab. »Das kannst du doch nicht machen«, sagte er und setzte sich neben sie. Er wollte ihren Arm berühren, ihr angewinkeltes Bein, aber sie zog beides zurück. »Das kannst du nicht machen.« Er wurde lauter: »Das kannst du mir nicht antun!« Die Köpfe der Gartennachbarn, die sich über die Hecken schoben. Kern griff ihren Arm, so fest er konnte, aber sie rührte sich nicht mehr. Er zerrte an ihr, rüttelte sie, als könnte das irgendetwas ändern. Irgendwann sagte sie: »Günter, bitte.« Und sie sagte es, als wären sie sich nicht begegnet, als wäre alles nie passiert. Als säße sie hinten in der letzten Reihe und antwortete über das Rechtsabbiegen.

*

Am 28. April 1989 gebar Renate einen Jungen. Es war Jans Geburtstag.

LI

Die Geburtstage mit Mutter verliefen immer gleich. Jan hatte aufgehört, mit ihr Alkohol zu trinken. Es wurde mit der Zeit aber nicht besser, dass sie ihn anschrie deswegen. »Es ist Geburtstag, da kann man doch mal einen trinken! Liebst du mich nicht mehr? Du bist ein Monster, Jan, ein hundsgemeines Aas, wenn du mir das antust!« Es war schwer, das auszuhalten.

Mutter hatte Kuchen bei Bresan gekauft, den dunklen Kirschstreusel, den sie direkt von der Pappe aßen. Sie saßen sich gegenüber. Die Blumen, die Jan bei Lidl gekauft hatte, aus dem Sichtfeld geräumt. Sie standen in einem ausgespülten Gurkenglas. An seinem Geburtstag gab es Tulpen, meistens rot, und an Mutters Geburtstag Lilien, immer weiß. Es kam ihm vor, als wären ihre Geburtstage zwei Mal im Jahr, immer in Mutters Küche, immer das gleiche Essen, immer der gleiche Ablauf, nur unterscheidbar durch die Blumen auf dem Tisch.

Sie spielten Offiziersskat, deutsches Bild. So gut es noch ging. Mutter bat ihn immer und immer wieder, es bitte »Bauernskat« zu nennen, aber den Gefallen wollte er ihr nicht tun. »Bauernskat«, das klang doch nach nichts, damit konnte er sie ein bisschen ärgern. Er hinterfragte das nicht.

»Lust auf eine Runde Offiziersskat?«

»Bauernskat.«

»Offiziersskat.«

»Bauernskat.«

»Offiziersskat.«

Sie grinste. »Los, hol die Karten raus.« Jan spielte einfach mit, wenn sie während der Partie die Regeln änderte oder zu einem anderen Spiel wechselte. Von Skat zu Mau-Mau zu einer Art Rommé.

Die Küche und das Bad waren die einzigen betretbaren Räume. Ihr Schlafzimmer hatte sie abgeschlossen und Teile des Flurs mit Spannbettlaken abgehängt. Wenn am Nachmittag die Sonne gewandert war und durch das Küchenfenster auch in den Flur und von dort durch die Glasscheibe in Mutters Schlafzimmer schien, konnte Jan Umrisse von Kisten und seltsamen Haufen erkennen, vielleicht aus alten Klamotten oder Zeitungspapier. Flaschen auf dem Fensterbrett, aber die standen auch in der Küche und im Bad. Je nachdem, wie es ihr am Morgen dieser Tage ging, hatte sie es geschafft, die Aschenbecher im Klo zu entleeren. Und als würden einige der Stummel noch glimmen oder wieder zu glühen beginnen, wenn sie sie entsorgte, waren überall auf dem Absatz des Flachspülers Rußpunkte und Brandflecken verteilt. Mutter nannte es das Marienkäferklo.

Am Abend aßen sie Würzfleisch. Mutter tränkte ihres

in Worcestersoße, und später, nachdem sie es ausgelöffelt hatte, das ohnehin schon durchgeweichte Blätterteigschälchen, in dem sie das Fleisch serviert hatte. Bier dazu, Schnaps. Irgendwann, es musste Jans achtzehnter Geburtstag gewesen sein, nahm er ihr die Worcestersoße weg, die sie aus Schokobechern für Eierlikör trank.

Weihnachten schauten sie nach dem Essen die Helene-Fischer-Show, aber an den Geburtstagen, vor allem unter der Woche, lief nichts Vergleichbares, daher blieb der Fernseher meistens ausgeschaltet.

Mutter fuhr mit dem Zeigefinger über die Blütenblätter einer Tulpe.

»Schön«, sagte sie.

»Ja«, sagte Jan.

Beide mit dem Rücken an die Wand gelehnt. Blick in den Raum. Das Licht im Ofen brannte noch. Ein schwacher Lichtschein durch die fettverkrustete Glasscheibe.

»Willst du noch was?«

»Nein, danke.«

Die Geschichte seiner Geburt setzte häufig nach einem Moment der Stille ein. An jedem Geburtstag, ob an ihrem oder an seinem, in unterschiedlichen Varianten. Im Kern ging sie so:

Mutters Wehen setzten ein, und da Vater und sie kein Auto besaßen, ging er zum Nachbarn und lieh sich den kleinen Barkas-Firmenbus. Fahrt ins Krankenhaus nach Räckelwitz, da es in Kamenz damals keine Geburtenstation gab. Weil das so üblich war, musste Vater vor der Tür im

Gang warten. Als er zu ihr kommen durfte und sie dort liegen sah, Jan in ihrem Arm, da sei er umgekippt.

Jan hatte die Geschichte verinnerlicht. Kannte ihre Höhepunkte, die Mutter einleitete und steigerte, alles im Präsens erzählt. Wusste, wann er zu lächeln und zu lachen hatte und dass er am Ende nachfragen musste, warum Vater umgekippt war. Es hing von ihrem Pegel ab, ob sie Vater einen »Schlappschwanz« nannte oder sagte, dass er überwältigt gewesen sein musste von so einer Frau und so einem Kind. Das Licht des Kreißsaals, als würde Gott durch die Decke strahlen. »Ich muss ausgesehen haben wie die Madonna vom Raffael.« Er liebte ihr Selbstbewusstsein. Seine Mutter, die Sixtinische Madonna. Das war alles, was er über den Tag und die Umstände seiner Geburt wusste.

LII

In den späten 60er-Jahren hatte Baselitz die Körper, die er malte, bereits zerstückelt und um neunzig Grad gedreht. Sein Waldarbeiter von 1969 hing, wie in zwei Teile gerissen, waagerecht vor dem Stamm. Die Leinwand schimmerte hindurch. Der unbehandelte, raue Baumwollstoff.

Die Körper, die Baselitz malte, die Menschen, Gesichter verloren ihren Bezug zur Wirklichkeit in dem Moment, als er sie auf den Kopf stellte. Dafür wurde er berühmt. Trotz ihrer durchaus realistischen Darstellung, dieser figürlichen Malerei, emanzipierten sich die Figuren von ihrem Hintergrund und sogar von dem Raum, in dem sie als Gemälde hingen. Ein Bild, so realistisch es auch war, ohne Traumdarstellungen oder sonstige Anomalien, um hundertachtzig Grad auf den Kopf gedreht, wirkte auf einmal surreal. Ein einfacher Kniff mit großer Wirkung.

Diese Distanz zur Realität, wie sie beschrieben wurde, empfand Jan bei Baselitz' Bildern nicht erst bei der Betrachtung der umgedrehten Motive. Er blätterte die Bücher und Kataloge immer wieder durch, die er sich vom Deutschbaselitzer Baselitz-Museum geliehen hatte.

Baselitz malte seinen Vater mit der tiefen Augenhöhle aus verschiedenen Perspektiven, mal heller, mal dunkler und jedes Mal mit einem geänderten Farbspektrum. Das Gleiche bei seinem Bruder Günter und seiner Mutter. Die zerstückelten Körper, später wie hälftig auseinandergerissen. Geschunden, gedreht. Als suchte er einen Zugang. Einen Weg, mit den Bildern, die er von ihnen hatte, umzugehen. Als würde er sie auf der Straße stehen sehen, seine Familie, die Männer und Frauen aus Deutschbaselitz. Ihnen zurufen, zuwinken, sie etwas fragen. Aber sie antworteten nicht. Sie standen da wie hinter einer Glaswand. Abgeschirmt von ihm und dem, was er sagte. Er wiederholte seine Fragen, klopfte gegen die Glaskästen. Schrie. Schlug gegen die Scheibe. Seine Knöchel begannen zu bluten. Er nahm die bloße Faust und brach sich die Finger.

Baselitz' Gemälde zu sehen war, wie Baselitz dabei zu beobachten, wie er die Bilder seiner Erinnerungen erst vorsichtig berührte und schließlich auswrang wie einen nassen Lappen.

*

Die Helden-Gemälde von Baselitz, sie hatten Ähnlichkeit mit den Helden, die Jan kannte und gekannt hatte.

Nach der Wende sah er die ehemaligen NVA-Offiziere die Neubaublöcke umkreisen. Badelatschen als Haus- und Straßenschuhe. Einer schob seine behinderte Mutter im Rollstuhl hin und her. Einer, so hatte es Vater erzählt, lebte mit einem Schwein zusammen. Alles, was von seinem Hof übrig geblieben war. Ihn faszinierte der Gedanke, dass der Mann das Schwein wie einen Hund ausführte, gesehen hat er das nie. Wöchentlich hörte er von Männern, die sich umbrachten. Die im Wald verschwanden, der an das Neubaugebiet grenzte. Die sich in ihren Garagen erhängten oder die Tore abdichteten und dann den Motor ihres Autos laufen ließen.

Jan saß im Kinderzimmer. Spielte oder machte seine Hausaufgaben, während Mutter und Vater sich darüber im Nebenzimmer unterhielten. Damals hatte er noch nicht verstanden, dass es sich bei den Männern um ehemalige Offiziere handelte. Helden des Arbeiter- und Bauernstaates, Verteidiger des Antifaschismus.

Jan sah sie vor allem auf dem ehemaligen Kasernengelände herumschleichen. Wie sie sich zunickten oder die Hand am schlaffen Arm zum Gruß hoben. Wie sie betrunken vorm Gasthof auf dem Fußweg lagen. Einen sah er ketterauchend vor dem Wohnblock sitzen, in Uniformjacke und Unterhose. Seine Hoden schienen ihm nicht zu gehören, wie sie so neben ihm lagen, so lang, so faltig und haarig. Der Penis mehr Eichel als Schaft.

Das Landrats- und das Statistische Landesamt zogen in ein paar der Kasernengebäude ein. Aus dem Exerzierplatz wurde ein Parkplatz, wo Jan mit der Fahrschule rückwärts einzuparken lernte. In das alte Offizierskasino zog ein American Diner mit Bowlingbahn.

Nachkriegszeit und Nachwendezeit. Trümmer beseitigen, nicht nur die Brocken und Steine eingestürzter Häuser. Nicht nur die Fundamente suchen und ihnen nachweinen. Gebäude ließen sich abtragen und aufbauen, Erinnerungen nicht. Schmerzen nicht. Ob tatsächlich empfunden oder eingebildet. Schmerzen wie Steine, weitergereicht in einer Menschenkette von Hand zu Hand, um sie abzuklopfen und eventuell wiederzuverwenden.

Das war es, was Jan sah, wenn er die Gemälde von Baselitz betrachtete. Dabei hatte er lange keinen Zugang zu ihnen gefunden. Jan war in einer anderen Zeit geboren und in einem anderen Deutschland. Aber vielleicht gab es Parallelen, die sich in dem Wort »Danach« verbargen. Nachkriegszeit, Nachwendezeit. Und all die Raumfahrer darin gefangen, kein Vor und kein Zurück.

LIII

Vater saß in der Küche und sortierte die neuen Werbeprospekte. Am Wochenende kringelte er mit einem Kugelschreiber die besten Angebote ein, bevor er sie auf einen Zettel, meistens auf die Rückseite eines aufgerissenen Briefumschlages, übertrug. Jan sah ihn an und versuchte, ihn mit den Gesichtern auf den Fotos zu vergleichen, die er bei Mutter gefunden hatte. Die Gartenlaube, das Sofa. Wie sie in die Kamera gelächelt hatte. Durch die Linse, direkt ins Auge.

Er setzte sich an den Tisch.

»Alles in Ordnung?« Vater schob ihm ein Glas mit Apfelschorle hin. »Oder lieber ein Bier?«

Beim Dänischen Bettenlager fuhr ein Lkw rückwärts an die Laderampe. Ein Mitarbeiter stand an der Kante und rief dem Fahrer etwas zu.

»Vati«, setzte er an, »sagt dir der Name IM Margarete etwas?«

Vaters Augen wurden größer, er strich sich übers Kinn, seufzte.

»Woher weißt du das?«

»Ich habs in den Unterlagen vom Alten gefunden.«

Vater schüttelte den Kopf.

»Wusstest du, dass sie bei der Stasi war?«

Keine Antwort.

»Vati?«

Er sah ihn an. Immer dieser Blick, als wären in Jans Gesicht Nase und Ohren und Augen vertauscht. Als würde ihn das erst überraschen und dann wütend machen. Manchmal, wie jetzt, ließ er seinen Kopf wieder sinken.

»Ich habe die Akten damals einfach so angefordert«, sagte er. »Ich wusste nichts, ich hatte nichts vermutet. Das war eher aus Spaß. Was die alles erzählt haben, das konnte ja unmöglich stimmen.« Dann versuchte er ein Lächeln: »Wir haben zusammen Filme über die Stasi geguckt, deine Mutter und ich. Das muss man sich mal vorstellen.«

Draußen standen der Lkw-Fahrer und der Mitarbeiter rauchend vor einem Stapel Europaletten. Der Wind drückte die Asche der Zigaretten gegen ihre Pullover. Sie lachten.

»Kannst du mir helfen, eine Wohnung zu finden?« Wie sie nachts an Jans Bett gestanden hatte. Ihre schmalen Lippen, damals schon. Lange Zeit dachte er, es wäre die Mundspülung, nach der sie roch. Wie er ihr geholfen hatte, die Kisten aus der Wohnung zu tragen. Immer dann, wenn Vater nicht zu Hause war. Aber in jenen Tagen war er das ohnehin selten gewesen und traf sich mit Frauen aus dem Internet. »Da ist was zwischen mir und deinem Vater.«

»Vati«, sagte er. »Wusstest du, dass sie mit Kern …«

»Du bist mein Sohn!« Er zeigte auf Jan. »Lass dir von diesem Fahrschullehrer nichts einreden. Ganz egal, was er da aufgeschrieben hat. Sie hat ihn nicht geliebt«, sagte er. »Sie hat sich von ihm getrennt.«

»Wann?«

»Keine Ahnung, aber er muss wohl eines Nachts bei ihr vor der Tür gestanden haben. Das musst du dir mal vorstellen, ein verheirateter Mann. Da hat sie ihn abblitzen lassen. So hat sie es mir erzählt, sie hat gesagt, jetzt sei sie ganz für mich da.«

Die Sonne über dem Dach des Bettenlagers, bald würde sie dahinter verschwinden. Die Neonröhren brannten, einige flackerten ihr ganzes Leben schon. Die Laderampe war leer. Vater, vor dem Wohnblock, wie er sich nach den Schulheften im Gras bückte. Wie er an der Heizung lehnte: »Du fällst mir nicht in den Rücken. Du nicht auch noch.«

Vater nahm seine Hand. Er lächelte, aber es sah aus, als würde er seine Lippen aufeinanderpressen.

»Ich war bei deiner Geburt dabei«, sagte er.

»Ich weiß.«

»Und danach. Ich war immer da, die ganze Zeit.«

Jan nickte. Mutter hatte erzählt, wie Vater, nachdem er umgefallen war, eine eigene Liege bekommen hatte, Füße hoch, ganz ruhig, und dass diese Liege neben ihrer gestanden hatte. Von dort sah er dabei zu, wie die Schwester das Baby auf Mutters Bauch legte.

»Vati«, sagte Jan und dabei sah er ihn an. »Weißt du,

warum sie mit Kern zusammen war? Warum sie das gemacht hat?«

»Ich habe das nie geglaubt.«

»Und glaubst du, sie hat das Gleiche mit dir oder mit anderen Männern gemacht?«

Vater schüttelte den Kopf.

Jan fuhr mit seiner Hand über den Tisch, bis er Vaters Fingerspitzen berührte.

»Aber du hast sie weggeschickt«, sagte er.

Vater nickte. Er ließ seine Hand auch auf dem Tisch liegen, als Jan sie ganz berührte. Richtig greifen wollte er nach ihr nicht, also lag Jans Hand nur auf seiner. Es war, als probierten sie das das erste Mal.

»Warum hast du sie weggeschickt? Warum hast du mir von alldem nichts erzählt?«

»Ich«, setzte er an und stockte. Zog seine Hand zurück. Es war so dunkel geworden, dass das Licht der flackernden Neonröhren bis in die Küche reichte. Vater hatte das Etikett der Bierflasche im Ganzen gelöst. Jetzt lag es vor ihm auf dem Tisch und immer wieder berührte er die Rückseite, die mit Leim bestrichene, nur mit der Fingerkuppe, als würde er bei einer Herdplatte die Temperatur testen. »Was hättest du denn getan?«

LIV

Kern stand am Rande seines Grundstückes und sah zum Haus. Rascheln im Laub, eine Katze, ein Igel, eine Maus, er konnte es nicht erkennen. Er stampfte auf den Boden und es wurde ruhig. Er stampfte noch einmal und noch einmal. Trat auf den Boden, als wollte er die Steine und Kiesel unter ihm zu Erde machen. Seine Fußsohlen brannten, als würde er keine Hausschuhe tragen. Die Nähte lösten sich, der Stoff riss ein. Er zog die Schlappen aus und warf sie über die Büsche auf die Straße. Glaubte zumindest, dass sie dort landen würden. Dann stampfte er wieder auf die Stelle festgeklopfter Erde, bis ihm der Fußballen so wehtat, dass er kaum mehr auftreten konnte. Wie ein Storch stand er da, das Bein angewinkelt. Er atmete mit offenem Mund. Stöhnte, keuchte. Sein Atem kurz sichtbar.

Mit dem Moskwitsch fuhr er nun Richtung Süden. Weg von den Kraftwerken. Er sah sie im Rückspiegel und nur auf dem Nachhauseweg von der Überlandfahrt vor sich, schwach angestrahlt von der letzten Sonne, der dunkle Rauch manchmal vor dem glutroten Abendhimmel. »Das sieht schön aus«, sagte der Schüler neben ihm. Kern nickte. Ja, wirklich schön.

Er schloss den Wagen in die Garage ein und setzte sich noch einmal an den Schreibtisch. Die Füße auf dem Fensterbrett, Blick aus dem Fenster. An solchen Abenden, er allein im Büro, der Chef schon zu Hause oder gerade in den *Stern* gegangen, überlegte er, zu Renate zu gehen. Oder sie mit dem Auto abzuholen. Der laufende Motor, die Beifahrertür geöffnet, indem er sich über die Sitze gelehnt hatte wie ein Filmstar und sagen: »Steig ein.« Wegfahren und sie dabei von der Seite ansehen. Ihren Bauch mustern. Vielleicht hatte sie längst entbunden. Er zählte die Monate mit den Fingern ab. Rechnete zurück. Möglicherweise war das gar nicht sein Kind, möglicherweise hatte es einen anderen Mann gegeben. Manchmal fragte er sich, ob das alles wirklich passiert war. Wann das angefangen hatte. Wann es endlich enden würde.

LV

Im Erdgeschoss und in der ersten Etage brannte Licht. Es war dunkel, aber nicht spät. Am Bordstein parkten Autos, Männer und Frauen stiegen aus, die jetzt Feierabend hatten. Einigen baumelten Dönertüten in der Armbeuge, während sie die Haustür öffneten. Jan klingelte erst bei Meier, dann bei Arendt.

»Hallo?« Eine Frauenstimme, alt klang sie nicht.

»Guten Abend«, sagte er, »meine Mutter hat früher in diesem Haus gewohnt. Ich wollte fragen, ob ich es einmal von innen sehen könnte.«

Die Frau sagte nichts mehr. Dann der Summer. Das Treppengeländer war hellgrün angestrichen, der Handlauf anthrazitfarben. Im Hausflur, auf jeder Etage, die Jan passierte, hingen gerahmte Fotos des Kamenzer Kirchturms. Die Tür zum Dachboden war angelehnt.

Eine einzelne Glühbirne hing an der Decke. Durch die Dachluken schien das Licht der Straßenlaternen und umliegenden Häuser schwach auf die Dielen. Jan konnte eine Wäscheleine erkennen, Obi-Umzugskartons und die üblichen Holztüren der abgeschlossenen Dachbodenkammern.

»Was machen Sie hier?« Im Türrahmen, noch halb im Treppenhaus, stand ein Mann. Hinter ihm und ein paar Stufen weiter unten eine Frau. Vielleicht die, die Jan hereingelassen hatte.

»Meine Mutter hat hier gewohnt«, sagte er, »ich …«

»Wann soll das gewesen sein?«

»Zu DDR-Zeiten. Da gab es hier wohl Dachkammern.«

»Hier?«, sagte die Frau.

»Vielleicht haben Sie sich ja im Haus geirrt«, sagte der Mann, »oder sie war eine von diesen Schwarzwohnern. Eine Zeit lang haben hier Leute gewohnt, die nicht so ganz einfach waren, ehemalige Heimkinder, Punker, solche Leute.«

Jan drehte sich um. Versuchte, etwas zu erkennen. An den Dachbalken, an den Wänden.

»Wie heißt denn Ihre Mutter?«, fragte der Mann.

»Sie hat hier unter dem Namen Renate Nabel gewohnt.«

Der Mann probierte den Namen aus, als wollte er sein Kind danach benennen. Die Frau tat es ebenso. Ganz leise. Vorname, Nachname. Nachname, Vorname. Am liebsten hätte Jan »Stopp« gesagt, »bitte lassen Sie das.«

»Ich bin hier aufgewachsen«, sagte der Mann, »aber der Name sagt mir nichts. Tut mir leid.«

»Vielleicht kommen Sie morgen nochmal wieder«, sagte die Frau. »Wenn es hell ist. Die Nachbarhäuser sehen gleich aus. Vielleicht haben Sie sich wirklich geirrt.«

Jan stellte sich auf die gegenüberliegende Straßenseite. Ein Steinmetz war dort und dahinter der alte Bahndamm und dahinter der stillgelegte Güterbahnhof. Ganz in der Nähe war der kleine Park, wo auch Mannis Kiosk stand, oder gestanden hatte, Jan war ewig nicht mehr dort gewesen.

Die Häuser links und rechts sahen ähnlich aus. Die ganze dunkle Straße entlang. Verputzter Backstein, hellgelb, hellgrün, hellblau gestrichen, als müssten die Fassaden jene Jahre kompensieren, als die Gegend noch zum »Eisenbahnerviertel« gehört hatte.

Ein Zettel an einem Dachbalken, ein eingeritztes Herz, Tapeten- oder Posterreste an der Wand, ein Foto, ewig diese Fotos. Jan wusste nicht, was er dort eigentlich gesucht hatte. Noch ein Ort. Hülle, Ruine. Einsammeln, aufbewahren. Irgendwas verstehen wollen. Mutter und Vater haben. Deutscher sein, Ostdeutscher, Sohn. Er zündete sich eine Zigarette an. Ein glühender Tabakkrümel brannte ihm ein Loch in den Jackenärmel.

»Und wenn du mitkommst? Wir könnten uns eine Wohnung nehmen und meine Mutter wohnt nebenan. Was hält dich denn noch hier?«

Karolina lag neben ihm, er hatte die Augen geschlossen. Irgendwo lief ein Fernseher. Er spürte, wie sie unter der Bettdecke seine Hand suchte und schließlich seine Finger umklammerte. Ihr Leberfleck am Kiefer. Ob sie neben ihm auf der Bank an der Rampe saß oder im Bett im Dienstzimmer lag, es kam ihm so vor, als hätte er sie jahrelang immer nur von der Seite angesehen.

»Ich glaube, dass du hier wegmusst, Jan. Oder du wirst

steckenbleiben. Es muss ja nicht für immer sein, komm doch mit mir, wir finden was zusammen.«

Auf der Bank, die vom Spielplatz am Lessingplatz übriggeblieben war, hatte Jan gesessen und den Alten nochmal gesehen. Er wartete vorm Haus. Sein Hals durch eine Schiene gestützt, das Bein bandagiert. Er lächelte einer Frau zu, einer Vietnamesin vielleicht, die ganze Zeit, während sie sich ihm auf dem Gehweg näherte. Ohne ihn zu begrüßen oder anzusehen und ohne erst recht sein Lächeln zu erwidern, ging sie an ihm vorbei und an die Griffe des Rollstuhls. Dann schob sie ihn auf die Straße, am Lessingmuseum vorbei in Richtung Stadt, in Richtung Eisdiele. Allesamt einsame Gestalten.

Jan war zum Friedhof gegangen und hatte sich vor Mutters Grab gestellt, die Lkws hinter der Mauer. Ein, zwei Jahre noch, dann würde er die Goldlinien der Buchstaben nachziehen müssen. Oder er ließ die Schrift endgültig verblassen, Mutters Name nur noch im Negativ in den Granit gemeißelt und das Moos würde ihn nach und nach ausfüllen.

Die Sterne waren verdeckt, der Mond schwach. Das Licht einer einzelnen Straßenlaterne strahlte nackte Bäume an. Niedrig und windschief, die unteren Äste abgesägt, übriggebliebene Wülste. Im langgezogenen Lichtkegel sahen die Schatten der Bäume wie eine versprengte Brigade aus. Ein verlorener Truppenteil. Hände und Arme zu löchrig, zu gebrochen oder gar nicht mehr vorhanden, um ordentlich zu salutieren.

Das Tor war aus den Angeln gebrochen worden und lag auf dem Boden, überwuchert von Moos und Gräsern, als wollten sie eine Decke darüberspannen, weich und saftig. Als dürfte das nicht sein, dass etwas so Hartes herumlag, hier und überhaupt. Jan stieg darüber hinweg und blieb in Dornen und Ranken hängen. In einiger Entfernung raschelte es, ein Fuchs, ein Marder. Dieser Ort gehörte ihnen längst. Im Gegenlicht des Mondes die Silhouetten der eingestürzten Dächer. Wasser, das aus undichten Regenrinnen auf Betonplatten tropfte. Zersplitterte Glasscheiben. Scherben, die wie Sand unter den Sohlen knirschten.

Die Tür der Laube war an die Wand gelehnt und verbogen. Ein leichter Tritt und sie wäre zusammengeklappt. Wie alles hier nach Jahren des Regens. Das Dach war undicht, aber nicht zerbrochen. Vielleicht war nochmal jemand hier gewesen. Ein letzter Anstrich, noch einmal die Gehwegplatten vom Moos befreit, die Stühle mit Seifenlauge und einem Schwamm abgeschrubbt. Stundenlang probiert und sie dann doch auf die Straße für den Sperrmüll gestellt. So ein Stuhl kostete ja nichts, der ließ sich einfach ersetzen.

Jan hockte sich vor das Sofa und strich über den Stoff. Er setzte sich. Stellte sich den Sommer vor. Die Blumen, die Nachbarn. Kleine Rauchwolken aus den Grills vor den großen der Kraftwerke.

Und sie stellte Bowle auf den Tisch und Bierflaschen, die sie aus der Regentonne geholt hatte, aus Kühlungszwecken, wie sie sagte. Und Nudelsalat ohne Mayonnaise, auch das wegen der Hitze, mal was Neues, mal was ausprobieren, stellt euch nicht so an. Und sie lief umher, besonders schwungvoll, und alle sahen ihr nach und wie das Tuch, das sie sich um die Hüften gebunden hatte, im Wind und im Luftzug ihrer Bewegungen tanzte. Sie lachte. Jan nahm eines der Kissen, schwer und vollgesogen mit Regenwasser, und umklammerte es. Er versuchte, sich zu erinnern, aber es gelang ihm nicht. Er wusste nicht, wann er Mutter das letzte Mal lachen gehört hatte. Vielleicht war das ihre Laube gewesen, genau diese hier. Das Schlafsofa, der Sonnenschirm. Irgendwo ein paar Rollen Dachpappe für den Preis eines Baselitz-Gemäldes. Er blickte durch das Loch im Dach. Der Wind war zu schwach, um die Wolken zu bewegen. Sterne und Mond verdeckt. Er gehörte dazu. Er war ein Raumfahrer wie sie.

LVI

Die Briefe, die Kern an seinen Bruder schrieb, wurden abgefangen, gelesen und nicht zugestellt. Ein paar Ausnahmen wurden dabei gemacht, zum Beispiel nach Günters gescheitertem Fluchtversuch kurz nach dem Mauerbau oder als er versucht hatte, über ein Studium das Land zu verlassen.

All die anderen Briefe, in denen er sich nach Georg erkundigte, ihm zum Geburtstag gratulierte, ihm frohe Weihnachten wünschte, ihn um Hilfe bat, um Geld, wurden nicht zugestellt. Georg Baselitz schien lediglich jene Briefe zu bekommen, die, nach Einschätzung der Behörden, die Beziehung der Brüder belasten konnten.

Georg antwortete auf die Briefe, die er bekam. Auch er schickte Briefe, in denen er Günter zum Geburtstag gratulierte, seinem Vater, seiner Mutter, und in denen er wissen wollte, wie es allen erging. Diese Briefe wurden grundsätzlich nicht zugestellt. Entmutigt von den fehlenden Antworten seines Bruders und seiner Familie schrieb er immer weniger.

LVII

In seinen Gemälden, die nach der Wiedervereinigung entstanden, griff Baselitz auf bereits gemalte Motive zurück. Aus seinen Zeiten der Radikalität, des Ruhms, der Heimat. »Remix« nannte er diese Serie. Er veränderte die Motive und Farben dieser Gemälde im Vergleich zu ihren Vorgängern manchmal nur geringfügig, manchmal tiefgreifend bis in den Bildaufbau hinein. Manchmal schien es, als wollte er nachträglich die Deutungshoheit über seine Gemälde zurückerlangen und sie unmissverständlich für alle Interpreten kennzeichnen. Zum Beispiel, indem er der Figur des Bildes »Die große Nacht im Eimer (Remix)« einen Hitlerbart verpasste. Das Gemälde aus dem Jahr 1962, das Baselitz schlagartig berühmt gemacht hatte, zeigte eine Figur, Oberkörper frei, kurze Hose, die einen überdimensionierten erigierten Penis in der linken Hand hielt. Die Figur hatte etwas Jugendliches, so teilnahmslos, wie sie in der Gegend stand. Wären da nicht die groben Linien einer vielleicht muskulösen Brust und die Geheimratsecken im dünnen, schwarzen Haar. Schläfriger Blick, der Mund wie aus dem Gesicht geschossen, hatte die Figur schon viel von der Brutalität der drei Jahre später entstandenen Heldengemälde. In seinem Remix jedoch reduzierte Baselitz sie auf einen Scheitel schwarzer Haare und einen Bart, der vorher nicht ansatzweise zu erkennen gewesen war, es gab weder Mund noch Nase. »Die große Nacht im Eimer (Remix)« sah aus, als wäre er, Baselitz, ein Kind, das man nachts allein im Museum vergessen hatte, zurückgelassen mit einem einzigen schwarzen Edding in der Hosentasche.

Er tat das auch bei anderen Gemälden. Auf diese Weise nahm er seinen Bildern das Uneindeutige, das Abgründige, Versteckte. Etwas, das er zuvor durch wenige Pinselstriche nur angedeutet hatte. Gesichtszüge etwa, Hände oder die Kronen einer Baumgruppe, nicht zu erkennen, ob da Äpfel an den Ästen hingen.

Nun standen seine Helden vor einem weißen Hintergrund. Hellblauer Himmel, die Uniformen hellbraun, wie gewaschen. Die Wunden scheinbar verheilt. Baselitz, der die ursprünglichen Helden gemalt hatte, weil er als Kind diese Männer gesehen hatte, geschunden, zerpflückt, ihre nutzlosen Wehrmachtsuniformen, ein Schock, schien sich in seinen letzten Lebensjahren nur noch bruchstückhaft an diese Begegnungen erinnern zu können. Vielleicht hatte sich sein Blick auf sie verändert. Vielleicht verblasste dieser Schrecken gleichermaßen, wie die neuen Steine der Dresdener Frauenkirche dunkler wurden.

Baselitz malte neben den Helden auch noch einmal den Adler, sich selbst und immer wieder Elke, seine Ehefrau.

Was er nicht noch einmal malte: die Dorfschule, die Vögel des Deutschbaselitzer Großteiches, seinen Bruder.

Ende.

DANKSAGUNG

Dieser Text stellte mich im Laufe seiner Entstehung vor ungeahnte Schwierigkeiten. Dass daraus dennoch ein Roman werden konnte, verdanke ich maßgeblich dem Zuspruch und dem Vertrauen von Linda Vogt und Adam Heise. Es erscheint mir oft unwirklich, dass die beiden eine solche Begeisterung für meine Arbeit aufbringen können, jederzeit bereitstehen, unterstützen und vor allem kritisieren. Dass sie es tun, trägt mich. Vielen Dank.

Ich danke Tanja Graf, dass sie mich für ein Stipendium in der Villa Concordia in Bamberg vorgeschlagen hat, wo dieser Text in einer ersten Fassung entstand. Ich danke Nora Gomringer und dem ganzen Team der Villa für die tolle Zeit und die hervorragende Arbeitsatmosphäre.

Ich danke Günter Kern für die Bereitstellung zahlreichen Materials, das ich während der Recherche für den Roman verwenden durfte. Er hat mir Einblicke in Akten, Briefe und Leben gegeben und dabei zugesehen und geduldet, wie ich sie arrangierte, umdichtete und nach meiner Vorstellung dramatisierte. Mich beeindruckt dieser souveräne Umgang damit noch immer.